나만 믿고 따라와 3

나만 믿고 따라와 3

발행일   2021년 4월 20일

지은이   이순환
펴낸이   손형국
펴낸곳   (주)북랩
편집인   선일영   편집   정두철, 윤성아, 배진용, 김현아
디자인   이현수, 한수희, 김민하, 김윤주, 허지혜   제작   박기성, 황동현, 구성우, 권태련
마케팅   김회란, 박진관
출판등록 2004. 12. 1(제2012-000051호)
주소   서울특별시 금천구 가산디지털 1로 168, 우림라이온스밸리 B동 B113~114호, C동 B101호
홈페이지 www.book.co.kr
전화번호 (02)2026-5777   팩스   (02)2026-5747

ISBN   979-11-6539-691-6 04810 (종이책)   979-11-6539-692-3 05810 (전자책)
         979-11-6299-459-7 04810 (세트)

(주)북랩 성공출판의 파트너
북랩 홈페이지와 패밀리 사이트에서 다양한 출판 솔루션을 만나 보세요!
홈페이지 book.co.kr • **블로그** blog.naver.com/essaybook • **출판문의** book@book.co.kr

나만 믿고 따라와 3

욕망하는 사랑
희생하는 사랑

이순환 지음

/ 뉴질랜드 호주 캠핑카 여행 /

북랩 book Lab

지난 25년, 제게 헌신해준

사랑하는 아내, 명애에게

앞으로 50년, 제가 헌신할 것을 약속하면서

이 책을

바칩니다.

왜 삶은 내게 주어졌는가?

나는 어떤 자격으로 살아가는가?

살아가는 동안 내가 해야 할 일은 무엇인가?

과학적 발견에 한정한다면 우주는 대부분 자유의지가 없는 무생물로 구성되어 있다. 생명체의 존재는 지구에서만 발견되는 희귀한 우주적 현상이다. 인간은 자신을 의식할 수 있고 이성적 사고가 가능한 유일한 생명체이지만, 내 존재의 유무는 이 광활한 우주의 변화에 티끌만한 영향도 미치지 못한다. 그래도 우리는 질문하면서 살아가고 답을 찾기 위해 고뇌한다.

인간은 풍요와 권력을 얻기 위해 욕망하고, 얻은 것을 잃을까 두려워하며 살아간다. 이기적 욕망을 추구하면서 타인에게 물질적 손해를 입히거나 신체와 감정을 해치지 않도록 철학과 종교를 통해 교화하고 불확실한 삶에 대한 두려움을 극복하도록 설득된다.

나는 욕망이 크고 두려움에 민감했다. 유년의 가난은 물질적 풍요를 갈망하게 했고 내가 욕망하는 바를 얻기에는 부족한 능력 때문에 두려워했다. 경제적 욕망을 채우기 위해 모험이 반복되었다. 모험은 성공보다 실패 확률이 훨씬 높았다. 회사에 다니면서 월급을 받을 때는 저축에 집착했다. 봉급과 저축으로 욕망 충족은 불가능했다. 회사를 그만두고 사업을 시작했다. 일은 희망과 계획대로 흘러가지 않았다. 연거푸 두 번의 처절한 실패 후에 완전히 빈털터리가 되었지만 포기하지 않았다. 십여 년 동안 노력하고 고통을 견딘 결과 회사를 안정시킬 수 있었다. 하지만 실패와 가난의 트라우마는 내 의식에 깊은 흉터를 남겼다. 나의 조그만 실수에 그동안 얻은 것을 순식간에 모두 잃을지도 모른다. 그렇게 되면 모두 나를 떠날 것이라는 불안이 항상 내 심리를 짓누르고 있다.

내가 이룬 것과 가진 것을 즐기면서 행복을 만끽하고 불안을 잠재울 방법이 절실했다. 처음 방문하는 아름답고 신기한 장소와 책에서 보던 유적과 예술품을 직접 감상하면서 느끼는 지적 충만감은 다른 행위로는 얻을 수 없는 행복을 주었다. 돈과 시간이 많이 필요한 여행을 실행할 수 있는 여유를 누리는 내 능력에 만족했다. 낯선 나라에서 차를 운전하여 여행지를 찾고 예상하지 못한 상황을 해결하는 모험을 같이하면서 아내와 아이들과 나 사이에 견고해지는 사랑과 신뢰는 내 삶에 남아 있는 불안을 잠재우는 데 큰 도움이 되었다.

내가 깨달은 삶의 해답을 사람들과 나누기 위해 글을 쓴다. 내 경험과 교훈을 더 흥미롭고 감동적으로 전할 수 있도록 다른 이의 글을 읽으면서 배우고 쓰기를 게을리하지 않는다.

회사가 직원들의 행복의 도구가 되길 희망하며 회사를 운영한다. 회사의 수익은 우리가 속한 사회를 더 선량한 방향으로 바꾸는 데 이바지하는 일에 투자하기를 희망한다. 나로 인해 많은 사람이 불행을 이겨내고 행복의 실마리를 찾도록 도와주는 일로 인생을 마무리하고 싶다.

나는 다시 여행을 계획한다. 봄에 여행을 다녀오면 여름과 가을 동안에는 여행기록과 깨달음을 정리하여 출판 준비를 하고, 겨울이 되면 다음 해의 여행계획을 고민하기 시작한다. 해가 바뀌면 계획에 따라 일정을 확정하고 필요한 예약을 진행하며 떠날 준비를 한다. 여행을 계획하고 실행하고 정리하는 일이 일상이 되었다. 나는 여행하면서 삶의 활력을 유지하고 지치지 않고 인생을 살아가는 에너지를 충전하고 있다.

Contents

이 우주에 내 존재의 흔적을 남길 수 있는 유일한 일

 그녀가 존재하는 삶

TRAVEL

출발

한 해의 계획과 예산을 정하는 시기가 되면 나는 어떤 비즈니스 일정보다 여행계획을 우선으로 결정한다. 올해는 고대문명의 신비로움이 가득한 지중해에 가고 싶었다. 내년에는 이집트와 그리스를 거쳐 터키를 한 바퀴 돌아오는 계획도 있다. 뉴질랜드와 호주를 한 해에 묶고, 북유럽과 스칸디나비아의 나라들을 방문하는 것이 다음 계획이다. 남아메리카 고대문명 유적지를 탐방하고 아프리카의 대자연을 느낄 수 있는 사파리 투어도 경험하고 싶다. 아내와 아이들이 견뎌준다면 열차를 타고 시베리아를 횡단하는 여행을 시도하는 것도 나의 세계여행 계획의 일부다.

여행하려면 사장이 회사에 출근하지 않아도 운영이 가능한 경영 시스템이 필요하다. 내가 일하지 않아도 여행과 생활에 사용할 돈이 들어와야 한다. 아이들은 매년 한 달 정도 학교 수업에 빠져도 학업에 지장이 없어야 한다. 쉽지 않은 일이다. 그래도 여행은 항상 내 인생계획의 우선순위에 올라있다.

재작년과 작년에는 유럽과 미국을 다녀왔다. 세 번째 여행지는 선택하기 쉽지 않았다. 아내는 새로운 문화 경험을 할 수 있는 이슬람 국가들을 방문하기 원했고, 나는 불가사의한 고대문명의 흥미로운 이야기와 수천 년 전 건축물들이 곳곳에 남아있는 이집트와 그리스에 가고 싶었다. 아내가 원하는 것이 우선이었다. 이슬람의 나라 이집트와 터키 그리고 지리적으로 중간에 있는 그리스까지 한 달 일정의 여행을 계획했다. 안전을 위해 여행사 상품을 나라별로 묶고 각나라의 주요 도시에서 체류 기간을 늘리는 방법으로 빡빡한 패키지 일정의 단점을 보완했다.

해가 바뀌고 다시 한 해를 시작하면서 우리 계획을 실현할 적당한 여행상품을 조사하고 있을 때였다. 아프리카 북부 이슬람 문화권 나라에 불어 닥친 시민 혁명은 그 지역 국가들을 극도의 혼란에 빠트렸다. 그중에서 가장 격렬한 시민저항 운동이 일어난 곳은 다름 아니라 우리의 목적지 이집트였다. 반 세기 가까이 독재정치를 자행하던 무바라크 대통령이 하야하면서 정국은 다소 안정되어가고 있었지만, 혁명에 이어 크고 작은 시민세력 사이의 주도권 다툼으로 우리 외교부가 여행 주의 지역으로 지정할 만큼 나라는 불안해졌다. 그리고 그리스는 유럽 전체를 휩쓸고 있는 재정위기에 가장 취약한 국가가 되어 국가 부도 사태를 맞고 있었다. 국제금융 지원을 받아 위기를 벗어나기 위해 그리스 정부는 파격적인 긴축정책을 발표했다. 복지 축소 반대와 불경기로 인한 생계를 걱정하는 시민들의 과격한 시위가 연일 해외토픽으로 보도되었다.

여행 중 안전은 무엇보다 중요하다. 안전한 여행지라도 예상치 못한 사고로 위험한 순간을 맞을 때가 있는데 하물며 자기 나라 사람들의 안전도 보장하지 못하는 나라에 가족들을 데려갈 수는 없었다. 방문지를 바꾸고 일정을 다시 만들어야 했다.

거실의 한쪽 벽을 거의 다 차지하는 커다란 세계지도를 들여다보면서 고민했다. 첫해에는 한반도의 서쪽 방향 유라시아 대륙을 지나

유럽을 여행했고 작년에는 동쪽 태평양을 건너 미국을 여행했다. 내 시선은 자연스럽게 남북 방향으로 향했다. 분단된 한국에 사는 사람이면 본능적으로 북쪽은 무엇인가 음침하고 불길한 곳으로 여긴다. 남쪽으로 손가락을 옮기며 선을 그었더니 호주와 뉴질랜드를 만났다. 지구 최고의 자연경관을 자랑하는 뉴질랜드와 오스트레일리아는 다음 여행지로 최적이었다. 이번에는 어떤 방법으로 여행을 시도해볼까? 뉴질랜드는 도시가 많지 않아 숙소 결정이 쉽지 않았다. 이동과 숙식을 동시에 해결할 수 있는 캠핑카를 이용하는 여행이 자연을 깊숙이 즐기고 숙식을 한꺼번에 해결하는 좋은 방법이라 판단했다.

뉴질랜드는 정치, 경제, 행정의 중심인 북섬과 자연환경이 잘 보존된 남섬으로 이루어져 있다. 지도를 펼쳐 놓고 이동 거리를 계산해보니 남북 섬을 모두 돌아보려면 한 달 이상의 시간이 필요했다. 도시와 사람이 많은 북섬은 포기하고 자연경관을 즐길 수 있는 남섬을 일주하는 일정을 만들었다. 오스트레일리아는 섬이라기보다는 대륙에 가까운 넓은 지역이기 때문에 시드니를 시작으로 동부해안을 따라 북상하며 골드코스트를 거쳐 브리즈번까지 여행하는 것으로 한정했다. 오스트레일리아에서도 캠핑밴을 이용하고 싶었지만, 덩치 큰 자동차를 배로 옮기기 어렵고 뉴질랜드에서 빌린 차를 오스트레일리아에서 반납하는 것도 불가능했다. 뉴질랜드에서 시드니까지 항공으로 이동하고 시드니와 골드코스트에 숙소를 마련하고 주변 지역을 기차로 이동하는 것이 합리적이었다.

우리나라의 기후는 이제 막 봄에 들어섰지만, 적도 아래 남반구는 한창 가을을 지나 겨울에 다가서고 있었다. 남반구에 본격적인 겨울 추위가 오기 전에 여행을 다녀오기로 하고 여행출발일을 다른 해보다 앞당겨 4월 1일로 정했다. 뉴질랜드 남섬 최대의 도시이며, 유일한 국제공항이 있는 크라이스트처치를 여행의 출발점으로 정했다. 인천에서 크라이스트처치까지는 직항이 없어서 비행 일정이 복잡해졌다. 인천에서 출발하여 홍콩을 경유하고, 호주의 브리즈번을 거쳐 크라이스트처치에 도착하는 노선의 요금이 가장 저렴했다. 두 번의 환승에 필요한 시간을 포함해 꼬박 24시간이 소요되는 여정이었다.

여행에 필요한 항공권, 캠핑카, 숙소 예약을 모두 끝내고 캠핑카 여행의 색다른 기대에 부풀어 있을 때였다. 뉴질랜드에서 대규모 지진이 발생했다. 불과 출발 일주일 전이었다. 지진의 중심은 우리 비행기가 도착할 크라이스트처치였다. 지구 남반구의 지질 기록상 가장 강력한 지진이었다. 도시는 무너졌고 공항은 폐쇄되었다. 처참한 건물 잔해와 구호 활동을 펼치는 모습이 방송에 연일 보도되었다. 다행히 인명피해는 크지 않았다. 이집트와 그리스의 정국 불안에 이어 우리 여행은 또다시 취소될 위기였다. 초조하게 현지 상황을 살폈다. 뉴질랜드 사람들의 복구는 신속했다. 공항을 정상으로 운영하려는 조치가 우선시 되었다. 출발을 이틀 남기고 다시 공항이 열렸다는 소식을 들었다. 항공사에서는 정해진 시간에 비행기가 출발할 수 있다고 확인해 주었다.

ICN ~ Hong Kong~Brisbane ~ Christchurch.

인천에서 출발한 우리 가족은 호주의 브리즈번으로 향하는 비행기로 갈아타기 위해 홍콩공항에 내렸다. 여섯 시간의 여유가 생겼다. 공항은 기다림의 공간이다. 특별한 경우가 아니면 자신이 사는 지역에서 멀리 위치한 공항까지 이동시간이 필요하다. 여러 단계의 복잡한 탑승 절차를 통과하기 위해 길게 늘어선 사람들의 뒤를 지켜야 한다. 공항으로 가는 도로의 교통체증과 탑승 절차를 대기하는 사람 수를 예측하기 어려워 실제 필요한 시간보다 충분한 여유를 가지고 공항에 도착하기 때문에 모든 절차를 마치면 대개 비행기 탑승구 앞에서 출발하기까지 또 한참을 기다려야 한다. 마침내 비행기가 이륙하더라도 목적지까지 비좁고 막막한 기내 공간에서 최고 난이도의 무료함을 견뎌내야 한다. 여행에서 피할 수 없는 기다림의 시간을 준비하지 않은 사람에게 그 여유는 설렘의 시간이 아니라 고통의 시간이 된다. 사람들은 여행은 즐겁다고 하지만, 공항의 절차와 비행에 필요한 기다림의 시간은 괴롭다고 한다. 하지만 나는 그 모든 과정이 즐겁다. 길고 짧은 여유시간이 주어지면 읽고 쓰는 일을 할 수 있어 감사하다. 세계 각지의 다양한 인간군상을 관찰하는 즐거움은 공항에서만 가능한 경험이다. 그 나라 건축 기술의 집합체라 할 수 있는 공항 건물의 다양한 형태를 관찰하는 것도 즐겁다. 나라마다 특색이 있는 면세점 물품들을 구경하다 보면 오히려 남은 시간이 짧아서 아쉽다.

첫 번째 환승지 홍콩은 결혼 1주년 기념으로 아내와 여행한 후 15년 만의 방문이었다. 신혼부부만이 느끼는 열정이 여전히 강렬하게 남아있던 시절이었다. 사랑의 해변을 거닐면서 우리 결혼 생활에 어떤 종류의 불행이 닥칠 것이라는 상상은 하지 못했다. 빅토리아 피크를 오르는 푸니쿨라에서 로맨틱한 감정에 사로잡혀 서로를 깊게 포옹했다. 몇 년 후에 감행한 퇴직과 연거푸 이어진 사업 실패와 아픈 아이를 키우고 부모 형제와의 갈등으로 겪게 될 고통같은 것은 그때 우리 부부의 인생계획에 존재하지 않았다.

흑조(黑鳥)

내가 그녀를 처음 만난 건 학교 도서관에서였다. 4학년으로 올라간 첫 학기의 봄이 무르익고 있을 때였다. 라일락 꽃향기가 캠퍼스에 무성하게 퍼지던 어느 날, 열람실 통로 쪽으로 등지고 앉아 검고 긴 머리카락을 가지런히 보이며 공부에 몰두하는 그녀의 뒷모습이 내 눈에 들어왔다. 살집이 없어서 연약해 보이는 어깨 아래 가느다란 팔과 잘록한 허리의 굴곡이 잘 드러나는 실루엣을 가진 여자였다. 머리칼을 쓸어올리는 그녀의 길고 흰 손가락과 복숭앗빛 입술과 쌍꺼풀 없는 미소와 마주치는 순간, 내 끝없는 외로움을 덜어줄 사람이라는 확신이 내 감정을 사로잡으면서 사랑의 욕망이 순식간에 밀어닥쳤다. 그날 이후, 나는 캠퍼스 구석구석 그녀를 쫓아다녔다. 고개만 들면 그녀의 뒷모습을 볼 수 있는 자리를 잡기 위해 도서관에 가는 시간이 점점 빨라졌다. 유일한 휴식공간이었던 커피 자판기에 가거나 점심을 먹기 위해 학생식당에 가는 시간을 우연인 척 맞췄다. 그녀가 서가로 가면 그녀의 발걸음을 쫓아 하릴없이 책장 사이를 어슬렁거렸다. 미인을 얻은 누군가의 무용담처럼 그녀에게 직접 데이트 신청할 용기는 내게 없었다. 우연히 마주치는 상황을 반복해서 내 존재를 각인시키는 것이 나의 유일한 작전이었다. 그러

다 보면 그녀와 데이트 기회가 생길지도 모른다는 막연한 기대가 그 작전의 근거였다.

대학에 들어가면서 내게도 강렬한 사랑의 감정을 불러일으킨 여자들이 있긴 했다. 당장 미인대회에 나가도 우승할 것 같은 미모를 가졌던 독문학과 신입생은 내가 군대를 제대하고 첫 번째 미팅에서 만났다. 반복되는 구애에도 불구하고 상대의 마음을 여는 데 실패한 후, 그녀에 대한 감정을 지우기 위해 나는 그 한 해 동안 외국어대 건물을 피해 다녀야 했다. 외대생이 주로 이용하는 학생식당에서 다시는 점심을 먹지 못했다. 사진 찍는 동아리 동기였지만 나보다 두 살이나 많았던 철학과 여학생도 내 감정을 움직였다. 동기 이상의 감정을 끌어내기 위한 내 노력은 그녀가 정해 놓은 감정의 경계선에 늘 막혔다. 만나면 즐겁게 대해주었지만 내 감정을 드러내는 대화가 이어지면 의도적으로 말꼬리를 돌렸다. 시간이 갈수록 열정은 시들해졌고 내가 군대를 다녀오고 그녀가 먼저 졸업한 후로 만남은 이어지지 못했다. 표정이 늘 우울하여 연민을 느꼈던 같은 과 후배에게는 내 감정조차 한 번 드러내지 못하고 과 행사가 있으면 같은 일을 하는 팀이 되기 위해 눈치만 살폈다. 친구의 소개로 만났던 지역의 유일한 여자대학교 학생은 내게 끊임없이 편지를 보내서 나는 우리 과에서 한때 유명인사가 되었다. 하지만 나는 그녀의 감정에 동화할 수 없었다.

나는 대학교 졸업반이 되도록 영화나 소설에서 보았던 열정적인 사랑의 상호작용을 경험하지 못했다. 감정들은 항상 일방적이었고 서로의 감정이 공명하여 증폭되지 않았다. 사랑의 열정은 한순간 타오르다 금방 사그라들었다. 일방적인 열정이 휘몰아치고 나면 밀려드는 외로움을 극복하고 상처받은 감정이 스스로 치유되기를 홀로 기다려야 했다. 나의 외로움은 지독했지만 내 간절한 감정에 응해줄 상대와 상호작용을 하기란 쉬운 일이 아니었다.

도서관에서 그녀의 위치와 움직임에 온통 주의를 기울이던 어느 날이었다. 어느 때처럼 그녀의 뒷모습이 잘 보이는 자리를 잡고 머리에 들어오지도 않는 영어단어를 외우기 위해 애쓰고 있었다. 영어책에서 주의를 빼앗길 때마다 고개를 들어 그녀의 뒷모습을 확인하는 것이 습관이었다. 몇 번째일까? 어느 순간 고개를 들었을 때, 그녀의 자리가 비어있는 것을 발견했다. 평소에는 저녁 식사를 하고 두어 시간 더 공부하다가 집으로 돌아가는 그녀였다. 저녁 식사를 하기에는 이른 시간이었다. 가까이 다가가 깨끗하게 정리된 책상을 확인하고 그녀가 다시 돌아올 가능성이 없다고 판단한 그 순간부터 나는 도서관에 있을 이유가 없었다. 가방을 정리하여 열람실을 빠져나왔다.

구름이 가득한 하늘에서 금방이라도 빗방울이 떨어질 듯 보였다. 제법 차가운 바람이 피부에 닿으면서 몸이 움츠러들었다. 성급하게 말라 떨어진 넓은 플라타너스 이파리 몇 개가 군데군데 깨진 콘크리트 바닥을 따라 미끄러졌다. 마른 나뭇잎이 발에 밟히며 부스러지는 소리가 나의 외롭고 우울한 감정과 동화되었다. 텅 비어있는 노천강당에 부는 작은 소용돌이 바람에 마른풀 부스러기 먼지가 흩어졌다. 강당 좌석으로 쓰이는 콘크리트 계단 한쪽에 홀로 앉아 있는 여자의 실루엣이 보였다. 어둑해진 하늘 아래에서 얼굴은 알아볼 수 없었고 비스듬히 비켜 앉은 옆모습만 흐릿하게 보였다. 회색 카디건을 겹쳐 입은 가는 어깨선이 눈에 익었다. 나는 동작을 멈추었다. 고개를 기울이고 눈을 가늘게 떴다. 그녀였다. 넓고 텅 빈 그곳에 오직 그녀와 나만 존재한다고 인식되는 그 순간 내 감정은 걷잡을 수 없이 요동쳤다. 운명이 내게 주는 기회라고 여겼다. 최면에 걸린 듯 그녀에게 다가갔다. 시선을 앞으로 고정하고 생각에 잠겨있던 그녀가 인기척을 느끼고 내 쪽으로 고개를 돌렸다.

"안녕하세요. 저~~, 8열람실 벽 쪽 자리"

나를 알릴 방법을 찾아야 했다. 나와 그녀의 관계를 이어줄 어떤 매개체가 있어야 했다. 도서관에서 자주 마주친 나를 기억하길 기대하면서 내 객관적 존재를 인식할 유일한 방법은 내가 평소에 앉는 도서관 위치밖에 없었다.

"네 알아요. 오늘은 일찍 가시네요."

내가 언제 도서관을 나가는지 그녀는 알고 있었다. 그녀도 나를 의식하면서 관찰하고 있었다는 강력한 증거라고 여겼다.

"네, 저도 그쪽이 오늘은 어쩐 일로 일찍 나갔나 궁금했어요."

"마음이 복잡해져서요. 우울한 날씨 탓인가 봐요."

"금방 비라도 내릴 것 같죠?"

나는 콘크리트 벤치 위에 흩어진 나뭇잎 부스러기를 손으로 치우고 그녀의 옆자리에 앉았다. 그녀의 허락을 구하는 말은 하지 않았지만, 그녀는 별다른 거부 의사를 표현하지 않았다. 볼품없이 뭉텅하게 가지가 잘려나간 무대 뒤쪽의 플라타너스에 몇 개 남지 않은 나뭇잎이 위태롭게 흔들렸다. 스산한 기운이 눈앞 풍경을 채웠다. 우리는 잠시 아무 말도 하지 않았다.

"배고프지 않으세요? 우리 어디 가서 저녁이나 같이할까요?"

이상한 일이지만 나는 정말 배가 고팠다. 갈증이 생겼고 등 뒤로 땀이 줄줄 흘렀다. 그동안 그녀에게 하고 싶다고 상상했던 그 많은 제안 중에 밥 먹으러 가자는 말을 첫 번째로 선택한 내가 우습다는 생각을 했다. 나의 갑작스러운 제안에 그녀는 무표정하게 나를 잠시 바라보더니 자리에서 일어나며 동의한다는 표시를 해주었다. 서로 눈이 잠깐 마주친 그 순간이었다. 사랑은 내가 아주 갑자기 느끼게 되는 감정이었다. 지난 몇 개월 동안 그녀가 알아채지 못하도록 조심스럽게 쫓아다니는 동안 느꼈던 가슴이 떨리고 얼굴이 붉어지는 느낌과는 분명히 다른 것이었다. 일어서는 그녀의 가방을 잡아 주면서 서로 손가락 끝이 살짝 스쳤다. 가늘고 흰 손가락의 감촉이 한참 동안 내 몸 전체를 따라 공명했다. 우리는 학교 돌담 옆 골목길 끝에 새로 문을 연 카페 창가 자리에 앉았다. 창밖에 해가 뉘엿뉘엿 긴 그림자를 뻗고 있었다. 그녀의 아름다움을 돋보이게 하는 데에 그보다 나은 배경은 없었다. 샹들리에는 그녀의 얼굴에 부드러운 그림자를 드리워주었고, 옅은 녹색 벽은 그녀의 흰 낯빛과 조화를 이루었다. 나는 탁자 건너에 천사를 마주하고 있는 것처럼 정신이 멍해져서 생각하거나 말할 능력을 완전히 잃어버렸다. 그녀의 목소리는 아른아른 잠에 빠지기 직전 마지막 순간에 들리는 부드러운 속삭임 같았다. 나는 말을 잊지 못하고 풀을 먹인 하얀 탁자보에 의미 없는 무늬를 손가락으로 그리거나 유리잔에 든 물을 홀짝였다.

우리는 그날 저녁 식사 이후부터 새로 시작되는 연인들의 풍부한 감정을 아낌없이 즐겼다. 도서관에 함께 가기 위해 학교와 반대 방향인 그녀의 집에 먼저 갔다. 뒷모습만 바라보던 내 자리를 그녀 옆으로 옮겼다. 혼자 묵묵히 음식만 밀어 넣었던 점심시간도 그녀와 함께하는 달콤한 시간이 되었다. 도서관 화장실 앞 백 원짜리 자판기 커피의 의심스러운 단맛을 찜찜하게 혼자 홀짝거리지 않아도 되었다. 돌담 너머로 캠퍼스의 풍경이 잘 보이는 카페 이 층 창가 자리에서 우리는 로맨틱한 봄날을 만끽했다. 서로를 사랑한다는 감정이 확실해졌을 때부터 몽환적인 행복함이 뇌와 심장을 자극했다. 깨어 있는 시간은 물론 잠든 시간조차 내 의식은 그녀 생각으로 가득 찼다.

시작되는 연인들의 감정 교환은 한동안 모호한 상태가 지속한다. 단순한 이성에서 연인으로 관계를 전환하기 위해서는 서로의 마음을 확인하고 특별한 관계를 서로 확정 짓는 과정이 필요하다. 이십오 년 전 연인들에게는 특별한 장소에 함께 가는 여행이 그 첫 번째 과정이었다. 내륙에서 나고 자란 사람에게 바다보다 로맨틱한 장소는 없었다. 나는 우리의 첫 번째 여행지로 동해 바닷가를 제안했다. 그녀는 망설임 없이 동의해주었다.

여행을 약속한 날이었다. 도서관에 그녀가 보이지 않았다. 그녀가 늘 앉아 있던 자리 주변을 몇 번이나 살폈다. 분명히 있어야 할 시간, 있어야 할 자리에서 그녀를 발견할 수 없었다. 무슨 일이 있는 걸까? 시간을 잘못 알았나? 자리가 없어서 다른 열람실에 있는 걸까? 다닥다닥 붙은 나무 칸막이에 학생들이 머리를 파묻고 저마다 책에 몰두하고 있는 책상 사이에서 그녀가 있던 자리는 낯선 여자의 뒷모습이 차지하고 있었다. 같은 자리를 몇 번이나 지나치는 내 인기척을 느낀 그 여자가 고개를 돌려 나를 바라보았다. 나를 보고 놀란 듯 엉덩이를 살짝 들며 고개를 내 쪽으로 돌렸다. 허리까지 덮고 있는 긴 생머리가 윤기를 반짝이며 한쪽 어깨 위로 미끄러졌다. 바로 그 순간이었다. 눈앞의 사물들이 모두 회색빛으로 변하더니 시공간 속에서 움직임을 멈추었다. 오직 그녀의 하얀 얼굴과 붉은 입술과 검은 머리카락의 반짝이는 윤기만 실내를 가득 채워 발광하고 있었다. 붉은 신부 입술과 누런 색 얼굴과 탁한 코발트색 한복 치마가 흑백 사진 위에 채색되어 회색 배경 속에서 어색하게 돋보이는 부모님의 오래된 결혼사진의 그 부자연스러운 느낌이 내 눈앞에 펼쳐졌다. 깊은 눈동자가 긴 속눈썹 뒤에서 빛났고 장미꽃 같은 입술에 윤기가 흘렀다. 잘 익은 복숭앗빛으로 물들어 있는 두 뺨 위로 검은 머리카락이 스르륵 흘러내렸다. 반지하 열람실의 작은 창문을 통해 비집고 들어온 강한 햇살의 먼지에 산란하는 빛줄기가 그녀의 등 뒤에서 부서졌다. 눈이 부셨다. 눈을 가늘게 떴다. 그녀의 주변으로 푸른 물결이 일렁거렸다. 햇살이 눈부시게 내리쬐는 잔잔한 수면에는 한 마리 백조가 유유히 헤엄치고 있었다. 아니, 검은 바지, 검은 블라우스 위에 검은 머리의 흑조(黑鳥)였다. 나는 그날 사람에게 후광이 비칠 수 있다는 사실을 확인했다. 엄청난 전류의 번개를 뜻밖에 얻어맞은 것처럼 전율이 내 심장을 강타했다. 정신이 혼미해졌다.

'사람이 어떻게 저토록 예쁠 수 있을까?'

저런 사람이라면 내 일생을 바쳐도 좋겠다는 생각을 했다. 내가 넋을 잃고 있는 사이 내 눈을 잠시 마주친 그 여자는 다시 자리에 앉았다.

나는 퍼뜩 정신을 차리고 내가 오늘 만나기로 약속한 그녀가 보이지 않는 현실로 돌아왔다. 갑자기 짜증이 났다.

'근데, 이 여자는 도대체 어디 있는 거야? 약속을 했으면 지켜야지, 연락할 방법도 없고, 아이, 정말.'

약속한 시각은 벌써 30분이나 지났고 나는 여전히 그녀를 찾지 못했다. 한 바퀴만 더 돌고 포기할 심정으로 도서관의 열람실을 다시 뒤지기 시작했다. 내가 찾는 그녀의 검은 말총머리는 여전히 보이지 않았다. 나는 결국 찾기를 포기하고 열람실을 나서고 있었다. 그녀가 늘 앉던 자리의 흑조 뒤로 설레는 마음을 곁눈질로 달래며 지나치는 순간이었다. 그 흑조가 다시 나를 향해 고개를 돌렸다. 그리고는 내게 말을 걸었다.

"저 찾고 계신 거 아니에요?"

수줍고 당황스러운 눈빛을 보내며 목소리는 가늘게 떨렸다.

'응, 이게 무슨 소리지?, 나는 오늘 데이트 약속한 그녀를 찾고 있는데, 이 예쁜 여자가 무슨 뚱딴지같은 소리야?'

나는 무슨 대답을 해야 할지 몰랐다. 그제야 나는 그녀의 얼굴을 자세히 볼 수 있었다. 엷게 바른 분홍색 립스틱을 지우고, 굵은 선으로 선명하게 손질된 아이라인을 벗겨내고, 허리까지 내려오는 긴 생머리를 뒤로 묶어 올렸다. 변신한 그녀를 내가 평소에 보던 모습대로 되돌리는 상상의 작업을 순식간에 끝마친 뒤에야 나는 깨달았다.

'그녀다!'

그날 나는 그녀가 머리를 묶지 않은 모습을 처음 보았다. 풀어놓은 생머리가 허리까지 닿을 만큼 길 것이라는 생각을 하지 못했다. 화장기 있는 얼굴도 처음 보았다. 내가 알던 그녀와 전혀 다른 여자였다. 후광이 비치도록 아름다운 흑조가 바로 나와 오늘 동해로 여행가기로 약속한 바로 그녀였다.

사랑은 서서히 쌓여가는 감정이 아니었다. 사랑은 심장이 요동치고 살갗이 파릇하게 돋아나는 감정의 카타르시스가 밀어닥치면서 폭발했다. 나는 주체할 수 없는 연쇄 폭발의 순간을 그때 분명히 느꼈다. 그 이후에 단 한 번도 재현하지 못한 감정이었다.

그날 오후 우리는 해가 다 기울 때까지 바닷가 갯바위에서 따뜻한 햇살을 같이 즐겼다.

폭발하는 사랑의 감정은 상대의 육체에 대한 욕망으로 전이되었다. 내 욕망은 그녀의 벌거벗은 몸과는 관련이 없는 것이었다. 그녀의 몸과 내 몸이 밀착되는 첫 번째 지점인 그녀의 손에 대한 내 욕망의 기대감으로도 나는 충분히 에로틱한 환상에 사로잡혔다. 그 욕망을 실현하기 위해 나는 그녀의 모든 것에서 의미를 읽어내기 위해 노력했다. 그녀의 모든 말과 표정과 행동이 그녀 또한 나를 욕망한다는 표식으로 해석하기 시작했다. 나란히 길을 걸으며 서로의 손등이 우연히 스치거나, 캠퍼스의 벤치에 앉으며 내 스웨터 어깨의 꽃잎을 털어내 준다거나, 재미있지도 않은 대화를 하며 크게 웃다가 갑자기 말을 멈추고 조용히 나를 바라보는 눈빛에서 나는 그녀의 숨겨진 욕망이 드러나기를 기대했다.

흩어진 머리카락을 손가락으로 빗질할 때, 그녀의 머리카락 사이를 빠져나오는 흰 손이 그녀의 육체에 대한 내 첫 번째 욕망의 대상이었다. 그녀를 처음 쫓아다닐 때처럼 다시 우연을 만들어야 했다.

"손 잡아도 돼요?"라고 말할 용기는 내게 없었다. 좀 더 과감하게 행동에 옮길 수도 있었지만 내 행동이 정력 왕성한 수컷의 말초적 본능으로 치부되어 지금 만끽하고 있는 몽환적인 행복이 무너질까 두려웠다. 나는 내 욕망을 암시하는 모호한 신호들을 보내기로 했다. 그 모호함을 구체적으로 결정짓는 역할은 그녀에게 돌리고 싶었다. 시내에서 열리는 사진전시회에 함께 갔을 때였다. 작은 사진을 자세히 감상하기 위해 서로 몸이 가까워지는 바람에 내 손이 그녀의 손에 닿았다. 그녀는 손을 피하지 않았다. 그녀의 피부 감촉이 내 몸을 전율시켰다. 비 내리는 호숫가 벤치의 우산 아래 젊은 연인의 뒷모습을 찍은 사진이 서정적인 질투를 자아내고 있었다. 도서관의 출입문을 나서며 좁은 통로를 함께 나가느라 서로 몸을 옆으로 돌려 빠져나가면서 그녀의 크지 않은 젖가슴의 폭신한 감촉이 내 왼쪽 어깨를 살짝 스치고 지나가면 블라우스 안 그녀의 벌거벗은 몸을 상상하기도 했다. 바닷가의 첫 번째 데이트에서 굽 높은 그녀의 구두가 모래에 빠지며 뒤뚱거리는 바람에 해변을 빠져나올 때까지 쓰러지지 않도록 손을 잡아 주었다. 방파제 위까지 올라왔을 때, 그녀의 손을 잡아 주어야 하는 핑계가 사라진 나는 어색하게 손을 놓아야 했다. 내가 그녀의 손을 허락 없이 잡아도 되고 그녀가 내 행위를 용인하는 순간부터 서로 마음으로 추측하는 애매한 감정의 공감이 마음 외적으로 명확하게 확정된다고 생각했다. 그 과정을 거치면서 사랑은 뇌 속의 화학적 반응에서 물리적 교감으로 변신한다. 손을 잡는 것은 내 물리적 구애의 의식에서 가장 먼저 돌파해야 할 과정이었다. 어쩌면 말초적이고 동물적인 욕망의 다음 단계로 가기 위한 도구였을지도 모르겠다.

자연스럽게 손을 잡는 기회를 만들 방법을 고민했다. 사람들의 시선이 내 용기를 주눅들게 하지 않도록 우리 둘만 있을 장소여야 했다. 자동차에 그녀와 나만 타고 한동안 이동한 후 한적한 산책을 즐길 수 있는 곳을 떠올렸다. 군대에 가기 전 친구와 지리산 일주 등산을 위해 찾았던 산 아래 절이 떠올랐다. 대구에서 지리산까지 아버지의 자동차를 빌려 타고 가면 세 시간 정도 걸렸다. 왕복으로 운전하고 절까지 오르내리는 동안 오롯이 그녀와 시간을 보낼 수 있다. 절집으로 가는 산길을 걷다 보면 기회가 생길 것이다. 조심스러운 나의 여행 제안에 그녀는 흔쾌히 동의해주었다. 여행이 결정된 날부터 나는 어색하지 않게 손을 잡을 수 있는 순간과 상황을 고심했다. 차를 운전하며 슬쩍 손을 감싸고 기어 손잡이를 함께 잡으면 너무 당황하겠지! 산사로 가는 비탈길을 오르며 손을 잡으며 부축해주겠다고 할까? 법당에서 같이 손잡고 기도하자면 너무 유치할까? 경내의 여러 전각으로 가는 계단을 오르내리며 기회를 잡을 수도 있을 것이다. 아버지에게 허락받은 차를 구석구석 세차하고 광택제를 발라 반짝이게 만들기 위해 한나절 동안 땀을 흘렸다. 큰 꽃무늬가 그려진 리넨 셔츠를 다림질하여 구겨지지 않도록 옷걸이에 걸었다. 청바지와 양말과 속옷에도 물을 뿌려 빳빳하게 주름을 폈다. 종교 의식을 준비하는 것처럼 정성스럽게 몸을 씻고 머리를 공들여 정리했다.

끄르륵 쇠 긁는 소리가 몇 번 울린 후에 시동이 걸렸다. 등받이에 닿은 셔츠가 구겨지지 않도록 허리에 힘을 주고 팔을 뻗어 기어를 변속했다. 팔꿈치가 접혀서 주름이 생기지 않도록 셔츠 팔을 잡아당기며 이제 막 햇빛이 들기 시작하는 골목을 천천히 빠져나갔다. 무더운 날씨였지만 눈이 부시도록 아름다운 아침이었다. 약속한 시각에 정확하게 그녀가 나타났다. 검은 스키니 바지 위에 하얀 블라우스가 그녀의 몸매를 돋보이게 했다. 걸음을 옮길 때마다 길게 풀어 내린 머리카락 윤기가 햇빛을 받아 찰랑거렸다. 나를 알아본 그녀가 손을 흔들며 수줍은 미소를 지었다. 그녀가 다가오며 나와 거리가 조금씩 가까워지는 시간이 무의식 속에서 짧게 분해되었다. 시간의 픽셀 속에서 내 의식은 몸에서 빠져나와 공중으로 떠오르고 있었다. 흑조를 발견한 이후 그녀를 마주할 때마다 내 감정의 카타르시스는 반복되었다. 흐트러지지도 않은 머리카락을 다시 한번 가다듬고 구김이 가기 시작하는 꽃무늬 셔츠 팔을 잡아당겨 펼치고 있는 사이 그녀가 차에 올랐다. 그녀의 라일락 향기가 그녀와 나 사이에 존재하는 차 안의 공간을 가득 채웠다.

사랑이란 감정의 정체는 무엇일까? 나의 내면에서 폭발하는 이 감정은 무엇에서 비롯된 것일까? 존재하기 때문에 인식하는 것이 아니라 인식하기 때문에 존재한다는 현대 물리학의 정의를 확장한다면, 내가 이 세상에 존재하기 위해서는 누군가가 나를 인식해주어야 한다. 내 실체를 인식해주고 나와 감정적으로 동화되는 존재를 만나는 그 순간부터 비로소 내 존재에 의미가 부여된다. 유전자를 공유하는 가족의 사랑은 본능이다. 본능은 타고나는 것이다. 순간적으로 폭발을 일으키지 않는다. 사랑에 빠진 이들에게 일어나는 감정의 연쇄 폭발이 서로 공유되고 있다는 사실을 확인하였을 때, 남자 여자는 비로소 이 우주에 실재한다는 인식을 가장 강렬하게 느낀다.

사랑을 시작하면 우리의 수많은 말과 행동에 의미가 부여되기 시작한다. 인도가 없는 학교 앞 도로를 걸으며 뒤쪽에서 오는 차가 아슬아슬하게 내 옆을 비켜 갈 때, 내 셔츠 자락을 두 손가락으로 부끄럽게 살짝 당기면서 위험을 알려주거나, 같이 밥을 먹을 때, 냅킨을 손바닥으로 문질러 반듯하게 펴고 그 위에 숟가락은 왼쪽 젓가락은 오른쪽에 맞추어 놔주고, 식사가 끝나면 입 닦는 냅킨을 내밀 때는 내가 그녀의 보살핌과 보호를 받는 존재가 되었다는 기쁜 마음을 감출 수 없었다. 서로 사랑한다고 말하지는 않았지만 내 존재에 진정으로 의미가 부여되는 순간들이었다.

생각해보면 그녀에 대해 내가 아는 것은 많지 않았다. 누구의 딸이며, 어떻게 자랐으며, 어떤 숨겨놓은 성격이 있는지 알지 못했지만, 그녀에 대한 내 감정은 확신에 차 있었다. 그 확신이 어디에서 오는 것이냐고 물으면 나는 마땅한 답을 찾기 어렵다. 내가 그녀와 함께 얻은 행복은 내가 평소에 이상적으로 여겼던 여성상에 정확하게 들어맞는 사람을 만났다는 확신도 아니었고 그런 사람을 만나기 위한 피나는 노력 후의 성취도 아니었다. 의도하지도 노력하지도 않았던 첫 만남은 우연이었다. 어떤 운명이 존재했었는지 모르지만 나는 우리 운명의 설계자와 실현 경로를 알지 못한다. 감정적 상호작용을 일으킬 수 있는 조우가 기적적으로 우리에게 주어진 후에도 세상에서 가장 소중한 사람이라고 여겨지는 수많은 우연이 그 뒤에 이어졌다. 기적 이외에 그 모든 과정을 달리 표현할 방법이 없다.

안전벨트를 끌어당기는 그녀의 손을 도와 버클을 채워주었다. 눈부신 한여름 햇빛이 처마 끝에서 부서지는 주택가의 좁은 골목길을 천천히 빠져나왔다. 에어컨 냉기가 그녀의 피부에 직접 닿지 않도록 바람 출구 방향을 조정했다. 무릎 위에 가지런히 모아 놓은 그녀의 손에 눈길이 갔다. 희고 부드러운 손가락 끝 손톱에 윤기가 반짝였다. 그녀가 고개를 돌려 눈이 마주치면 나는 범죄를 모의하다 들킨 사람처럼 움찔 놀라 시선을 급히 다른 곳으로 옮겼다. 그녀와 나는 동화 속의 주인공이 되었다. 그녀와 만들어가는 이야기의 구도는 점점 해피엔딩에 다가갔다. 무성한 초록 잎이 도로에 넓은 그늘을 만드는 가로수가 우거진 그녀 집 앞의 골목길을 가로질러 도시 순환도로를 달렸다. 지리산으로 향하는 88번 고속도로를 타기 위해 남쪽으로 향하는 국도를 따라 운전했다. 도시를 벗어나면서 산악을 가로지르는 도로 주변의 아름다운 경치가 보이기 시작했다. 녹음이 우거진 산허리를 돌아 나오면 고도가 높은 도로에서 산에 둘러싸인 평야를 한눈에 보기도 하고 지리산의 날카로운 산세를 먼 경치로 감상하면서 운전할 수 있었다. 나는 자세를 바로 세우고 턱을 잡아당겨 나의 운전하는 모습이 그녀에게 멋있게 보이기 위해 애썼다. 중앙분리대가 없는 산악 고속도로가 상당히 위험해서 마주 오는 차를 유심히 살피며 운전에 신경을 집중하고 있었다.

그녀와 내가 외부와 단절된 공간에 같이 앉아 아름다운 풍경을 마주하며 서로의 체온을 느끼고 체취를 맡으면서 오로지 상대에게만 의식을 집중하는 이런 시간이 주어졌다는 사실을 황홀하게 체감하고 있던 순간이었다.

"왜 내가 좋았어요?"

그녀의 질문은 짧고 명확했다.

내가 그녀를 사랑한다는 감정은 분명했다. 이유는 규정하기 어려웠다. 그녀의 어떤 구체적인 특징 때문에 사랑하는 것이 아니라 그녀라는 사실 때문에 사랑하는 것이었다. 그녀는 우리가 교감하고 있는 이 감정의 정체를 내게 묻고 있었다. 사랑이라는 모호하지만 확실한 감정은 인간이 느끼는 심리적 변화 중에 언어로 확정하기 가장 어렵다. 내가 그녀를 사랑하는 '무엇'에 대하여 의식에 존재하는 답을 언어로 표현할 능력은 내게 없었다.

사랑의 가장 큰 결점은 그것이 소멸하면 감당하기 힘든 심각한 불행을 우리에게 안겨줄 위험이 있다는 것이다. 서로를 갈망하던 초기의 관계가 익숙하게 되면서 시간이 지나고 서로의 존재를 당연하게 받아들이는 시기에 이르면 감정적 상호작용으로 인한 로맨틱한 관계를 지속하기 어려워진다. 사랑은 무미건조해지고 요동치던 감정은 다시 고요해진다. 나는 사랑의 결점을 고려할 필요 없이 끓어오르는 내 감정이 그녀와 동화되고 있다는 사실을 확인하고자 했다. 표정과 행동과 손짓에서 그녀의 심리에 대한 어떤 결론과 확신을 얻기 위해 '나라면?'이라고 생각하고 내가 겪은 얼마 되지 않은 사랑 비슷한 감정의 결과들을 돌이켜보기도 했다. 그동안 내가 겪었던 몇 번의 감정들은 온전히 일방적이어서 내 구애의 행동과 제안을 어느 누구도 수락한 기억이 없다. 나의 감정이 상대와 호응을 하지 못한다고 판단되면 나의 시도는 거기에서 더 나아가지 못했다. 상대에 대한 내 감정도 불 꺼진 촛불의 잔연처럼 미미하게 푸르륵 날리고 나면 금방 싸늘해졌다. 하지만 그녀는 오늘 나를 따라서 여행을 떠나기로 결심했고, 내 마음에 들기 위한 멋진 외출복을 고르기 위해 거울 앞에서 고심했을 것이 분명하다. 내가 운전하는 차 옆자리에 앉아 조용히 미소를 짓고 있는 그녀의 선택만으로도 내가 그녀에게 어떤 존재로 정의되어 있는지 내 마음대로 확신을 가졌다. 그녀가 나를 사랑하는 것이 분명하며 이제부터 나의 어떤 구애의 행동도 용납해줄 것이다. '왜 내가 좋았어요?'라는 질문도 어쩌면 내가 그녀를 사랑한다는 증거를 더 확실하게 보여주기를 기대하고 있다는 표시일 것이라 여겨졌다.

"이유가 있어야 하나요?"

나는 마땅한 대답을 찾지 못했다. 그동안 그녀에게 느꼈던 감정의 폭발 과정을 모두 설명할 수도 없었다.

숨겨놓은 의도를 들키지 않고 우연히 손을 잡을 수 있도록 여행 중에 예상되는 상황마다 해야 할 말과 행동을 하나하나 노트에 미리 써두었다. 수증기 가득한 욕실 거울 앞에서 써놓은 대로 연습도 했다.

"저… 손 잡아도…?"

"우리 이제 손잡읍시다."

막무가내로 불쑥 손을 잡아도 씩 웃으면서 내 손을 뿌리치지 않을 것도 같았다.

절집의 가파른 계단을 오르면서

"어! 계단이 위험하네!"

하고 자연스럽게 손을 내밀까? 아니면 운전 중에 시선을 앞에 고정하고 그녀의 손 위에 내 손을 뻗어 슬쩍 포개 볼까? 밤늦도록 고민해서 준비한 시나리오를 실행할 순간을 포착하기 위해 신경은 온통 그녀의 손에 집중하고 있었다. 차는 산악지형을 지나 네모반듯하게 구획 정리된 논 사이를 달렸다. 길은 모내기를 막 끝낸 초록 들판 사이로 이어졌다. 굽이굽이 골짜기와 들쭉날쭉 멧부리 사이의 너른 평야가 끝나면 섬진강을 따라 달리는 강변도로를 만난다. 봄이면 강변 산기슭에 피는 분홍 매화꽃과 순백의 벚꽃 가로수가 조화를 이루어 우리나라에서 가장 유명한 꽃길을 이루는 곳이다. 무더위에 꽃은 지고 수분을 잔뜩 머금은 나뭇잎들만 나무에 무성했다. 푸른빛이 맑은 초록으로 흐려진 고목 가로수들의 넓은 그늘이 곧게 뻗은 길에 시원한 그림자 터널을 만들고 있었다.

"창문 열어도 돼요?"

이렇게 말하는 그녀에게 대답 대신 스위치를 눌러 그녀 쪽 창문을 열어주었다. 다시 운전에 집중하기 위해 시선을 앞으로 향한 후에도 한동안 그녀는 내 얼굴에 시선을 떼지 않았다. 운전하는 내 옆모습을 쳐다보는 그녀의 눈길을 강하게 느낄 수 있었다. 지리산까지 가는 길에서 우리가 나눈 수많은 단어보다 그녀의 눈빛에서 내게 느끼는 사랑의 단서를 더 명확하게 찾을 수 있었다. 그 순간 사랑이라는 모호한 감정은 우리 둘 사이의 확실한 교감으로 정착되었다. 그 교감은 내가 평생 놓치지 말아야 할 목표가 되었다. 나는 바람에 날리는 머리카락을 쓸어 넘기는 그녀의 손가락에 집중했다.

나처럼 그녀도 길의 풍경에 의식을 빼앗기고 있었다. 에어컨을 끄고 창을 내렸다. 팔을 밖으로 내밀어 손바닥을 넓게 펼쳤다. 시원한 바람이 피부에 부딪히며 상쾌한 기운이 가슴까지 전해졌다. 그녀도 나를 따라 팔을 내밀고 눈을 살짝 감더니 깊게 숨을 들이마셨다. 나직하게 숨을 내쉬며 짧은 신음을 냈다. 나는 액셀에서 발을 떼고 속도를 줄였다. 차 안으로 밀려드는 바람에 그녀의 머리카락이 내 쪽으로 날렸고 햇빛이 그녀의 가늘고 긴 손가락 끝에서 반사되었다.

산사의 입구에 이르렀다. 큰 기둥 두 개로 커다란 지붕을 떠받치고 있는 열주문의 모습이 보는 사람을 위태롭게 만들었다. 대웅전으로 가는 길에 깔린 거칠고 굵은 모래가 걸음을 옮길 때마다 사각사각 소리를 내며 옅은 먼지를 일으켰다. 우리는 나란히 산길을 걸으면서 서로의 팔이 부딪히지 않도록 어정쩡한 거리를 유지했다. 띄엄띄엄 눈이 마주쳤고 대화는 많이 하지 않았다. 나는 그녀가 나를 바라보는 눈빛에서 발산하는 그녀의 마음을 읽기 원했다. 숲속 공기에 무더운 습기가 가득해서 길가 나무 밑둥치와 나무 그늘 아래 바위에 푸른 이끼가 축축하게 물을 머금고 있었다. 언덕길을 오르며 그녀의 손을 슬쩍 잡아채고 싶었지만, 곁눈질로 손가락 끝만 훔쳐볼 뿐이었다. 키 큰 잣나무 가지 사이를 비집고 들어온 햇빛 줄기가 그녀의 어깨 위에 빛과 그림자를 드문드문 만들었다. 뜨겁고 습한 바람이 계곡 잡목 사이로 느릿느릿 불어왔다.

누군가를 사랑하는 감정은 오랫동안 대상을 관찰하거나

조사한 결과를 분석해서 결정한 합리적 판단이 아니다. 그것은 어느 한순간 이유 없이 그리고 통제 불가능하게 밀려오는 감정의 폭발이다. 그런 감정의 상호작용 후에 느끼는 욕망은 신체적 접촉이다. 그녀가 보낸 눈빛에서 나의 모호한 감정이 사랑이라고 확신하게 되면서 더 이상 접촉에 대한 거절을 두려워할 이유가 없었다. 접촉의 욕망은 손에 먼저 집중하게 되고 얼굴과 입술로 이어진다. 그리고 옷에 가려진 몸에 대한 환상에 사로잡힌다.

산사 마당은 산의 경사진 지형을 따라 구불구불 쌓아놓은 돌담에 둘러싸여 있었다. 숲에서 불어오는 습기 가득한 공기에 흠뻑 젖은 돌담에 푸른 이끼가 솜뭉치처럼 뭉글뭉글 붙어 있었다. 산 아래 작은 개울로 이어지는 낮은 돌담 아래에 이름 모를 꽃이 만발했다. 긴 곡선의 녹색 잎 사이로 곧게 쭉 뻗은 줄기 위에 하늘을 반듯하게 보고 피어있는 커다란 분홍색 꽃의 자태가 아름다웠다. 꽃이 산사에 경건하고 엄숙한 분위기를 보탰다. 그녀와 나는 마당에 피어 있는 꽃을 보며 큰 기쁨을 느꼈다. 사람들은 과거를 회상할 때, 그때의 기쁨과 행복 또는 슬픔과 불행을 상징하는 상황과 풍경과 대화의 기억이 스냅사진처럼 남는 경우가 있다. 나는 절 마당의 아름다운 풍경과 이 꽃이 내 마음 앞에서 둥둥 떠다니는 지금 이 순간이 앞으로 평생 그녀를 떠올릴 때, 그녀보다 이 꽃들을 먼저 회상하며 우리가 함께한 행복한 시간의 상징으로 기억하게 될 것이다.

꽃을 바라보는 그녀의 뒷모습이 내 눈에 들어왔다. 몸에 밀착된 검은 바지가 가느다란 종아리와 허벅지를 거쳐 엉덩이 라인을 그대로 드러내고 있었다. 하얀 실크 블라우스의 주름이 몸을 움직일 때마다 어깨 위에서 스르륵 풀렸다. 검은 윤기가 반짝이는 머리칼이 블라우스 표면을 미끄러졌다. 꽃을 가까이 보기 위해 앉으며 머리칼을 한쪽 어깨 너머로 넘기는 손가락이 길고 희었다. 목에서 턱으로 이어지는 피부의 선이 우윳빛으로 빛났다. 그녀는 아무 노력도 하지 않으면서 꽃잎처럼 우아하게 움직였다.

정열적으로 타오르는 한낮 태양의 열기가 언덕길을 오르며 가열된 몸을 더 뜨겁게 만들었다. 걷는 내내 그녀의 손에 집착하는 마음의 열기도 한껏 달아올라 등에 땀이 나기 시작할 무렵, 큰 북이 걸린 누각 아래 그늘에 다다랐다. 돌계단을 여남은 칸 오르면 대웅전 앞마당이었다. 다시 뜨거운 햇빛 아래로 나가기 전 우리는 잠시 걸음을 멈추었다. 그녀가 내 옆으로 다가오더니 땀 흐르는 내 얼굴에 손바닥으로 부채질을 해주었다. 그녀의 손에서 바람은 일지 않았다. 내 심장이 불에 댄 듯 놀라더니 격렬하게 혈액을 내뿜기 시작했다. 귀 아래 혈관이 뜀박질하는 압력을 느낄 수 있었고 입안이 바짝 마르며 숨이 차올랐다. 나는 억지로 미소를 지어 보였다.

내가 먼저 계단을 올랐다. 화강암을 거칠게 다듬어 모서리의 경계가 없고 폭이 짧은 돌계단이 한걸음에 오르기에는 높았다. 발을 높게 떼지 않으면 뒤로 넘어질까 위험해 보였다. 내가 두어 계단을 오르는 동안 그녀는 움직이지 못하고 머뭇거렸다. 걸음을 멈추어 뒤를 돌아보며 나도 모르게 한 손을 내미는 순간이었다. 그녀가 내 손을 잡았다. 손가락을 교차하여 맞잡고 미끄러지지 않도록 힘을 주었다. 그리고 그녀는 계단 하나를 올라왔다. 예기치 않게 일어난 일이었다. 내가 계획한 시나리오에는 이런 상황의 대처 방법이 없었다. 간절했던 이물감이 내 손가락 마디와 손바닥 주름 사이 사이에 느껴졌다. 그녀의 손은 내가 상상했던 것보다 차가웠다. 나는 생각이 복잡해졌다. 그녀가 내게 보내는 신호에 나는 어떻게 응답해야 할까? 어떤 표정을 지어야 할까? 얼마나 세게 잡아야 할까? 그 모든 감정이, 내가 찾고 상상했던 그 모든 것이, 그 순간 그곳에 모두 밀어닥쳤다.

그녀의 오른팔을 끌어올리려 마지막 계단을 올랐다. 우리는 그늘이 없는 대웅전 마당을 가로질러 걸었다. 그녀가 손을 놓아 버리지 않을까 걱정이었다. 나는 내 손에 어떤 미동도 할 수 없었다. 아무 말도 하지 않았다. 고개를 돌려 그녀의 눈을 쳐다보지도 못했다. 팔이 얼어붙은 것처럼 손을 잡고 조용히 대웅전 처마 아래 그늘을 따라 산책했다.

뒷담 돌 사이에 숨어있던 두꺼비 한 마리가 놀라 풀숲으로 뛰어들었고 매미 울음소리가 요란했다. 시원한 숲속 바람이 얼굴을 스치며 흘렀다.

인천에서 출발한 후 4시간 만에 홍콩공항 환승 터미널에 내렸다. 배가 고팠다. 중국요리 식당이 가장 붐볐다. 메뉴만 보고는 무슨 재료를 어떻게 요리하는지 알 수 없었다. 유리 진열대의 음식모형으로 재료를 짐작했다. 가지고 있는 호주 달러와 뉴질랜드 달러를 식당에서 받아주지 않았다. 음식값을 지불할 돈이 없었다.

아내의 오빠에게 빌려온 신용카드를 내밀어 보았다. 형식적인 사인으로 결제가 가능한 우리나라와는 달리 해외에서 신용카드를 사용하려면 계산대 직원이 내미는 조그만 숫자판에 비밀번호를 입력해야한다. 신용카드의 주인에게 국제전화를 걸었다. 한국에서는 필요 없는 비밀번호를 형님이 알 리 없었다.

공항을 뒤져 ATM기를 찾았다. 기계마다 돈을 찾으려는 사람들의 줄이 길었다. 뒷줄 사람을 아랑곳하지 않고 자기 일을 느긋하게 처리하는 앞 사람들의 일이 끝나기를 기다려 홍콩달러를 인출했다. 돈 찾으러 갔다가 한참 만에 돌아온 나를 가족들이 안도의 눈빛으로 반겼다. 향신료 냄새가 거북한 중국식 쌀 요리와 국수는 돈 찾는 수고가 아까운 맛이었다.

나는 신용카드가 없다. 식당을 운영하며 이곳저곳에서 빌린 대출과 현금서비스 상환이 연체된 기록 때문에 개인 신용이 하락해서 5년 전부터 신용카드 재발급을 거부당했기 때문이다. 그 후로 나는 신용카드를 가질 수 없었다. 하지만, 신용을 회복하고 적지 않은 시간이 지난 지금까지도 나는 신용카드를 다시 가질 계획이 없다. 사회생활을 하며 처음으로 신용카드를 사용하지 않은 동안 나는 오히려 경제적 압박에서 해방되었다. 누군가에게 갚아야 할 돈이 없다는 사실이 주는 자유는 이전에 한 번도 느끼지 못한 경험이었다.

신용카드 소비는 빚이다. 한 달 후에 모두 상환해야 할 부채다. 신용카드를 사용하고 결제일에 갚거나 리볼빙을 통해 분할상환하는 행위는 내 돈을 내게 빌려주는 신용카드회사에 이자와 수수료를 지급하는 비상식적이고 비효율적인 소비 행태이다. 결제일이 돌아오면 우리는 이 사실을 깨닫지만, 신용 소비의 굴레에 빠지면 다시 빠져나오기 힘들다. 수입과 지출이 정해져 있는 월급생활자에게 신용카드는 지난달 소비를 이번 월급날에 갚고 이달 소비는 다시 신용카드 빚으로 남겨 두는 악순환의 고리를 끊기 힘들다.

사람들은 지금 당장 현금이 없어도 살 수 있는 물건과 서비스 앞에서 본능적 소비 욕구와 합리적 이성 사이의 선택에 놓이면 대부분 이성이 욕구를 이기지 못한다. 소비의 쾌락에 물들기 시작한 욕구는 나의 현실과 분수를 점점 망각하게 만들고 결제일에 갚아야 할 빚은 점점 감당하기 힘들게 된다. 사용자의 과소비 규모를 극단적으로 키우고 신용카드회사의 수익을 최대로 만드는 멋진 작품인 리볼빙서비스를 이용하거나 현금서비스 돌려막기를 시작하면 파멸은 시간문제다.

리볼빙서비스는 최악의 부채상환방법이다. 내 돈을 내가 빌려 쓰고 발생한 이자에 또 복리 이자를 더해서 갚아야 하는 방식은 신용카드회사의 악랄한 약탈적 영업 수법이다. 최근에는 인터넷뱅킹이라는 이름으로 소비를 더 쉽게 만든다. 어린아이들까지 소액을 신용으로 지출한다. 현금 없는 사회라는 그럴듯한 첨단 기술로 포장하지만,

결국 우리의 경제생활은 신용 소비와 부채상환이라는 악순환의 고리에 묶여서 내 노동의 대가를 은행에 저당 잡히고 그들의 이자와 수수료를 벌어주는 노예가 된다.

사회생활을 시작하는 봉급생활자와 저축과 소비의 균형이 필요한 신혼부부는 신용카드를 통한 소비 악순환의 고리를 끊어야 한다고 역설하고 싶다.

'쓰기 위해 돈을 버느냐?', '갚기 위해 돈을 버느냐?'의 차이는 크다. 돈을 '벌기→모으기→쓰기'의 순서가 합리적인 경제활동이라면, 돈을 '쓰기→벌기→갚기'는 신용카드 소비가 일반화된 지출 패턴이다. 월급을 제대로 만져보지도 못하고 돈을 벌고 모으는 행복이 사라진다면 사회생활을 지탱하는 의미가 반감될 것이다. 카드 대금을 연체하지 않는 것이 돈을 버는 중요한 목표가 된다면 경제적으로 나은 미래의 설계는 불가능하다. 소비를 줄이려면 좀 불편한 소비구조를 만드는 것이 답이다. 체크카드를 사용하면 내 통장 잔액을 넘는 지출은 불가능해진다. 현금 사용은 지출 한계를 강제하고 소비 욕구를 이성으로 통제하는 좋은 방법이다.

신용카드가 없는 지난 몇 년간 나의 경제활동을 돌이켜보면, 첫째, 수입과 지출로 연결되는 돈의 흐름을 내 의도대로 통제할 수 있게 되었다. 지출은 언제나 나의 통장 잔액 내에서 이루어졌다. 둘째, 소비를 필수적인 것으로 한정하여 과하거나 즉흥적인 소비를 막을 수 있었다. 물건값을 치르기 위해 현금을 세다 보면 지금 내가 구매

를 결정한 물건이 이 많은 돈을 지불할 가치가 있는가? 다시 생각하게 되고, 거액이 필요한 소비재는 구매를 더 신중하게 검토하거나 필요한 금액을 모을 때까지 구매를 미루게 된다. 진정한 경제적 자유란, 내가 상상하는 모든 소비를 거리낌 없이 실행할 수 있는 돈을 가지는 것이 아니라 타인의 유혹이나 독촉에 얽매이지 않고 내가 가진 돈을 내 이성과 의지대로 지출할 수 있는 상태를 의미한다.

우리 회사는 직원들과 대표인 내가 사용하는 법인카드도 체크카드를 사용한다. 내 월급은 현금으로 인출하여 아내에게 직접 가져다준다. 봉투 가득 담긴 현금을 주는 사람은 흐뭇하고 받는 사람도 즐겁다. 부피 큰 현금을 사용하려면 때로는 불편하다. 하지만 그 불편이 우리를 경제적 자유로 이끈다.

브리즈번공항에서 크라이스트처치로 가는 비행기로 갈아타기 위해 다시 여섯 시간을 기다렸다. 활주로가 보이는 창에서 승객이 앉은 머리 위 천정으로 연결되는 터미널의 나선형 벽면 전체가 투명한 유리였다. 넓은 시야에 햇빛이 환하게 들어왔다. 한국에서는 보기 어려운 골드코스트의 높고 짙푸른 하늘이 눈부셨다. 비행기들이 이착륙하고 주기장으로 이동하는 활주로 풍경이 거대한 영화 스크린처럼 유리창 너머로 펼쳐졌다.

짧은 비행 후 자정 가까이 크라이스트처치공항에 도착했다. 다른 나라에 처음 도착했을 때, 공항에서 거쳐야 할 절차들이 여행객을 긴장시킨다. 비행기에서 내려 줄지어 앞사람을 따라간 승객들이 첫 번째로 마주하는 사람은 입국심사관이다. 앞사람에게 어떤 질문을 하고 어떤 표정을 짓는지 유심히 살피면서 내 순서를 기다린다. 표정 없는 그가 하는 말을 알아듣기 위해 귀를 세운다. 내 대답이 그의 질문에 적합한지 걱정하며 억지 미소를 짓는다. 도장을 눌러 찍은 여권을 돌려받고 나면 안도의 한숨을 쉰다. 컨베이어 벨트에 실려 나오는 가방을 찾고 나면 세관 담당자 앞을 지나야 한다. 매서운 눈으로 관찰하다 그들의 업무 경험적 무작위로 승객을 선택하여 반입 물품을 검사한다. 태연한 눈빛을 유지하고 여유 있게 움직이면서 그들에게 특이점이 발견되지 않도록 긴장한다. 숙소로 이동할 교통수단이 출발하는 장소와 탑승권 판매 기계를 찾아 작동방법을 알아내야 한다. 해야 할 일을 처리하고 가야 할 곳을 찾고 어리둥절한 가족들을 살피느라 공항에서는 항상 눈동자가 저절로 커진다.

모든 절차를 무사히 마치고 공항건물을 빠져나왔다. 숙소를 예약하며 호텔에서 보내주는 밴을 신청해두었다. 공중전화를 찾아 호텔에 전화했다. 자정까지만 운행한댔는데 벌써 11시가 넘었다. 영국식 억양이 강한 남자가 15분 안에 밴을 보내줄 테니 공항 경찰서 앞에 기다리라 했다. 밤공기가 차가웠다. 아이들은 춥다며 엄마 다리를 감아 안았다. 짐을 풀어 외투를 꺼낼 수 없는 아내가 아이들을 바람 부는 반대 방향으로 돌려세우고 자기 몸으로 냉기를 막아섰다. 시내의 호텔들은 고객들을 태워가기 위해 각자의 밴을 공항까지 운행했다. 여러 호텔 이름이 적힌 다양한 차종의 밴들이 터미널 앞 작은 로터리를 돌아 들어왔다. 작은 승용차부터 커다란 버스와 중형 밴과 긴 리무진이 꼬리를 물었다. 우리가 묵을 호텔 이름이 적힌 밴을 어렵지 않게 찾았다.

호텔로 가는 승객은 우리 가족이 유일했다. 덩치 큰 백인 운전기사가 우리를 확인하고 무표정하게 짐을 싣고서는 주변에 아무것도 보이지 않는 어두운 밤길을 달려 숙소에 도착했다. 공항에서 십여 분 거리의 조용한 주택가였다. 길게 뻗은 마당을 따라 좌우에 줄지어 있는 여닫이문 하나를 열면 바로 침대가 있는 소박한 숙소였다. 현관도 복도도 없는 구조였다. 커튼을 내리지 않으면 마당을 지나가는 다른 투숙객들에게 우리가 잠자는 모습이 고스란히 들여다보였다. 방은 깨끗하고 침대는 잘 정돈되어있었다. 큰 침대가 있는 큰 방 옆의 작은 방에는 이층 침대가 있었다. 아내와 연재가 큰 방을 쓰고 윤재는 이층 침대의 아래층 나는 그 위층을 사용하기로 했다. 침대 2층은 천정이 가까이 붙어있고 창문이 작아 답답했다. 긴 비행에 지친 나는 불평할 사이도 없이 금방 잠이 들었다.

Tekapo Lake

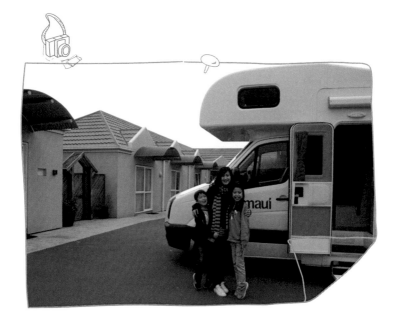

이코노미석 비행은 여행경험이 많은 사람조차 언제나 괴로운 일이다. 몸을 빳빳하게 세워 앉아야 하는 자리에서 수면은 쉽지 않다. 사람 몸이 꼭 끼이는 앞과 옆의 좌석 간격이 답답하다. 엔진 소리가 한 시도 쉬지 않고 울린다. 음식 냄새와 승객들의 체취가 뒤섞인 불쾌한 실내 공기가 두통을 일으킨다. 좁은 의자에 앉아 할 일 없는 긴 시간의 무료함을 이겨내야 한다. 대륙 사이를 이동하는 여행에서는 시차도 겪어야 한다. 여행지 도착 첫날이 가장 피곤하다. 침대 이층에 누워 아침에 무심코 일어나다가는 낮은 천정에 머리를 다치겠다고 걱정하며 침대에 누운 기억이 났다. 간밤에는 평소처럼 베개를 베고 몸을 뒤척이며 불면을 걱정하면서 잠들기 위해 치러야 하는 행동의 기억이 없다. 잠드는 순간의 기억 없이 잠에 빠진 경우는 내게 흔한 일이 아니다. 알람 소리에 놀라 눈을 떴다. 캠핑 밴을 찾으러 공항으로 가야 했다. 샤워하는 물소리에 아내가 깼다. 아이들과 낯선 모텔에 남겨지는 아내는 불안해했다. 모텔 사무실로 갔다, 아홉 시가 가까워지는데 문이 닫혀있었다. '어떻게 하지? 닫힌 창문을 들여다보았다. 안에서 인기척이 있었다. 얼굴이 둥글고 살집이 많은 마오리족 원주민 아주머니가 문을 열어주었다. 미니 밴으로 공항까지 태워달라 부탁했다. 아주머니 대답은 분명히 영어였고, 지금은 안 된다는 뜻은 이해했다. 이유를 설명하는데 도무지 알아들을 수 없었다. 고개를 갸우뚱하는 내게 "논 뽀띠, 논 뽀띠."라고 반복했다.

나만큼 답답했던 아주머니가 메모지에 숫자를 써 보여주었다.

'9 : 30'

숫자를 처음 배운 아이처럼 획이 비뚤고 선명하지 않아 알아보기 어려운 글씨체였다.

"아! 나인 서티."

9시 30분이 되어야 미니 밴 운행을 시작한다는 뜻이었다. "나인 서티"를 "논 뽀띠"로 발음하니 알아들을 방법이 없었다. 그 후에도 여행 중에 만난 이곳 사람들의 영어는 영국식 발음에 원주민 발음이 섞여 알아듣기 어려운 단어가 많았다. 특히 숫자 발음이 이상했다. '인'은 '논'으로, '텐'은 '톤' 비슷하게 발음했다.

9시 30분에 출발하면 캠핑 밴을 인수하기로 약속한 시각에 도착하지 못한다. 택시를 불러 달라 부탁했다. 10분쯤 후에 도착한 동양인 택시기사는 표정이 밝고 친절했다.

캠핑 밴을 빌려주는 사무실 직원은 키가 작고 얼굴이 통통한 백인 청년이었다. 다친 한쪽 팔을 깁스하여 목에 걸고 있는 청년이 자동차의 사용법을 친절하게 설명해주었다. 서류를 다시 확인한 그는 자동차 열쇠를 건네주며 하얀 깁스 끝에 삐죽하게 튀어나온 손가락을 내밀어 악수를 청하며 말했다.

"Have a nice trip."

자! 이제 출발이다. 핸들이 오른쪽에 있고 도로 왼쪽으로 운전하는 뉴질랜드에서는 중앙선을 헷갈리지 않는 것이 중요하다. 항상 중앙선을 오른쪽 겨드랑이에 끼고 있다고 생각하며 운전해야 한다. 내비게이션이 알려주는 대로 모텔로 돌아오고 있었다. 첫 번째 만난 로터리를 돌다가 중앙선 방향을 착각해서 다른 길로 빠져 버렸다. 작은 버스만한 차는 좌우 앞뒤 크기와 회전반경이 익숙하지 않아 운전이 조심스러웠다. 예상한 시간보다 늦게 돌아온 내게 왜 이제야 도착하냐고 말하는 아내의 표정에 안도감이 보였다. 상상보다 큰 차를 보고 아이들이 놀랐다. 실내를 뛰어다니고 시설들을 열어보며 신기해했다. 짐을 옮겨 실었다. 차가 움직이자 실내가 시끄러웠다. 주방 집기들이 서랍 속에서 부딪혔고 디젤엔진 소음도 귀에 거슬렸다.

크라이스트처치를 제외하면 뉴질랜드 남섬에는 도시라고 할 만한 곳이 없다. 시골 마을과 외진 캠프장을 따라 15일 동안 이동할 예정이기 때문에 도시를 벗어나기 전에 식료품을 사야 했다. 렌트 회사에서 알려준 공항 근처 한국식료품점 두 곳 중에 규모가 큰 곳은 문을 닫았는지 결국 찾지 못했다. 익숙하지 않은 차를 조심스럽게 운전하여 두 번째 가게를 찾았다. 라면과 김은 한국산이었지만 쌀은 찰기 없는 캘리포니아산만 판매했다. 앞으로 보름 동안 찰진 쌀밥은 먹을 수 없게 되었다.

도시는 작았다. 식료품점 주차장을 나오면서부터 건물은 사라졌고 지평선이 보이는 초원이 길 양편으로 펼쳐졌다. 계절과 어울리지 않는 하얀 눈이 쌓인 산이 아득한 지평선 끝의 풍경을 채웠다. 하늘이 아침부터 계속 흐리더니 부슬비가 내리기 시작했다. 평원 끝 구릉을 오르락내리락 길을 따라 돌아서자 푸른 호수가 나타났다. 우리가 첫 번째 밤을 보낼 캠프장이 있는 데카포호수에 도착했다. 식당과 기념품점과 주유소가 줄지어 있는 마을을 가로질러 호숫가 숲길로 들어갔다. 빗줄기가 굵어지고 젖은 공기가 서늘했다. 사무실에서 지정한 자리에 주차하고 외부전원을 차와 연결했다. 가방을 풀어 생활용품과 음식을 차 안 수납장에 종류별로 정리했다. 뉴질랜드를 떠날 때까지 쓸모없어진 빈 가방은 바닥 트렁크로 옮겼다.

내가 캠핑 밴이 흔들리지 않도록 고정하는 동안 윤재는 주차장을 가로질러 가는 오리 가족을 놀렸다. 주춤주춤 손을 휘젓는 아이의 위협에 오리들은 전혀 동요하지 않고 가던 길을 갔다. 오리에게 겁을 주는 건지 아이가 겁을 먹은 건지 분명하지 않았다. 자신의 행동에 반응이 없어 약이 오른 아이는 급기야 오리에게 돌을 던졌다.

"죄 없는 오리를 왜 괴롭혀? 그러다 오리가 다치면 어떻게 하려고?"

지켜보던 나는 점점 과격해지는 아이의 행동을 말렸다.

호수 물가로 내려갔다. 키 큰 침엽수가 하늘 높이 뻗어있는 숲 바닥에 켜켜이 쌓인 낙엽이 발바닥에 푹신하게 닿았다. 하늘은 여전히 짙은 회색 구름을 가득 품고 있었지만 비는 멈추었다. 나뭇가지에 간신히 매달려 있던 빗방울들이 나무 아래를 지나가는 우리 머리 위로 불규칙하게 투둑투둑 떨어졌다. 완만한 산 지형을 따라 형성된 부드러운 곡선 호안이 아름다웠다. 물빛이 신비로웠다.

어린 시절 학교 미술 시간에 이런 색을 본 기억이 있다. 수채화 수업을 마치고 미술도구를 정리하는 시간이었다. 하늘색으로 사용한 푸른 물감이 가득 풀린 물통에 흰 물감이 묻은 붓을 넣고 휘휘 저어 씻으면 물에 잠긴 붓털에서 굳은 흰 물감이 파란 물 아래로 하얀 띠를 이루며 회오리치듯 상승하다가 수면에서 섞인다. 푸른 물 아래에서 조금씩 퍼져 올라오는 흰 빛은 물속에서 살아 움직이는 생물처럼 꾸물꾸물 번져나간다. 푸른색 흰색이 뒤섞이는 물감통 안의 그 아름다운 빛이 데카포호수에 재현되었다. 이곳 사람들은 말로 묘사하기 어려운 호수의 물빛을 밀키블루라고 불렀다. 하얀색 우유가 가득 찬 호수에 푸른 물감을 풀어 파도에 흔들리면 아마 이런 분위기가 되지 않을까!

산 능선을 따라 완만하게 휘어진 만 안쪽 숲과 캠프장 목조건물들이 주변 경관과 잘 어울렸다. 도로는 차가 겨우 다닐 넓이만큼만 포장되었다. 인도와 도로를 나누는 경계도 불분명했다. 차가 오면 사람이 피하고 사람이 오면 차가 정지하면 그만이었다. 주차하는 공간도 콘크리트나 아스팔트 포장은 없었다. 차 크기만큼 자연석으로 경계를 구분하여 잔디와 잔돌을 깔았다. 자연훼손을 막고 숲과 호수와 어울리게 시설을 계획한 이들의 의도가 분명하게 보였다. 호수 가까이 낮은 언덕을 따라 창이 넓은 방갈로가 줄지어 있었다. 숲속 핫스파에서 뭉게뭉게 피어오르는 푸르스름한 수증기가 해 질 녘 숲의 차가운 공기와 섞였다.

캠핑 밴으로 돌아와 쌀을 씻어 밥을 짓고 김과 김치를 하나씩 뜯어 저녁을 먹었다. 캠핑용 자동차의 시설은 살림집과 비슷하다. 그릇, 포크, 나이프, 냄비, 프라이팬, 토스터, 접시, 와인 잔 등이 움직이는 차에서 흔들리지 않도록 제작된 서랍에 수납되어 있다. 가스레인지와 작은 싱크대 그리고 샤워장을 겸하는 화장실도 갖추어져 있다. 좁은 공간에 다양한 설비를 설치하다 보니 크기가 작고 통로가 비좁다. 음식을 하면 공기가 잘 빠지지 않아 불쾌한 냄새가 남았다. 샤워부스는 한사람이 들어가서 돌아서기 불편할 정도로 좁다. 물탱크가 작고 물 압력이 약해서 급한 상황이 아니면 샤워는 어렵다. 남녀를 나누어 캠프장 공동 샤워장에서 몸을 씻고 나오니 숲속이 완전하게 어두워졌다.

밤하늘의 별들이 내게 쏟아져 내려오듯이 무수하게 빛났다. 느릿한 템포로 출렁이는 파도 소리가 한밤의 숲속에 부드러운 메아리를 반복했다. 나는 하늘을 향해 머리를 뒤로 젖히고 양팔을 벌렸다. 한동안 눈을 감고 숲과 호수에서 피어나는 향기를 깊게 빨아들이며 서 있었다.

Mt Cook

잠에 빠지며 의식이 사라질 즈음부터 비가 내리기 시작했다. 운전석 위 낮은 침대칸의 얇은 지붕을 두드리는 빗방울 소리가 눈앞에서 밤새 공명했다. 공기가 서늘했다. 이불을 얼굴 위까지 끌어 올려 뒤집어썼다. 고장 난 히터는 쇠 긁는 소음을 내며 밤새 힘겹게 미지근한 바람을 뱉어냈다. 찰랑찰랑 파도 소리와 투둑투둑 빗소리가 뒤섞여 소란스러운 첫날 밤이었다.

늦잠을 잤다. 몸이 물먹은 솜처럼 무거웠다. 목이 뻐근하고 머리가 묵직했다. 멋진 호수풍경 속에서 조깅을 하려고 운동 바지를 머리맡에 두었는데 허사가 되었다. 일정을 서두를 필요는 없었지만 10시까지 체크아웃이 규칙이었다. 차를 캠프장에서 운영하는 핫스파 주차장으로 옮겼다.

피부에 도움이 되는 좋은 물이 있으면 나는 항상 희망을 품는다. 연재의 피부 문제는 오랜 치료에도 불구하고 낫지 않는다. 나는 정통

의학이든 대체 의학이든 알려진 방법으로는 치유되기 어렵다는 사실을 받아들일 수밖에 없었다. 오직 유일한 희망은 뜻밖의 경험으로 기적처럼 치유되기를 막연하게 기대하는 것이었다. 그동안 경험에 비추어 몸을 씻는 물이 중요했다. 세계여행을 하면서 좋은 물을 만나면 나는 항상 아이의 피부가 갑자기 치유되는 기적이 일어나기를 기도한다.

핫스파는 공사 중이었지만 온천욕은 할 수 있었다. 입구 양쪽을 막고 있는 합판 가림막 너머로 사람들 소리가 들렸다. 시설이 깨끗하고 잘 정돈되어있었다. 뉴질랜드 사람들은 무척 실용적이다. 사유지나 공공시설들이 화려한 꾸밈이 없고 한결같이 용도에 알맞은 최소한의 규모다. 이 나라에 도착하면 가장 먼저 마주치는 공항의 소박한 규모와 시설은 관광객들을 편안하고 친숙하게 만든다. 거대하고 화려한 인천공항은 편리하지만, 어딘가 모르게 위압감을 준다. 도로변 가정집들은 낡아 보이지만 단정해서 기품이 있다. 캠프장의 변기와 샤워기는 오물 하나 없이 깨끗하다. 천정을 따라 노출된 파이프들은 하얀 페인트 위에 먼지 한 톨 없다. 여러 사람이 사용하는 공공시설에서 흔히 발견하는 불결함은 찾기 힘들다. 세탁장의 낡고 투박한 세탁기는 작동이 잘 될까 싶었지만, 사용에는 불편함이 없다. 이 나라 사람들의 소득은 세계에서 선두에 있다.

핫스파는 소박하고 단정했다. 숲속 경사지에 원래 그곳에 있던 웅덩이처럼 자연스럽게 온천물을 담는 풀을 만들었다. 푸른 안개가 숲에서 골짜기를 타고 뜨거운 온천수 위를 휩쓸며 호수 쪽으로 흘러내렸다. 머리 위로 선명한 띠를 이루며 흐르는 안개가 신비롭고 몽환적인 분위기를 자아냈다. 뜨거운 물에 몸을 담그고 앉으면 데카포호수가 한눈에 내려다보였다. 기분 좋은 향기가 뒤섞인 숲속 공기가 폐부에 가득 찼다. 비에 젖어 냉기가 흐르는 몸을 따듯한 온천수가 포근하게 감싸주었다. 마음이 풍성해지면서 몸이 가벼워졌다. 물속 계단에 가부좌로 앉아 팔을 자연스럽게 뻗어 물의 부력에 맡겼다. 천천히 숨을 들이마셨다. 생각을 호흡에 집중했다. 의식은 몸과 숲을 넘나들며 호흡하는 공기 입자 하나하나를 감지했다. 숲을 평화롭게 산들산들 돌아다니던 공기는 호흡을 따라 콧구멍을 통해 몸속으로 들어왔다. 촉촉하게 젖어있는 붉은 목젖과 만나더니 이내 어둡고 깊은 목구멍을 따라 곤두박질친다. 복잡하게 꽈리가 얽혀있는 허파에 도착하면 자연의 기운과 향취를 내 몸에 내려놓는다. 그리고 겹겹이 쌓여있는 몸속 독소들을 묻혀 싣는다. 다시 몸 밖으로 나갈 차례다. 횡격막이 위로 쑥 올라온다. 압력에 밀려 올라가 콧구멍을 통해 몸 밖으로 빠져나온 공기 입자는 숲으로 돌아간다. 몸속에서 닦아낸 오염물은 숲속 공기와 희석된다. 의식을 호흡의 흐름에 집중하면 마음이 정화되고 몸이 가벼워진다. 자세를 바르게 하고 호흡에 집중하는 과정은 생각처럼 쉽지 않다. 대여섯 번 호흡 후에 내가 먼저 지쳤다. 의식을 집중하지 못하고 생각은 잡념에 쉽게 흩어졌다. 아내는 벌써 눈을 떠서 나를 보고 있고 아이들은 여전히 명상에 집중하고 있었다. 진지한 표정의 아이들 모습이 사랑스럽다. 아내가 연재의 뺨에 입맞춤했다. 아이가 화를 냈다.

"아 정말, 엄마 왜 그래? 열 번 호흡하려고 했는데 엄마 때문에 다 망쳤잖아!"

윤재도 눈을 뜨고 말했다.

"아빠, 마음이 편안해진 것 같아!"

명상이 일으키는 몸과 마음의 변화를 아이들도 느꼈다.

주변 외국인들은 신기한 표정으로 우리가 명상하는 모습을 지켜보았다. 몇몇은 가부좌를 틀고 앉아 눈을 감고 명상에 빠져들기 위해 애쓰고 있었다.

차로 돌아와 라면을 끓였다. 우리 입맛에 알맞도록 발전한 라면의 감칠맛은 오랫동안 한국 사람 입맛을 길들여 왔다. 간장과 고추장 양념에 익숙한 한국 사람이 느끼한 서양 음식에 물리면 가장 그리워하는 음식이다. 부피가 커서 여행 가방에 많이 담기 어려워 장기간 여행에서는 귀한 음식이다. 자칫 외국인들에게는 불쾌하게 느껴질 양념 냄새 때문에 쉽게 끓여 먹기도 힘들다. 장기간 여행 중에 지치거나 기분 전환이 필요할 때, 파티하는 기분으로 생각나는 음식이다. 캠핑카에서는 주위에 퍼지는 냄새를 신경 쓰지 않아도 된다. 익숙한 라면 냄새에 아이들이 젓가락을 들고 익지도 않은 냄비를 보면서 군침을 다신다. 면은 아이들이 모두 가져갔다. 아내와 나는 아이들이 다 먹기를 기다려 남은 국물에 밥을 말았다. 면발의 고소함은 없었지만, 밥알에 딸려오는 국물의 감칠맛은 충분했다.

데카포 마을에 들렀다. 호수 전경이 잘 보이는 마을 초입 언덕 위에 작은 교회가 있었다. 긴 의자 세 줄에 많아야 십여 명만 앉을 수 있는 하얀 목조건물은 파란 호수와 회색 바위산 배경과 잘 어울렸다. 식료품 상점 앞 노점상에서 피쉬앤칩스를 팔았다. 영국인들이 식민지로 개척한 뉴질랜드는 피쉬앤칩스가 거의 유일한 전통음식이다. 누런 재생용지에 생선튀김과 감자튀김을 성의 없이 둘둘 말아 싸주었다. 차에 올라 테이블에 올려놓고 포장을 풀었다. 한 덩어리로 뒤섞인 튀김 사이로 기름이 걸쭉하게 묻어나왔다. 생선을 씹는 입안에 느끼한 기름기가 가득해졌다. 튀김옷이 눅눅해서 특유의 바삭한 식감이 없었다. 생선에 물기가 질퍽하게 배어 나왔다. 이 나라를 여행하는 동안 맛있고 성의 있는 음식을 기대하기란 어려울 것 같다.

길을 따라 이어지는 호숫물 빛깔의 아름다움에 마음을 빼앗긴 체 차를 몰았다. 두껍게 덧칠하는 유화 작업에서 밑색과 윗색이 섞이거나 분리되는 색의 조화가 호수 수면에서 재현되고 있었다. 바위가 대부분인 산은 정상까지 경사면에 마른 풀만 자란다. 비가 내릴 때만 물이 흐르는 아래쪽 마른 골짜기에 자라는 키 낮은 나무 몇 그루 외에 숲은 보기 어렵다. 이른 가을이지만 고도가 높은 산봉우리에 눈이 하얗게 쌓여있다. 지상의 짙푸른 호수와 연회색 산 그리고 구름 한 점 없는 푸른 하늘과 눈 쌓인 하얀 설산의 색상 대비가 도무지 내 눈앞에 실재하는 현실이라 믿기지 않았다.

도로에서 산 중턱까지 가시철망 울타리가 둘러쳐져 있다. 누군가 가축을 기르기 위해 가꾸어놓은 초지가 맞는데 사람도 가축들도 보이지 않는다. 산정상 눈 쌓인 아래까지 풀이 일정한 크기로 가지런히 자라고 있다. 아주 가끔 산비탈 아래 사람 사는 집을 발견한다. '외딴곳에 홀로 살며 저토록 넓은 초지를 어떻게 관리하고 양을 키우지?', '나무가 없고 풀만 자라는 곳에 비가 오면 산사태가 일어나지 않을까?' 궁금했다. 내가 지나온 길 어디에도 산사태의 흔적은 없었다. 누군가 공들여 다듬어 놓은 듯 선명한 산 능선과 호수의 물빛을 한 프레임에 넣어 사진을 찍으면 그대로 작품이 되고 그림을 그리면 명작이 되겠다.

약한 빗줄기가 계속 이어지는 길 앞쪽 시야 멀리 높은 설산이 보이기 시작했다. 눈 덮인 산봉우리에 구름에 가린 석양이 어스름해질 즈음, 우리는 마운트 쿡에 도착하고 있었다. 밤을 보내기 위해 산 아래 캠프장에 들어갔다. 자갈밭의 흐릿한 표시를 따라 차를 세웠다. 시동을 끄고 외부전원을 차에 연결하려 했지만, 이곳에는 전기가 들어오지 않았다. 작은 주방과 화장실이 있는 퍼블릭쉘터가 유일한 시설이었다. 건물 앞 작은 나무판 아래에 노트 한 권과 볼펜이 묶여 있었다. 돈을 넣도록 구멍이 뚫려있는 상자가 그 아래 매달려 있었다. 방문자 스스로 신상을 적고 정해진 금액을 나무상자에 넣으라는 안내였다. 감시하는 장치나 관리하는 사람은 보이지 않았다. 방문자들은 이름과 머물 날짜를 적고 돈을 내기 위해 줄을 섰다. 이런 시스템이 이곳만은 아닌 모양이다. 방문객들은 자연스럽게 받아들였고 돈을 내지 않기 위해 눈치를 살피는 사람은 없었다.

마운트 쿡에는 아름다운 풍경의 트랙킹 코스가 많다. 그중에서 우리는 한나절에 다녀올 거리이면서 호수와 계곡과 폭포를 다양하게 볼 수 있는 후커밸리를 걸어볼 계획이었다. 지금 출발하면 계곡 안에서 밤을 맞을 것 같다. 부슬부슬 내리는 비가 멈출 기미가 없었다. 오늘은 이곳에서 밤을 보내고 내일 아침에 산을 오르는 것이 안전했다. 관리하는 사람이 없고 어두워지는 주차장에 우리 캠핑 밴과 사람이 타고 있는지 아닌지 알 수 없는 다른 한 대가 전부였다. 이대로 해가 지면 밤새 캠프장에 우리 가족만 지내야 할 상황이었다. 무서운 생각이 들었다. 근처의 유일한 마을인 마운트 쿡 빌리지에 가서 밤을 보낼 안전한 장소가 있는지 알아보기로 했다.

캠프장을 나서는데 입구 길가에 백인치곤 키가 작은 청년이 애달픈 표정으로 차를 태워 달라며 엄지손가락을 세우고 비를 맞고 있었다. 차를 세웠다. 우리 차가 가는 곳까지 아무 곳이나 태워달라 했다. 독일에서 온 청년은 두 달째 뉴질랜드를 여행 중이었다. 짐은 작은 백팩 하나가 전부였다. 정확하게 정해진 목적지도 없이 삼 개월 일정으로 히치하이크와 노숙으로 여행하고 있다고 했다. 때가 꼬질꼬질한 그의 옷에서 묵은 체취가 진동했다. 한동안 따뜻한 물이 나오고 세탁을 할 수 있는 숙소에서 지내지 못한 것이 분명했다. 그래도 청년의 표정은 밝았다. 해지기 전에 계곡을 빠져나갈 차를 구해서 다행이라며 고맙다는 인사를 되풀이했다. 우리 가족의 여행이 특별하다고 하지만 여행 중에 우연히 만나는 사람에게 듣는 사연들의 놀라움과 용기에 겸손해지는 경우가 많다. 헤리티지 호텔과 주변 상점 몇 개가 마운트 쿡 빌리지의 전부였다. 독일 청년을 마을 입구에 내려주었다. 밤을 보낼만한 곳이 있을지 걱정이었지만 도리가 없었다. 골목길에 사람이라고는 보이지 않는 마을에 카페 한 곳이 문을 열고 있었다.

손님이 있을까 싶은 카페로 들어서는 우리 가족은 등산복 차림의 여행자들 시선을 한꺼번에 받았다. 빈자리를 잡고 앉아 피자 한 판을 주문하고 노트북을 충전했다. 식사하면서 시간을 보내다가 잠자리에 들 시간쯤 캠프장으로 돌아가고 싶었지만 아홉 시에 카페 영업이 끝났다. 카페를 나와 주차장에 왔는데 눈앞에 있는 길이 보이지 않을 정도로 깜깜했다. 차를 운전해 마을과 캠프장으로 나누어지는 교차로에 도착했다.

캠프장으로 들어가는 좁은 길에 인적이라고는 없었다. 그 길 끝 어딘가에 있을 캠프장 쪽에는 조그만 불빛 하나 보이지 않았다. 깜깜한 밤하늘과 차가운 저녁 공기 끝 멀리 마운트 쿡의 빙하에 흐릿한 달빛 실루엣이 음산하게 반사되고 있었다. 산 아래 완벽한 어둠이 내린 넓은 평원에 오직 우리 가족만 있다는 사실을 알고 난 뒤부터는 무서워졌다. 아무도 없는 캠프장으로 돌아가 우리 가족만 밤을 보내려면 용기가 필요했다. 보통의 캠프장에서 여행객이 얻을 수 있는 것은 안전과 전기와 샤워장이다. 돌아갈 캠프장에 전기가 없고 머무는 사람이 우리밖에 없다면 안전이 걱정이었다. 굳이 그곳까지 돌아갈 이유가 없었다. 근처에 주차할 곳을 찾아 오늘 밤은 마을에서 보내기로 했다. 하지만 호텔과 가게 앞 주차장마다 캠핑을 엄격히 금지한다는 푯말이 붙어있었다. 다른 마땅한 공터도 없었다. 우리 같이 겁먹은 캠핑객이 평소에도 흔한 모양이었다. 내비게이션에서 가까운 다른 캠프장을 찾았다. 80㎞ 떨어진 피렐리에 톱텐 홀리데이파크가 있었다. 한 시간 반 정도 거리였다. 밤길을 달려서라도 안전한 곳으로 가는 것이 옳았다. 길을 되짚어 운전했다.

우리가 달리는 아스팔트 도로 외에는 수 킬로미터 폭의 빙하 협곡 안에 인간이 만든 구조물이나 빛은 보이지 않았다. 그곳에서 움직이는 것은 우리가 유일했다. 새까만 밤에 우리 앞을 비추는 헤드라이트가 광선 검처럼 자동차 앞을 선명하게 빛과 어둠으로 나누었다. 어둠 속에서 차 앞으로 갑자기 무엇이라도 튀어나오지 않을까 기분이 오싹했다. 같은 기분으로 긴장한 아내와 아이들도 운전하는 내 옆에 바짝 붙어 앞을 응시하였다. 2시간을 각오하고 달리는데 30분쯤 달렸을까? 텐트와 캠핑 밴 그림이 나란히 그려져 있는 캠프장 표시를 발견했다. 내비게이션에는 없는 곳이었다. 어둡고 한적한 도로에서 운전이 점점 불안해지던 참이었다. 캠프장 사무실은 이미 문을 닫았다. 진입로에 조명도 꺼졌다. 길을 찾기 어려웠다. 한참 만에 건물 뒤쪽 숲속에 주차했다. '아휴! 이제 안심이다.' 차가 여러 대 있고 식당에서 학생들이 단체로 무언가 행사를 하느라 왁자지껄했다. 외부 전기도 연결할 수 있었다.

Queenstown

히터를 고정하는 볼트 몇 개가 잘못되었는지 불규칙하게 쇳조각 부딪히는 소음이 밤새 잠을 방해했다. 잠들다 깨기를 반복하다가 날이 어슴푸레 밝아올 즈음 완전히 깨버렸다. 밤을 새워 내리던 비가 멈추었고 아침 햇살이 맑아 시야가 넓어졌다. 어두운 밤에는 보이지 않던 경관이 눈에 들어왔다. 호안에서 숲으로 이어지는 구릉지를 따라 캠프장이 조성되어있었다. 호수에 가까운 낮은 평지에 식당 건물이 있고 경사지의 약간 더 높은 곳에 캠핑 밴 주차공간이 키 낮은 잡목 숲 사이에 자리 잡고 있었다. 호수의 수면이 내 눈높이보다 조금 낮고 숲까지 구릉지가 길게 펼쳐졌다. 예전에는 아마도 이곳까지 호숫물이 가득 차 있었던 것 같다. 수면과 캠프장의 높이가 거의 비슷했다. 건너편 호수 가장자리가 가물가물하게 보일 만큼 넓은 호수였다. 파도 없이 잔잔한 수면 위에 거울처럼 산과 하늘이 선명하게 비쳤다.

여행자는 식사와 잠자리가 바뀌고 평소보다 움직임이 많아서 몸이 피곤하다. 목적지를 찾느라 항상 어리둥절하다. 오늘 아침은 유독 머리가 맑지 않다. 무거운 물건을 옮기다 다친 것처럼 유독 허리와 어깨가 뻐근하다. 숙소를 찾지 못할까 두려운 마음으로 긴장한 채 어두운 도로를 운전했던 탓인가 보다.

가족들이 깨지 않도록 조심스럽게 일어나 컴퓨터를 켰다. 키보드를 두드리는 소리가 커지고 커튼 너머로 스며드는 햇살이 점점 강렬해지자 아내가 잠에서 깼다. 답답한 캠핑카를 나가자고 했다. 맑은 아침 공기를 맡으며 자연스럽게 깊은 호흡을 하게 되고 신선한 공기의 상쾌함이 폐포 깊숙이 느껴졌다. 식사를 위해 빵을 챙겨 공동 식당으로 갔다. 낮은 지붕과 창이 넓은 식당 탁자에 앉으면 호수 전경이 한눈에

보였다. 수면 위에 낮게 깔려 있던 안개가 걷히면서 사방이 맑고 선명해졌다. 오늘도 비가 오면 후커밸리는 포기해야지 생각했었는데 이 정도면 트래킹 하기에 최적인 날씨다.

굽지 않은 빵에 딸기잼을 대충 바른 토스트는 어떤 음식보다 담백했고 따뜻한 커피 향이 좋았다. 식사를 끝내고 아내와 나는 아무도 없는 식당에서 다리를 의자 위에 올리고 손가락을 꼬아 뒷머리를 받친 자세로 한동안 느긋하게 아름다운 경치에 취했다.

밴으로 돌아왔다. 아이들이 겨우 잠에서 깨어나 멍한 표정으로 쌍둥이 인형처럼 나란히 앉아있었다. 시간이 너무 늦었다. 침대를 정리하지 않고 아이들을 그대로 앉힌 채 차를 출발시켰다.

'마운트쿡에 도착할 때까지 잠이 깨겠지!'

어젯밤 늦은 시간에는 사무실에 근무자가 없어서 체크인하지 못했다. 아침에 캠프장을 돌아다니며 어젯밤에 보지 못했던 새로 들어온 캠핑카의 문을 두드려 체크인 여부를 검사하거나 밤에 당직근무를 하는 관리자도 없었다. 그렇다고 캠프장 입구를 막아놓지도 않았다. 이대로 사무실을 지나쳐 출발해버리면 아무도 모를 것이다. 그러나 서로를 믿고 배려하는 이곳의 시스템이 오히려 개개인의 양심에 더 큰 죄책감을 주었다. 사무실 앞에 차를 세워 지난밤 계산하지 못했던 캠프장 사용료를 지불했다. 믿지 않기 때문에 필요한 감시시스템과 인력에 들어가는 비용보다 믿기 때문에 발생하는 손실이 분명히 더 작을 것이다.

차 연료가 얼마 남지 않았다. 이곳에서 마운트쿡까지 30㎞, 주유소가 있는 프리즐까지 40㎞다. 마운트쿡까지 갔다가 다시 반대 방향 프리즐까지 가면 도합 약 100㎞쯤 될 것이다. 차를 빌릴 때 가득 채운 디젤은 1/3 약간 못미처 남아있고 달린 거리는 350㎞ 정도니까! 남아있는 연료로 100㎞ 정도는 더 달릴 수 있지 않을까? 연료가 바닥나는 불안감이 있었지만, 프리즐에서 주유하고 돌아와 트랙킹하고 퀸즈타운까지 가려면 다시 밤길을 운전해야 한다. 마운트쿡에도 주유소가 있었지만, 현금은 사용할 수 없고 카드 결제만 가능한 무인 주유소였다. 신용카드가 없는 우리에게는 무용지물이었다.

어젯밤에 온 길을 되짚어 달렸다. 잠옷 바람의 아이들이 침대에 앉아 한 이불을 같이 뒤집어쓰고 차 진동에 따라 흔들리는 모습이 오뚜기 인형처럼 예쁘다. 흐린 하늘에 보슬비가 내리던 어제 풍경도 멋있었지만, 비가 그치고 하늘이 맑아진 오늘은 또 다른 멋진 경관을 그려낸다. 호수의 밀키블루 물빛이 더 선명해졌고 도로와 맞닿은 시야 끝에 설산이 뚜렷해졌다. 나무 한 그루 자라지 않는 매끈한 산 능선과 눈 쌓인 그 위쪽 경계가 선을 그어놓은 듯 선명하게 구분되었다. 흙만 살짝 가릴 정도가 아니라 눈사태가 걱정될 만큼 눈이 수북하게 쌓였다. 마치 산보다 키가 큰 거인이 산 능선에 긴 선을 그어놓고 선의 아랫부분에 있는 눈을 깨끗이 쓸어낸 것처럼 아래와 위의 경계가 선명했다. 눈이 자연적으로 저렇게 쌓일 수 없다.

후커밸리 캠프장에 차를 세웠다. 겨우 잠이 깬 아이들에게 밥을 먹이고 옷을 든든히 입었다. 높은 설산으로 둘러싸인 계곡을 따라 트래킹을 시작했다. 계곡을 따라 부는 바람이 제법 차다. 가시덤불 잡목 사이로 작은 자갈을 가지런히 깔아 만든 길을 따라 걸었다. 키 낮은 잡목 숲을 지나고 약간 너른 초원에 다다랐을 때, 갑작스럽게 진한 꽃향기가 풍겼다. 무성한 잡목 더미 사이에서 새 나오는 기분 좋은 향기의 정체를 알고 싶었지만, 꽃은 보이지 않았다. 큰 바위 옆 자갈길 모퉁이를 내려서면 굵은 철봉에 연결된 줄에 다리 바닥을 매단 작은 현수교가 보인다. 다리 아래 물살이 제법 거칠다. 탁한 우윳빛 물줄기가 바위에 부딪히고 비켜 흐르면서 일으키는 하얀 포말이 물살의 흐름을 거칠게 강조했다.

눈이 쌓여있는 산 중턱 계곡 사이에 호수가 보였다. 회색 바위산과 짙은 청회색 물빛 호수는 나무가 무성한 푸른 산에 익숙한 우리 눈에 생소한 풍경이었다. 계곡의 바위 절벽 아래를 파내서 만든 길은 위험했다. 흙 한 무더기 풀 한 포기 없는 풍경 속에 먼지 날리는 길은 거칠고 황량했다. 조금만 더 올라가면 후커 호수가 있고 그곳이 트래킹의 반환점이다. 단조로운 경치에 싫증이 난 아이들이 힘들어하고 날씨도 점점 추워져서 그쯤에서 돌아왔다.

마운트쿡 빌리지의 집들과 그곳에 있는 유일한 숙박 시설 헤리티지 호텔의 색깔이 왜 그리 진한 회색으로 우중충하게 칠해져 있을까? 궁금했었다. 후커밸리 안쪽에서 멀리 호텔이 보였다. 그리고 나는 그 색깔의 비밀을 알아챘다. 주변 경관과 어울리지 않게 불쑥 높이 솟아있는 호텔 건물을 멀리서 보면 뒤쪽 산의 진회색 바위들과 회색 건물이 이질감을 거의 주지 않는다. 정글의 나무에 앉아 자신의 몸을 주변 색에 맞추어 변신하는 카멜레온처럼 자연에 파묻혀 있다. 이 나라의 건축은 자연을 섬세하게 배려한다. 소박한 규모와 화려한 꾸밈 없는 건물들은 여행자를 편안하게 만든다.

다음 목적지는 퀸스타운이다. 거리는 250㎞, 3시간 정도 이동해야 한다. 마운트쿡을 나오는 길에서 어제는 보지 못했던 아름다운 호수의 절경을 감상할 수 있었다. 푸른색과 흰색이 섞이는 물빛은 볼 때마다 신비롭다. 드넓은 호수를 에워싸고 있는 하얀 설산 중턱에는 층계 구름이 걸쳐있고 산 위 푸른 하늘에는 뭉게구름이 피어올라 있다. 구름 사이 빈틈으로 한줄기 햇살이 호수 위로 내려꽂힌다. 물빛은 스위스의 호수들을 닮았지만, 호숫가를 따라 아기자기한 마을들이 색다른 볼거리를 주던 그곳과는 달리 이곳에서는 인적을 찾아보기 힘들다. 도로를 따라 조성해놓은 초지에서 한가로이 풀을 뜯고 있는 양과 소는 도대체 누가 키우는 걸까? 수십 킬로미터를 달려도 집 한 채 없는데, 저 짐승들을 돌보는 사람들은 어디에 사는 걸까? 초원의 양 무리 중에 암수 한 쌍이 눈이 맞아 산중으로 도망치면, 주기적으로 잡혀 고통스럽게 털을 깎이거나 포동포동 살이 찌면 사람들의 식탁에 오를 걱정 없이 천수를 다하며 살 수 있겠다. 넓은 초지에 비하면 풀 뜯는 가축 숫자가 너무 적다. 이유가 궁금했다. 누구 하나 물어볼 사람도 만나기 힘들다. 분명한 것은 마운트쿡에서 퀸스타운까지 가는 길에는 사람보다 양과 소의 숫자가 훨씬 많다는 사실이다.

탱크가 거의 비었다는 계기판의 노란 주유 표시가 켜지고 나서도 한참을 더 달려 디젤을 보충할 수 있었다. 주유소가 있는 마을에 연어 양식장이 있었다. 모처럼 맛있는 연어구이를 먹겠다고 기대했지만 요리해서 판매하는 식당이 없다. 양식장 직원이 뭉텅뭉텅 생선을 생으로 잘라 회를 떠주면 그 자리에 서서 맛을 보는 정도다. '태양초 초고추장' 한국어 상표가 뚜렷한 초고추장을 판매했다. 서양사람들도 초고추장의 맛을 알까? 아니면 이곳에 그만큼 한국 관광객이 많다는 뜻인가? 연어회를 받아들었는데 앉을 자리가 없다. 바람도 차가웠다. 갑판이 물결에 출렁거려 서 있기도 불편했다. 차 안으로 가지고 들어와 회를 싫어하는 아내와 아이들의 찡그린 인상을 모른 체하고 새콤달콤 매콤한 초장을 듬뿍 찍어 혼자 맛있게 먹었다.

바위산을 따라 이어진 길의 단조로운 경관이 지겨워질 즈음 퀸스타운에 도착했다. 도시로 들어서는 길가에 과일 파는 가게들이 줄지어 있고 낮은 구릉을 따라 포도밭이 보였다. 포도밭마다 잎이 거의 말라 앙상한데 포도송이가 그대로 매달려 있다. 이음새가 좁은 하얀 그물로 넓은 포도밭 전체를 덮어 씌어 놓은 곳도 있다. 첫서리가 내리면 아이스와인을 만들려나 보다.

퀸스타운의 홀리데이파크는 도시 한가운데 언덕 위에 있었다. 넓지는 않지만 크고 높은 나무가 울창한 숲이었다. 영어 발음이 또박 또박 알아듣기 편한 동양계 직원이 친절하게 캠핑 등록을 도와주었 다. 차를 세우고 저녁 식사를 준비했다. 뉴질랜드 도착 첫날 아내가 세 팩이나 욕심내서 사놓고 먹지 못했던 소고기로 바비큐를 했다. 숯불이 아니라 가스 불이어서 조금 아쉬웠지만, 구운 고기가 잡냄새 없이 맛이 좋았다. 느끼하지 않고 담백한 고기를 아이들이 좋아했 다. 잘 먹는 아이들을 위해 열심히 굽기만 하느라 나와 아내는 몇 점 먹지도 못했다. 식사를 마치고 바비큐 장치를 깨끗이 닦기 위해 물 과 세제를 붓고 수세미와 쇠 주걱으로 문지르며 공을 들여 깨끗이 청소하고 있었다. 지나가던 캠프장 직원이 내 모습을 보더니 찌꺼기 만 대충 치우면 청소하는 직원이 나머지 정리를 하니 그러지 않아도 된다고 했다. 바비큐 장치를 처음 열었을 때 기름 찌꺼기 하나 없이 깨끗했다. 쓰고 나면 원래 상태로 청소는 당연하다고 생각했다. 엉 겨 붙은 고기와 기름 찌꺼기를 씻어내느라 애를 먹고 있는데 다행이 었다. 캠프장의 다른 시설도 편리하고 깨끗했다. 샤워장에는 새 수건 이 걸려있고 10불만 주면 월풀욕조에서 거품 목욕을 즐길 수도 있 다. 큰 슈퍼가 담 하나 사이를 두고 자정까지 영업했다. 퀸스타운에 서 즐길 수 있는 다양한 액티비티는 캠프장 사무실에서 쉽게 선택하 고 예약할 수 있다.

사무실에서 가져온 팸플릿을 펼쳐놓고 아이들과 내일 참여할 액티 비티를 골랐다. 키퍼스캐넌 제트보트 체험을 선택했다. 일찍 일어나기 위해 아이들을 재웠다. 윤재와 나는 운전석 위, 연재와 아내는 차 뒤쪽 소파를 펼쳐 만든 침대에 누웠다. 난방이 충분하지 않아 실내가 추웠다. 밤새 아이들이 발길질로 이불을 차 던진다. 감기에 걸리면 여행길에 큰 고생이다. 아내와 나는 각자 한 아이씩을 맡아 이불을 덮어 주어야 했다. 우리 부부는 캠핑카 여행을 마칠 때까지 한이불을 덮고 자기는 글렀다. 잠이 안 온다며 더 놀겠다고 칭얼대던 윤재는 불만 끄면 바로 곯아떨어진다. 연재는 뉴질랜드 태고의 청정공기 속에서 보내는 삼 일째 밤에도 가려움을 진정하지 못한다. 이것저것 몸에 좋지 않은 군것질을 많이 한 탓인지 얼굴이 오히려 붉으락 푸르락 해졌다.

Keyppers cayon

눈을 떴는데 밖은 여전히 한밤이다, 조금 더 자고 싶었지만, 의식이 선명해졌다. 7시에 울리도록 조정해 놓은 알람이 울리려면 아직도 1시간 가까이 남았다. 요란한 알람 소리가 가족들을 깨우지 않도록 스위치를 껐다. 이불을 걷어내고 전화기를 찾는 움직임에 윤재가 벌떡 자리에서 일어나 앉는다. 평소에는 아침에 소리를 지르고 흔들어 깨워도 잘 일어나지 못하는 녀석이 오늘은 의외다. 몸을 긁고 이불을 걷어차며 부산스러운 밤을 보내는 연재와 아내가 깨지 않도록 조용히 윤재와 캠핑 밴 밖으로 나왔다.

이른 아침 캠프장에는 새소리만 잔잔히 들리고 인적이 없다. 아침 공기가 상쾌하다. 자연스럽게 깊이 한 호흡을 마신다. 흙과 풀과 나무 냄새가 뒤섞인 공기에 기분 좋은 향기가 배어있다. 아들과 고요한 아침 캠프장을 산책했다. 나란히 걷는 아이의 옆 모습을 내려다보며 문득 사랑스러움이 복받쳤다. 살짝 힘을 주어 아빠 손을 잡은 아이

손의 감촉에서 아빠를 의지하는 아이의 마음이 느껴졌다. 아이 손의 말랑한 감촉이 기분 좋았다. 뜻하지 않았던 아침 산책은 아들과 둘만의 감정을 온전히 교환하는 흐뭇한 시간이 되었다.

출발 전에 화장실 오물을 버려야 한다. 캠핑 밴 내부 화장실 변기는 아래쪽에 있는 오물통과 이중 덮개로 연결되어 있다. 오물통에 세숫비누 크기의 새파란 화학약품을 떨어트려 놓으면 오물은 파랗고 묽은 액체로 변한다. 오물이 가득 차 넘치기 전에 수시로 오물통을 빼내 비워야 한다. 운전 중에는 오물이 출렁거리며 역류하는 것을 방지하기 위해 중간마개를 반드시 잠가놓아야 한다. 오물과 휴지가 녹아 파란 액체로 변한 모습이 신기하다.

돌아서기 힘들 만큼 좁은 화장실의 변기 위에 벽으로 접어 넣을 수 있는 세면대가 있다. 세면대를 접어 벽에 붙여야 아래쪽 변기를 사용할 수 있다. 세면대를 접고 변기 뚜껑을 내리고 샤워 꼭지를 위로 옮기면 샤워도 가능하다. 체구가 큰 사람은 공간이 좁아 샤워가 쉽지 않다. 화장실을 없애고 그만큼 여유 공간이 있도록 제작하면 오히려 좁은 밴을 조금 더 쾌적하게 사용할 수 있을 것 같다. 인적 없는 도로 주변 대자연이 모두 화장실인데 굳이 차 내부에 화장실을 둘 필요가 있을까 싶다. 내 가족의 것이지만 오물을 치울 때마다 비위가 상한다. 헐렁하게 잠기는 화장실 문 틈새로 스며 나온 지린내와 화학약품 냄새가 섞인 묘한 악취가 늘 실내에 가득 차 있다. 역한 냄새를 없애기 위해 밴 내부의 화장실은 급한 소변용으로만 사용하고 파란 약품은 투입하지 않기로 했다.

정오에 스키퍼스캐넌으로 향하는 사륜구동 버스가 우리를 데리러 왔다. 머리카락을 깨끗이 밀어버린 운전사가 친절했다. 다음 캠프장에서 백인 노부부 내외를 태우고 협곡을 따라 산비탈을 올랐다. 너른 평원이 시야 아래쪽으로 펼쳐졌다. 회색빛 바위산과 푸른 초지와 코발트 빛 호수가 아름답게 조화하는 풍경이었다. 부드러운 능선이 겹겹이 이어지는 숲이 계절마다 다른 색깔로 변하는 우리나라 산과는 다른 풍경이었다. 바위와 초지와 그 사이 호수가 계절이 바뀌어도 색의 변화는 크지 않을 것 같다. 광활하지만 삭막했다. 익숙하지 않은 경관이 이국적이었지만 단조로운 풍경에 금방 싫증이 난다. 작년에 방문했던 그랜드캐넌의 믿기지 않는 웅장함에 비하면 스키퍼스캐넌은 소박했다. 운전사도 풍경의 단조로움을 아는지, 가끔 보이는 불쑥 튀어나온 바위 앞에 차를 세우고 코끼리를 닮았네, 고릴라를 닮았네, 낙타를 닮았네 하지만, 이야기와 바위 모양의 유사함은 많이 억지스럽다.

절벽 가장자리를 따라가는 도로는 포장이 되어있지 않고 절벽 아래로 차가 추락하는 사고를 막는 특별한 안전시설도 없었다. 커다란 버스가 위험한 도로를 빠르게 달렸다. 엉덩이가 들썩이도록 덜컹거리는 차에서 멀미가 났다. 돌아갈 때도 설마 이 길로 되돌아가지는 않겠지, 하는 불안한 생각이 들었다. 사람들이 지쳐갈 즈음에 계곡 아래 물가에 버스가 도착했다.

깊은 계곡 급류 가장자리에 정박한 파란 제트보트 두 대가 우리 일행을 기다리고 있었다. 뭐라 뭐라 안전수칙을 설명하지만 마치 랩을 하는 듯한 이 사람들의 말은 도무지 알아들을 수 없다. 대충 추측해보면 스키퍼스캐년은 금을 캐는 광부들에 의해 개발되었다. 골드러쉬가 지나고 금광은 문을 닫았지만, 지금도 사금을 채취하는 사람들이 간혹 있다. 구명조끼를 입고 보트에 오르자 보트는 요란한 굉음을 내며 좁을 협곡을 내달리기 시작했다. 바위에 부딪힐 것 같은 좁은 협곡 사이 얕은수면 위를 아슬아슬하게 달리는 보트에 탄 사람들은 비명을 지른다. 30여 분의 위험한 질주 후에 보트는 조금 넓어진 계곡 사이에서 속도를 늦추었다. 그곳에는 정말 사금 캐는 사람이 다가와 접시에 걸러진 황금 조각을 보여주었다. 다시 출발점으로 돌아오는 보트는 더 속도를 높이며 사람들을 흥분시켰다. 보트에서 내려 버스를 탔다. 돌아오는 길도 역시 거칠고 좁은 절벽 사잇길이었다. 버스는 더 빠른 속도로 위험한 도로를 덜컹거리며 달렸다.

골짜기 위쪽에 민가가 있었다. 마당 끝과 건너편 계곡 사이를 가로질러 작은 현수교가 걸려있었다. 지금은 계곡 아래쪽 더 큰 다리로 점프장을 옮겼지만, 이곳이 세계최초로 번지점프가 이루어진 곳이라 했다. 출렁거리는 다리를 걸어서 지나갔다. 발아래 성긴 나무 발판 사이로 보이는 깊은 계곡의 공포 때문에 손으로 밧줄을 움켜쥐게 되고 무릎에 잔뜩 힘이 들어갔다. 내려오는 길의 버스 안에서 멀미가 심해졌다. 공포와 스릴을 버티면서 에너지를 소진한 아내와 아이들은 잠에 빠졌다. 나도 밀려오는 피곤함과 멀미 때문에 엉덩이를 덜컹거리면서 졸았다.

'아! 차라리 가까운 호수에서 제트보트 타는 액티비티를 선택할 것을!'

캠프장에 돌아왔을 때는 몸이 녹초가 되었고 점심시간을 놓쳐 배가 고팠다. 스파게티가 먹고 싶다는 아이들을 위해 마트로 뛰어가 재료를 사 왔다. 면을 삶고 소스를 볶았다. 급히 먹은 스파게티가 체했는지 식사를 마치고 났더니 가슴이 답답했다. 아이들을 잠시 재운 후에 퀸스타운의 다운타운을 구경했다. 오후가 되자 날씨가 흐리고 바람이 불어 체감온도가 낮아졌다. 뉴질랜드 남섬에서 크라이스트처치 다음으로 큰 도시라는 퀸스타운의 중심가 쇼핑몰의 규모와 상품의 수준은 우리나라 군 소재지 수준도 되지 않는 것 같다. 작은 상점과 레스토랑이 모여 있는 골목 끝 호숫가에 유람선이 정박해있었다. 호수에서 비스듬하게 높아지는 구릉을 따라 조성된 퀸스타운 도시가 한눈에 보였다. 자연과 어울리지 않는 큰 빌딩은 없고 작고 소박한 건물들이 잘 정돈된 도시였다. 나무 발판을 밟을 때마다 삐걱삐걱 소리가 나는 선착장에 시대와 어울리지 않는 증기선과 돛대가 높은 요트 몇 척이 정박하고 있다. 호숫가를 따라 전망 멋진 레스토랑들이 손님들로 북적거린다.

뉴질랜드는 최근 우리나라 어린 학생들의 어학연수 장소로 유명하다. 이 나라에서 지내면 도무지 공부밖에 할 일이 없겠다. 공부하기 싫어 문 앞을 나서면 아름다운 풍광 속에서 저절로 사색에 잠기지 않을 수 없다. 일탈이라 해봐야 소박한 쇼핑몰의 맥도날드에서 햄버거를 먹는 일이다. 아름다운 자연이 아이들의 건강과 정서에 좋은 영향을 줄 것이다.

시내에서 현지 음식을 먹고 싶었지만 별다른 것을 찾지 못했다. 저녁 식사는 캠프장에서 준비했다. 윤재는 어제 먹은 스테이크가 맛있었다고 했다. 집에서는 밥을 깨작깨작 먹어 내게 핀잔을 듣던 아이가 뉴질랜드에 와서는 식사때마다 맛있게 많이 먹는다. 우리 가족 외에는 아무도 사용하지 않는 바비큐 장치를 독차지하고 고기를 구워 맛있게 먹었다. 아이들이 샤워하고 영화를 보는 동안, 아내와 나는 장을 봤다. 퀸스타운을 벗어나면 한동안 큰 도시를 만날 수 없기 때문이다. 이것저것 욕심내서 장바구니에 담았다. 뉴질랜드 여행은 먹는 비용이 저렴하다. 여행을 다니며 현지의 독특한 음식들을 먹는 경험을 즐긴다. 하지만 이곳은 인적 드문 도로변에 가끔 보이는 카페에서 판매하는 샌드위치 외에 먹을 만한 음식이 없다. 집에 있을 때보다 전기밥솥에 밥을 지어 먹는 횟수가 오히려 많아졌다.

슈퍼에서 초록빛 껍질이 예쁘고 커다란 홍합을 발견했다. 삶은 홍합은 싱싱하고 담백했다.

Te anau

　도시 한가운데 주택가에 있는 캠프장은 큰 나무들이 숲을 이루고 있다. 숲속에서 지저귀는 새소리를 들으며 기분 좋은 아침을 맞이한다. 퀸스타운과 주변을 둘러싸고 있는 호수의 전망을 볼 수 있는 봅스힐에 오르기 위해 곤돌라와 루지 콤비 티켓을 샀다. 체크아웃이 아침 10시까지였다. 차를 가지고 나가면 곤돌라 타는 곳에 주차할 곳이 있는지 직원에게 물었다. 주차공간은 있지만, 덩치 큰 캠핑카 주차는 불편할 것이라며 체크아웃을 미루어 줄 테니 걸어서 다녀오라며 친절하게 안내해주었다.

　캠프장을 나서면 곧바로 주택가다. 이곳 주택의 대부분은 여행자를 위한 숙소다. 백패커를 위한 저렴한 도미토리 숙소에서부터 지역민들이 운영하는 조그만 모텔들, 그리고 현대적 디자인의 건물이 매력적인 부티크 호텔까지 다양한 숙소들이 퀸스타운 중심가와 이어지는 길을 따라 즐비하다. 푸른 잔디가 넓게 깔린 운동장이 있는 곳은 학교였다. 도로 위쪽 높은 곳에는 초등학교가 건너편 낮은 쪽에 고등학교가 자리 잡고 있었다. 낮은 철제 울타리 너머로 보이는 푸른 잔디밭에 맨발로 뛰어노는 아이들이 부럽다. 이곳 학교에서는 운동장을 중요하게 여기는 것 같다. 학교는 멀리서 보면 마치 경기장에 딸린 라커룸처럼 넓은 잔디밭 한 귀퉁이 조그만 건물이다. 이 작은 도시에 학생이 얼마나 되겠는가!, 학교 전체를 통틀어 교실이 몇 개 없어도 될 듯하다. 푸른 잔디가 잘 가꾸어진 운동장만큼은 시원하고 넓다. 그곳에서 아이들은 신발도 벗어 던지고 맨발로 뛰어논다. 언덕 아래쪽 고등학교에서 럭비경기가 한창이다.

한국에서 우리 아이들은 무더운 여름 열기가 내리쬐고 먼지가 펄펄 날리는 운동장에서 놀다가 온몸에 먼지가 쌓인 채 집으로 돌아온다. 비가 내려 질퍽해지면 운동장에는 아무도 뛰어놀지 못한다. 그마저 방과 후 학원을 순회하느라 시간도 없다. 연재·윤재가 운동장과 인도를 가르는 울타리에 매달려 이곳 아이들 모습을 한참 바라본다. 스쿨버스가 도로 한쪽에 가지런히 주차되어있는 학교 입구를 지나면 소방서 건물이 보인다. 세계 어디서나 공통적인 소방서의 빨간색 상징이 없어서 무슨 건물인가 한참을 들여다보다 건물 앞의 안내문을 보고 알았다. 공무원 신분이 아니라 지역의 자원봉사자로 조직된 소방관들의 긍지와 희생을 기리는 안내였다. 건물을 회색으로 칠한 이유가 빨간색이 자연 속에서 너무 두드러지지 않도록 하기 위한 것은 아닐까! 봅스힐 곤돌라 타는 곳으로 오르는 언덕 초입에는 퀸스타운의 호수가 내려다보이는 캠프장이 한 곳 더 있었다. 우리가 묵고 있는 캠프장이 환경과 시설은 좋지만 호수가 보이지 않아 아쉬웠는데 이곳은 주차장에 차를 세우면 캠핑 밴 안에서 호수를 조망할 수 있을 만큼 지대가 높고 전망을 막는 건물이나 숲이 없다.

45도 이상으로 가파르게 오르는 곤돌라는 탑승객들에게 짜릿한 스릴과 멋진 풍경을 선물한다. 고도가 높아지면서 시야가 점점 넓어지고 도시의 건물과 나무에 가려 보이지 않던 아름다운 호수와 그 주변을 따라 자연과 잘 어우러져 형성된 도시의 경관이 한눈에 들어온다.

봅스힐에는 산의 경사를 따라 타고 내려가는 루지가 있다. 얼음 슬로프를 미끄러지는 봅슬레이와 닮은 썰매에 스케이트 날 대신 바퀴를 달아 콘크리트 슬로프를 따라 굴러간다. 겁 없는 연재는 혼자 타겠다 하고 만만치 않은 경사에 겁을 먹은 윤재는 나와 함께 탔다. 패밀리 쿠폰은 모두 10번을 탈 수 있다. 신난 아이들이 '한 번 더, 한 번 더'를 외쳤다. 두 번째 활강부터는 아이들만 언덕을 반복해서 오르내렸다. 탑승을 마치고 나오는 출구에 리프트를 타고 있는 우리 가족 사진이 걸려있다. 호수 배경이 멋있게 잘 찍힌 사진을 20불에 구입했다.

바람이 매섭고 날씨가 차갑다. 아이들 사진을 찍으려고 루지 슬로프 옆에 한참 서 있었던 아내와 루지를 타며 찬바람을 맞은 아이들이 몸을 떤다. 전망이 보이는 카페로 들어가 몸을 녹였다. 추위를 피하려는 사람들이 카페 내부를 가득 메웠다. 사람들이 내뿜는 열기 때문에 넓은 전망 창 안쪽에 이슬이 맺혀 밖이 잘 보이지 않았다. 언덕 아래쪽으로 돌출되어있어 전망이 좋은 자리는 사람들이 모두 차지하였다. 우리는 다른 빈자리를 골라 앉았다. 따뜻한 커피와 핫초코를 마시며 몸을 녹이고 샌드위치와 머핀으로 시장기를 달랬다. 전망을 더 즐기고 싶어 카페 밖으로 다시 나왔지만 바람이 너무 차가워서 오래 견딜 수 없었다.

시내로 내려가는 곤돌라를 타기 위해 한 층을 내려왔는데 레스토랑이 하나 있고 그곳에도 전망이 멀리 보이는 넓은 유리창이 있었다. 레스토랑 입구 벤치에서 전망을 배경으로 사진을 찍고 있는데 레스토랑으로 들어가는 사람이 많다. 점심시간이 가까워져 어떻게 할까 고민하면서 가격을 알아보았다. 뷔페로 운영하는 식당이 의외로 비싸지 않다. 조금 전 머핀과 샌드위치를 먹었다며 아내가 머뭇거렸다. 나는 멋진 전망을 좀 더 여유롭게 즐기고 싶었다. 아이를 시켜 식사 쿠폰을 샀다. 직원에게 전망이 좋은 창가 자리를 부탁했다.

입구를 지나면 음식이 먹음직스럽게 진열된 식탁이 나란히 놓여있고 오른쪽 창 쪽으로 방향을 바꿔 계단 몇 개를 내려가는 조금 낮은 위치의 창가를 따라 식사 테이블이 있다. 음식 식탁을 지나 돌아서는 순간 나도 모르게 '아' 하고 짧은 탄식이 나온다. 창밖에 보이는 아름다운 풍경이 숨을 멎게 만든다. 이층 높이 이상의 벽 두 면이 모두 이음새 없는 거대한 유리창이다. 창에 붙은 자리를 안내받았다.

식탁 옆 풍경이 쉽게 형언하기 어렵다. 아름답다는 말로 부족하다는 의미를 이곳에서 실감한다.

　구불구불 들락날락하는 산허리를 따라 불규칙한 모양의 호수가 밀키블루 빛깔 물을 담고 있다. 산봉우리에는 하얀 눈이 쌓였다. 낮은 구릉을 따라 비스듬하게 형성된 퀸스타운의 원경이 아기자기하게 보인다. 먼 산허리에 걸려있는 뭉게구름이 푸른 수면에 하얀색 물감을 찍어 놓은 듯 떠다닌다. 짙은 구름이 낮게 비행하며 뭉치고 분리되는 순간마다 구름 사이로 열리는 좁은 하늘에서 햇빛이 서치라이트처럼 수면을 파고들듯이 비추었다 사라진다. 옅은 비가 내리는 오른쪽 산기슭에 두 갈래 무지개가 선명하게 나타났다. 하늘의 무지개와 물에 비친 무지개가 하나의 폐곡선으로 이어진다. 무지개 터널을 통하면 다른 차원의 세상으로 이동할 수 있을지도 모르겠다. 작은 제트보트가 하얀 포말을 뒤로하고 쏜살같이 수면을 달린다. 돛을 접은 범선이 천천히 항구를 빠져나가고 있다.

　이곳은 세상에서 가장 아름다운 경치를 가진 식당이다. 뉴질랜드 자연의 아름다움을 가장 함축적이고 감동적으로 감상할 수 있는 멋진 곳이다. 천사가 사는 천국의 풍경이 이런 모습과 비슷하지 않을까! 자연과 인간이 어울려 만든 모습 중 가장 아름다운 광경을 바라본다. 이런 자연환경과 어울려 사는 이곳 사람들의 마음은 천사가 될 수밖에 없겠다. 친절한 이곳 사람들의 마음은 당연하다. 이런 광경을 보고 자란 사람들이 어떻게 남을 해칠 마음을 가진 악한이 되겠는가.

이곳의 감동은 오랫동안 잊기 어려울 것 같다. 지난 설날 아버지의 칠순 기념 여행을 계획했다. 나는 유럽여행을 추천했다. 아버지는 역사와 문화예술 경험은 늙은 사람보다 젊은이에게 더 가치가 높다고 하셨다. 그보다 아름다운 자연을 찾아 감상하고 즐기는 것이 건강이나 정신적으로 더 의미 있는 일이라고 하셨다. 아버지가 생각났다. 바로 이곳이 아버지가 보고 싶어 하시던 그곳이다. 모셔올 방법이 없을까? 아버지의 인생 후반기에 잊을 수 없는 추억이 될 텐데! 아버지 생각을 하며 가슴이 뭉클해진다.

오늘은 테아나우까지 가야 한다. 퀸스타운은 남섬에서 크라이스트처치를 제외하고 캠핑 밴을 고쳐주는 공장이 있는 유일한 도시다. 차 시동이 한번에 걸리지 않고 시동키를 돌릴 때마다 피릭피릭 소리를 내며 불안하다. 철판 떨리는 소리가 밤새 실내에 울리며 우리를 괴롭히는 히터를 고치고 발판 가장자리가 부러져 고정되지 않고 휘청거리는 테이블도 고쳐야 한다. 앞으로 남섬 내륙으로 10일을 더 보내야 하는데 이곳을 떠나 고장 나면 고칠 곳이 없다. 퀸스타운 캠핑 밴 사무실에서 알려준 수리공장을 찾아갔다.

도시의 외곽지역은 봅스힐에서 보이던 아름다운 모습과 무척 달랐다. 정돈되지 않은 소규모 공장과 상점의 볼품 없는 가설건물들이 우리나라 교외 지역과 다르지 않았다. 이곳도 역시 사람 사는 곳이다. 차의 시동문제는 내가 시동을 걸 때 기어 위치를 잘못 설정했기 때문이었다. 히터와 테이블은 이곳에서 고칠 수 없고 크라이스트처치로 가서 차를 다른 것으로 바꾸어야 한단다. 테이블은 떼어내 버리면 그만이지만 추운 밤에 히터 없이는 잘 수 없다. 난감한 표정을 지었더니 외부에서 전원을 연결하는 소형히터를 빌려주었다. 전원을 넣고 소음을 들어 보았다. 이 정도면 철판이 덜덜 떨리는 소음보다 한결 조용하다. 친절한 아저씨에게 고맙다는 인사를 하고 출발했다.

시간이 많이 지체되었다. 테아나후까지 2시간 이상이 필요하다. 해지기 전에 도착하기 어려웠다. 테아나후 호수에서는 숭어낚시를 해보자고 윤재에게 약속했다. 한 번도 낚시해본 적 없는 아이는 기대가 컸다. 퀸스타운의 호수는 봅스힐에서 보았던 규모가 아니었다. 빙하 계곡을 따라 퀸스타운 북쪽으로 길고 좁게 뻗어있어 강인지 호수인지 구분하기 어렵다. 길은 호수를 끝없이 좇아가며 함께 달린다. 테아나후 마을에 도착하니 어두워지기 시작하는 하늘에서 가랑비가 내린다. 슈퍼마켓에 먼저 들러 식료품과 과일들을 채웠다. 캠프장에 차를 서둘러 세우고 저녁을 준비했다.

아내와 아이들은 스테이크 맛에 흠뻑 빠졌다. 한국에서는 뉴질랜드 소고기를 하급품으로 취급하여 주로 가공용으로 쓰인다. 실제로 수입한 고기를 먹어보면 그 정도의 효용밖에 없는 것이 맞았다. 그러나 이곳 뉴질랜드 현지에서 먹는 소고기는 냄새도 나지 않고 부드럽고 고소하고 가격도 저렴하다. 떠도는 이야기처럼 제일 좋은 고기는 현지에서 소비하고 다음 등급 고기는 미주나 유럽으로 수출하고 제일 하품은 아시아로 수출한다더니 그 소문이 틀리지 않나 보다.

　식빵을 뜯어 먹으며 간소하게 식사하는 현지인들 사이에서 요란하게 고기를 굽는 우리 가족이 이상하게 보이지 않을까 눈치가 보였다. 비가 멈추지 않는다. 바비큐 시설은 간이 천막으로 겨우 비만 피할 수 있다. 테이블을 천막 바로 밑으로 옮겨 비를 피하고 손전등을 비춰가며 저녁을 먹었다. 오늘 스테이크는 큰 고기 한 덩어리를 통째 굽는 것이 아니라, 잡냄새를 완전히 없애고 아이들이 채소를 많이 먹을 수 있도록 철판에 구운 고기를 칼로 작게 잘라 올리브오일에 볶은 파프리카, 양파, 마늘, 브로콜리와 같이 접시에 담았다. 채소의 풍미가 고기와 어우러져 맛이 깔끔해졌다. 인스턴트 스테이크 소스를 곁들였더니 고기 맛이 훨씬 좋아졌다.

Milford Sound

테아나후 호수의 맑은 물에는 숭어가 산다. 뉴질랜드 호수에는 이상한 점이 있다. 물고기를 잡는 어선이 보이지 않는다. 호수를 가로질러 다른 마을로 건너가는 배도 없고, 여가용 요트도 거의 보이지 않는다. 퀸스타운 선착장에 정박한 관광객용 유람선이 뉴질랜드 호수에서 내가 본 유일한 배였다. 자연 보전이 이 사람들의 중요한 삶의 기준이라는 사실을 여러 곳에서 느끼긴 했지만, 호수에 배를 운항하지 못하게까지 했을까? 어쩌면, 호수를 가로질러 사람이 사는 마을이 있을 만큼 인구가 많지 않기 때문일까? 양을 기르는 일보다 물고기 잡는 일이 경제적 가치가 훨씬 떨어지기 때문인지도 모르겠다. 뉴질랜드는 호수마저 사람의 발길이 닿지 않은 청정지역이다. 지저분한 항구가 필요 없어진 호수는 깨끗한 자연 그대로의 모습을 간직할 수 있다.

테아나후 캠프장에는 배를 빌려 호수에서 낚시하는 프로그램이 있다. 나는 동물을 사냥해 죽이는 행위를 혐오한다. 생사의 갈림길에서 날카로운 낚싯바늘에 볼살이 뜯겨나가도록 살기 위해 안간힘을 다해 퍼덕거리는 생선의 몸부림을 '손맛'으로 표현하는 낚시꾼들의 심리를 나는 도무지 이해하지 못한다. 더군다나, 총에 맞아 붉은 선혈을 흥건하게 흘리며 죽어가는 동물들을 보며 쾌감을 느낀다는 사냥꾼들의 행동은 생물의 존엄성을 파괴하는 극악한 행위라고 생각하고 경멸한다. 그렇다고 동물성 단백질 섭취를 극단적으로 거부하는 채식주의자는 아니다. 사냥은 생존과 생계를 위한 어쩔 수 없는 도구이어야 하며 잡히는 동물이 최소한의 안락한 죽음을 맞도록 배려해야 한다는 동물보호단체의 주장에 전적으로 동의한다. 생명을 재미로 죽이는 일은 존엄한 인간이 할 일이 아니다.

윤재는 사냥의 느낌이 무엇일까 궁금하다. 며칠 전부터 낚시를 해보자고 조르고 있다. 잡은 물고기는 놓아주면 된다지만, 아가리 위가 굵은 낚싯바늘에 뚫린 물고기가 물속 환경에서 살아남을 가능성은 크지 않다. 너무 심한 감성의 비약일까?

호숫가의 자갈들이 파도에 휩쓸리며 쫘르르 쫘르르 소리를 내며 규칙적으로 부딪힌다. 옅은 푸른색 수면에 하얀 보트 몇 대가 물결 따라 출렁출렁 흔들린다. 호수와 나란한 자동차 도로와 마을 사이의 메타스퀘어 숲속에 놀이터가 있다. 아이들이 놀이터를 그냥 지나칠 리 없다. 놀고 가자고 고함을 지른다. 길가에 차를 세웠다.

바닥에 쌓인 나뭇잎들이 이슬에 젖어 푹신하다. 가지런히 깎은 잔디가 간밤의 비에 젖어 싱그러운 초록빛을 발산한다. 놀이터 시설이 무척 깨끗하다. 형형색색의 놀이기구는 복잡하지 않게 넉넉한 공간을 두고 배치되어있다. 새로 만들었는지 아니면 관리를 잘해서인지 모르겠지만, 놀이터 시설들이 녹 한 군데 없고 페인트가 벗겨진 곳도 없다. 코르크나무 껍질이 바닥에 두껍게 깔려있다. 우리 아이들이 '어떻게 놀지?' 어리둥절한 표정으로 놀이기구를 살피는 사이, 초등학교 저학년으로 보이는 백인 남매가 시범이라도 보이는 양 큰 바퀴같이 생긴 기구에 매달려 자기들의 용기를 뽐낸다. 그러고는 한번 해보라는 표정으로 우리 아이들을 바라본다. 놀이터 가장자리에 겨우 걸음마를 하는 아이 둘이 푹푹 빠지는 코르크 바닥을 뒤뚱뒤뚱 즐겁게 뛰어다닌다. 아이들의 엄마로 보이는 아주머니가 또 다른 어린아이 한 명을 유모차에 태워 재우고 있다. 걸음이 서투른 아이들이 다칠세라 아이들에게 눈을 떼지 못하다가 급기야 한 아이가 넘어지자 벤치에서 일어났는데 이 젊은 엄마 배가 만삭이다. 도대체 어떻게 된거야? 놀이터에 아이 둘, 유모차에 아이 하나, 또 뱃속에 아이

하나, 아이가 모두 4명이다. 유모차의 아이는 이제 겨우 돌이 되었는지 모르겠다. 아내가 깜짝 놀란 얼굴로 나를 보며 말한다.

"이곳처럼 평화롭고 한가한 마을에서 아이들마저 많지 않으면 심심해서 미쳐 버릴거야!"

아내의 말에 나도 동의한다. 아름다운 자연에 둘러싸인 마을이 지나치게 평화로워서 일상에 변화를 일으키는 아무런 사건이 일어나지 않고 앞으로 오늘과 같은 일상이 무한히 반복될 것이라 예상하며 살아가야 한다면 그것은 분명 행복한 삶은 아닐 것이다. 생노병사의 과정에서 예상치 못한 일을 겪고 이겨내며 보람을 얻고 감당할 만큼의 두려움과 긴장과 욕망이 있어야 삶의 동력을 유지할 수 있다.

수백만 년 동안 빙하가 파낸 협곡이 대양에서 육지로 길게 이어진 피오르 해안을 운항하는 크루즈선을 탑승하고 원시 자연 속을 트래킹할 수 있는 밀포드사운드는 뉴질랜드 남섬 여행의 백미다. 테아나후에서 밀포드사운드로 가는 길은 뉴질랜드에서 가장 아름다운 드라이브 코스 중 하나다. 탁 트인 평원을 따라 달리던 길이 어느 순간 잎이 울창한 나무들이 하늘을 가리고 있는 깊은 숲속으로 진입한다. 숲길 중간쯤에 거울처럼 주변 경관을 반사하는 미러호수가 있다. 차에서 내려 숲속으로 이어지는 나무계단을 따라 호수로 갔다. 바닥이 선명하게 보이는 맑은 물속에 커다란 숭어가 헤엄치며 수면에 흐릿하게 반사되는 산 그림자를 흩트린다.

차로 돌아와 캠프장에서 삶아 온 달걀을 맛있게 먹고 다시 한참 동안 숲길을 달렸다. 숲을 빠져나온 길은 바위산의 협곡 위로 꼬불꼬불하게 이어지는 경사를 오른다. 길옆으로 바짝 붙어 수직으로 치솟은 바위산들이 거친 맨살을 드러내고 있다. 무너져 내린 바위 파편들이 산비탈을 따라 계곡 아래쪽까지 가득 쌓여있다. 불규칙하게 암벽에서 돌출한 바위 조각이 무너져 우리 머리 위로 쏟아질 것 같은 두려움이 생겼다. 힘에 겨운 자동차 엔진이 거친 소음을 일으키며 좁고 높은 바위 계곡을 올랐다. 정상에 거의 다다랐다고 생각할 무렵, 갑자기 커다란 암벽이 우리 앞을 막아서서 길을 뚝 잘랐다.

암벽 아래 호머 터널의 어두운 입구가 보인다. 울퉁불퉁한 암벽에 작은 구멍 하나 뚫린 터널 모습은 우리나라 도로 터널 입구에서 흔히 볼 수 있는 말끔한 콘크리트 마무리가 없어서 자연동굴인지 인공 터널인지 판단하기 어렵다. 1950년대에 오로지 사람의 힘으로 굴착한 호모 터널은 폭이 좁고 천정이 낮아서 큰 차의 교행이 불가능하다. 1㎞가 넘는 터널 속에서 차가 마주치지 않기 위해 터널 양쪽 입구에 드나드는 순서를 알려주는 신호등이 있다. 15분을 주기로 초록 신호가 켜지는 쪽 차가 진입한다. 신호를 기다리며 차에서 내렸다. 계곡을 돌아 올라오는 길이 양쪽 수직 바위산으로 막혀있는 협곡 깊숙한 곳이었다. 고개를 뒤로 젖혀 절벽 위를 보았지만 좁고 높은 협곡의 정상이 잘 보이지 않는다. 길은 수직 절벽 사이에 막혀 끊겨있다. 바위 위에서 떨어지는 가는 물줄기가 바람에 흩날린다.

상공에 헬리콥터가 비행하고 있다. 밀포드사운드를 공중에서 둘러 볼 수 있는 관광 헬리콥터가 있었다. 이 모습을 하늘에서 내려다보면 그야말로 장관이겠다. 터널 신호가 초록색으로 바뀌었다. 터널로 들어갔다. 인공조명은 없고 우리가 타고 있는 자동차의 헤드라이트 불빛만이 어두운 터널 속에서 앞쪽 짧은 거리만 밝힌다. 지나온 길과 헤드라이트 빛이 닿지 않는 앞쪽 길은 완전한 암흑이다. 바위 표면이 삐죽삐죽하게 튀어나와 있는 모서리에 밴의 높은 천장이 부딪치지 않을까 조심스럽다. 목을 앞으로 빼내 차 앞 유리 위쪽 공간을 가늠해보지만 깜깜해서 아무것도 보이지 않는다. 바닥이 울퉁불퉁하고 습기에 젖어있다. 폭이 좁아 맞은편에서 오는 차를 만나면 앞으로도 뒤로도 갈 수 없는 난처한 상황이 되겠다. 한동안 비좁고 어두운 공포의 시간이 지나고 터널 출구에서 햇빛이 보였다.

터널을 빠져나오면 다른 세상의 아름다운 풍경이 펼쳐진다. 피오르 절벽 위에서 먼 풍경을 보며 길은 아래로 내려간다. 길 끝에 수직 협곡 안으로 깊숙이 들어와 있는 바다가 보인다. 수직 피오르 절벽과 그 사이 잡목숲과 멀리 보이는 바다가 익숙하지 않은 지질학적 풍경을 만든다. 골짜기 아래로 내려가는 가파른 길은 좌우로 급격한 핸들 회전이 필요하다. 좁고 꾸불꾸불한 내리막길은 운전이 조심스럽다.

오십 년 전쯤, 사람이 살지 않는 이토록 험한 지형에 무슨 이유로 힘든 수고를 들여 이런 터널을 뚫었을까? 그때도 지금처럼 관광객들이 있었을까? 세상에서 가장 먼 나라의 외딴곳인 이곳은 오늘날에도 사람의 왕래가 많지 않은 곳이다. 그 시대의 교통수단과 굴착 장비 성능을 고려하면 호머 터널은 당시 사람들에게 분명 내가 알지 못하는 절박한 용도가 있어야 한다.

협곡을 내려오면 밀퍼드 사운드의 푸른 바다에 다다른다. 수직 바위 절벽을 길게 파들어온 깊은 협곡을 바닷물이 가득 채우고 있다. 이곳으로 오늘 길에 보았던 호수들처럼 푸른 수면이 잔잔하다. 손가락을 물에 담가 짠맛이 나는지 확인하고 싶었다. 수천만 년 동안 천천히 쌓이고 녹기를 반복한 빙하가 바위를 조금씩 깎아 만든 수직 절벽이 바다에서 육지 안쪽으로 수십 킬로 길이의 깊은 만이 되었다. 절벽 사이 바다를 배를 타고 유람하며 보는 풍경이 장엄하다.

네 개의 크루즈 회사가 저마다 장점을 홍보하며 경쟁을 벌일 만큼 세계적 관광지인 이곳의 시설들이 우리나라 동해안의 이름 없는 어촌 마을만도 못하다. 우리나라 경우라면 만을 조망할 수 있는 위치에 크고 화려한 호텔과 카페 그리고 해산물 요리를 파는 음식점들이 호안을 따라 가득했을 것이다. 이런 멋진 경치라면 협곡 위로 올라가는 곤돌라도 운행할법하다.

하지만 이곳은 주차장 앞 진회색 지붕의 공사장 임시 사무실 같은 허름한 건물이 테아나우에서 밀퍼드 사운드 사이 70㎞ 거리에서 유일한 숙박 시설이다. 승선권 판매소와 화장실이 있는 크루즈 터미널에는 음식점은커녕 차를 마시고 간식을 먹을 수 있는 카페 하나 없다. 주차장에 차를 세우고 터미널까지 10분 이상 걸어야 한다. 관광객들의 편의보다 차량 때문에 바다가 오염되는 일을 더 걱정한 것이 분명하다. 초등학교 교실 한 개 만한 터미널에는 사람들이 앉을 의자도 몇 개 없다. 표를 구매한 사람들은 좁은 터미널을 나와 배가 정박하는 나무 데크에 기대서서 크루즈가 출발하는 시간까지 기다려야 한다. 이 나라 사람들의 합리적 절제의식이 다시 한번 인상 깊다. 인간의 발길 때문에 발생하는 훼손을 근원적으로 방지한다. 자연은 최소만 변형하고 보존한다. 방문객들은 때 묻지 않은 자연의 아름다움을 경험한다. 관광자원으로서 이곳의 가치는 계속 유지된다. 이와 같은 선순환이 가능한 국민 의식과 국가 정책이 이 나라의 힘이다. 동해안 어느 포구에 즐비한 횟집들과 지저분한 항구와 모텔 건물들이 내 머릿속을 스치며 인상이 일그러진다.

배가 고프다. 이곳에서 먹을거리를 파는 곳은 물과 초콜릿바 자판기가 유일하다. 초콜릿바는 너무 달고 물은 무지하게 비싸다. 큰 배, 작은 배, 멀리 가는 배, 가까이 갔다가 금방 돌아오는 배, 점심 뷔페를 즐길 수 있는 배. 하룻밤을 자면서 즐길 수 있는 배 등 다양한 크루즈를 선택할 수 있다. 우리는 그중에서 작은 배를 선택했다. 요금이 저렴하고 배가 작아 절벽에 더 가까이 접근해 자연을 관찰할 수 있다.

출발시각이 되자 한가하던 터미널에 사람들이 몰렸다. 배 위에 승객들이 제법 웅성거린다. 좋은 경관을 편하게 보기 위해 서로 자리 다툼을 하지만 배가 출발하자 이내 자리에서 일어나 뱃전 난간으로 사람들이 모여들었다. 바람을 맞으며 저마다 감상에 젖는다. 배의 속도와 합쳐진 바람은 아이들이 갑판 계단을 오르기 힘들 정도로 거세다. 스웨터와 윈드파카로 무장했지만, 추위에 몸이 부들부들 떨린다. 아이들은 바람을 피해 뱃전 난간 아래에 몸을 숨겼다가 목을 내밀어 강한 바람에 누가 오래 버티나 승부를 겨룬다. 비명을 지르며 버티는 아이들 모습을 보고 승객들이 웃는다.

오후의 태양이 배를 마주하고 강렬하게 내리쬔다. 역광으로 비치는 태양은 협곡과 만의 풍경을 흐릿한 실루엣으로 만든다. 수면에 반사되는 코발트 빛 뭉게구름이 풍광의 신비로움을 더한다. 절벽 꼭대기에서 바다로 쏟아지는 폭포의 물보라와 잔잔한 수면 위로 낮게 깔린 물안개를 헤치며 배는 앞으로 나아간다. 우연한 지질학적 사건의 누적으로 만들어졌다고 인정하기 어려운 신비한 풍경이다. 목적이 있는 다른 존재가 창조한 세상일지도 모를 일이다. 목적과 계획 없이 어떻게 이토록 아름답고 신비한 풍경이 저절로 만들어졌다고 믿으란 말인가?

한 시간 남짓 항해한 배가 대양의 입구에 다다른다. 오스트레일리아의 동남쪽과 뉴질랜드 서해안 사이의 태즈먼해다. 피오르 해협과 대양이 만나는 가장자리에는 물개들이 살고 있다. 바닷가 바위에 삼삼오오 모여앉아 햇볕을 쬐고 있는 물개에게 관광객들이 장난스럽게 말을 붙인다. 물개는 미동도 하지 않고 눈만 끔벅끔벅하며 귀찮다는 반응이다. 배가 방향을 바꾸어 항구로 돌아간다.

돌아오는 배에서는 사람들에게 시선이 갔다. 이 외딴곳까지 홀로 여행 오는 사람이 의외로 많다. 청바지 맵시가 매력적인 금발의 아가씨는 우리 가족 바로 옆에서 바다에 시선을 고정하고 홀로 생각에 잠겨있다. 상부 갑판의 나무 의자에 앉은 약간 통통한 백인 아가씨는 배가 고픈지 사과를 껍질째 우그적우그적 맛있게 부서 먹고 있다. 큰 카메라를 목에 걸고 검은색 장비 가방이 무거워 보이는 동양인 청년은 자세를 바꿔가며 주변 풍경을 사진에 담기 위해 열심이다. 뒤쪽 카페에는 백인 청년이 컵라면 하나를 열심히 먹더니 라면 용기를 씻어 그곳에 차를 끓여 마신다. 그의 모습을 살피던 카페 웨이트리스가 청년과 대화를 나누더니 입을 크게 벌려 웃는다. 모두 이 먼 곳까지 오게 된 저마다 사연이 있는 듯 보였다.

터미널에 다시 도착했다. 배에서 내려 가족들이 화장실을 다녀올 동안 소파에 앉았는데 중년의 부부가 아는 척을 한다. 처음에는 잘못 알아봤는데 뉴질랜드 오던 날 브리즈번에서 크라이스트처치 구간 비행기에서 내 옆자리에 앉아있던 부부였다. 호주에 사는 부부는 휴가를 맞아 뉴질랜드 남섬을 일주할 예정이었다. 같은 목적지인 남섬에서 유명한 곳을 서로 이야기하다가 밀퍼드 사운드는 꼭 방문할 것이라 했다. 그럼 혹시 다시 만날 수도 있겠다 하며 헤어졌다. 정말 같은 날 같은 시간 같은 장소에서 마주친 것이다. 기뻐서 반갑게 악수했다.

터미널을 나와 차로 돌아왔다. 밀퍼드사운드에서 하루 묵으며 루트번 트랙을 트래킹하고 내일 퀸스타운으로 돌아갈 계획이었다. 그러나 캠프장이 없고 유일한 모텔은 낡고 인기척이 없어서 어딘가 음산해 보였다. 무엇보다 이곳은 한 번 물리면 염증과 극심한 가려움으로 악명 높은 샌드플라이 서식지다. 트랙킹은 포기하고 테아나우로 돌아가는 것이 옳다. 배 안 카페에서 샌드위치를 나눠 먹고 커피 한잔 마신 것이 오늘 식사의 전부다. 주차장 차 안에서 라면을 끓였다.

호머터널에 다시 도착할 즈음엔 완전히 깜깜한 밤이 되었다. 차가 많지 않은 야간에는 터널 내부 차량 교행을 조절하는 신호등이 꺼져 있다. 그냥 터널로 진입할 수밖에 없다. 터널 내부에는 우리 불빛 외에 아무것도 보이지 않는다. 낮에는 터널 맞은편에 누군가 기다린다는 사실이 조금 안도가 되었지만, 지금은 깊은 산중에 오직 우리밖에 없다는 공포가 커졌다. 그런데 터널 중간쯤 왔을 때 맞은편에서 차량 불빛이 보인다. 앞쪽에 오던 차가 먼저 헤드라이트를 꺼준다. 조심스럽게 다가간다. 약간 넓은 곳 한쪽에 차를 바짝 붙여 세웠다. 터널 벽에 차 지붕이 걸리지 않도록 조심스럽게 비껴갔다. 창을 내려 고맙다는 인사를 했다. 저 가족은 어디에서 밤을 보내려고 이제야 이곳을 넘어가는 것일까? 암흑 속의 협곡과 숲에서 으스스한 기운이 느껴졌다. 테아나우로 돌아가는 70㎞ 거리의 길에서 마주친 차량은 터널에서 만난 캠핑 밴을 포함하여 다섯 대뿐이었다. 어둠과 두려움에 바짝 긴장한 채 운전하면서 테아나우 캠프장으로 돌아왔다. 사무실은 문이 닫혀있고 빈자리가 없다. 차에서 내려 랜턴을 비춰가며 찾은 후에야 공동 키친 옆에 주차공간을 발견했다. 아이들이 종일 굶었다. 식사를 준비했다. 늦은 시간이었지만 키친 안이 소란스러웠다. 스페인어를 쓰는 사람들이다. 이곳에서 만난 부부가 서로 자신들의 여행경험을 이야기하는 분위기다. 공동공간에서 시끄러운 서양인들은 뉴질랜드에서 처음이다. 그들을 찌푸린 눈으로 바라 보며 불편하다는 신호를 보냈다. 내 쪽을 힐끗 한번 처다보더니 아랑곳하지 않고 하던 이야기를 계속한다. 우리 식사 준비가 끝날쯤에 설거지를 마친 그들이 숙소로 돌아갔다. 넓은 키친 안에 우리 가족만 남았다. 한가롭고 편안한 저녁 시간을 가졌다. 아내가 아이들을 데려다 씻기고 나는 혼자 설거지를 마친다. 그릇 담은 가방을 들고 키친을 나와 늦은 밤 조용한 캠프장을 홀로 걷는다. 밤하늘에 가득한 별들이 내 가슴으로 쏟아져 들어온다. 별빛 아래 콧노래가 저절로 나오고 발을 껑충껑충 내디딘다. 갑작스러운 행복이 가슴에 밀려든다.

Wanaka

연재가 몸을 긁느라 잠을 이루지 못한다. 캠핑카의 완충장치 때문에 뒤쪽에서 자는 아이가 몸을 뒤척이면 차 전체가 출렁거려 아이의

상태가 분명하게 느껴진다. 운전석 위 높은 침대는 차의 흔들림이 증폭된다. 나도 잠이 들지 않는다. 명상음악을 들었다. 의식이 또렷해지며 음악이 소음이 된다. 이어폰 줄이 볼과 귀를 간지럽히며 잠을 방해한다. 계단을 내려가 아이의 몸을 긁어주었다. 아이가 뒤척임을 멈추고 편안해진다. 이토록 행복한 시간에 신은 왜 아이에게 이런 고통을 주었을까? 존재를 믿지 않는 신을 원망한다. 슬픔과 피로에 지친 의식을 지탱하며 아이를 긁어준다. 별빛 아래 행복은 멀어지고 마음이 괴로운 밤이다.

　힘든 밤을 보낸 연재가 아침에 일어나 동생에게 짜증을 부린다. 아이 마음을 풀어줄 방법이 없을까? 맛있는 음식을 먹여야겠다. 아이가 며칠 전부터 김치볶음밥을 먹고싶어 했다. 하지만 조리과정이 귀찮고 김치 냄새 때문에 캠프장 공동주방에서 만들지 못했다. 긴 여행 중에 김치는 한국 사람에게 가장 소중한 음식이다. 현지 음식을 먹는 날이 길어지면 김치와 라면이 제일 그립다. 김치는 냄새 때문에, 라면은 부피 때문에, 여행 짐에 많이 넣지 못한다. 그런 김치를 한꺼번에 볶아 먹는 일은 다소 용기가 필요하다. 캠핑카의 작은 싱크대에서 소시지와 양파와 피망을 잘게 썰었다. 김치 두 봉지를 과감하게 찢어 팬에 붓고 올리브 오일에 볶았다. 제법 맛있는 냄새가 난다. 두 녀석이 밥 한 솥을 다 비웠다. 아내는 팬에 눌어붙은 볶음밥을 숟가락으로 긁어먹으며 입맛을 다셨다. 나는 토스트를 구워 남은 시장기를 채웠다. 맛있는 음식으로 배부른 아이는 기분이 좋아졌다.

캠핑카를 움직이기 위해서는 할 일이 많다. 우선 운전 중에 물건들이 떨어지거나 굴러다니거나 혹은 서로 부딪혀 덜그럭 소리가 나지 않도록 외부에 나온 물건들을 수납장의 정해진 자리에 넣고 고정해야 한다. 화장실 오물을 역겨운 약품 냄새와 함께 버리고 물통에 생활용수를 채워야 한다. 외부전원 연결선을 뽑아 정리하고 생활오수를 버려야 한다. 이불을 털어서 부피가 작게 정돈하고 내부 바닥 먼지와 쓰레기를 치워야 한다. 아이들과 각자 담당을 정했다. 자기 일을 하며 서로 배려하는 마음이 생기면서 출발준비가 즐거워진다.

어제저녁 늦게 도착했기 때문에 체크인을 못 했다. 이대로 떠나버려도 누구도 알 수 없고 감시하는 사람도 없다. 더군다나 이곳 테아나우는 캠프장 이용료가 가장 비싼 곳 중 하나다. 그냥 나가 버릴까? 잠깐 고민했다. 76불에 내 양심을 팔 수 없다. 오피스 앞에 차를 세웠다. 어제 체크인하지 못해서 지금 계산하겠다고 했더니 모두 그렇게 한다며 당연하단 표정이다. 우리나라라면 이런 시설에 근무하는 직원이 퇴근하면 출입하지 못하도록 육중한 철재 바리케이드로 입구를 막아놓을 것이다. 문을 열어 사람들이 노숙하지 않도록 배려한다면 아침 일찍 직원이 출근하자마자 체크인하지 않은 밴의 문을 두드려 이용료를 받느라 분주할 것이다. 여행객들의 대부분은 이 나라 사람이 아니다. 그런데 어떻게 양심에 맡기는 이런 시스템을 유지할 수 있을까? 몇몇 양심 없는 사람의 도주와 무질서로 인한 손실이 그들을 감시하는 인건비와 시설비보다 적다는 판단일 것이다. 시민들이 서로 신뢰하는 사회적 공감대가 있나 보다. 인간은 양심에 따라 행동하고 이타적 본성을 가진다고 믿나 보다.

애로우타운은 한때 금을 캐는 광부들이 살았던 옛 마을이 서부영화에 나오는 모습처럼 보존되어 있다. 목조건물들이 늘어선 거리 하나가 전부인 작은 마을이지만, 자연 외에 특별한 문화유적이 없는 뉴질랜드에서 그나마 관광객을 모으는 곳이다. 거리에 사람들이 북적이고 식당과 카페와 공예품 가게가 성업 중이다. 교실 두세 개 크기의 작은 공터에 잔디가 깔려 있고 큰 나무 두 그루 아래 벤치가 있는 작은 공원이 마을의 중심부다. 식당과 카페에서 테이블을 밖으로 내놓고 손님들을 맞는다. 입구 주변 벽을 꽃으로 예쁘게 장식한 식당이 눈에 들어왔다. 사람들이 벤치와 잔디에 앉거나 누워 해바라기를 한다. 우리도 해가 잘 드는 빈 벤치 하나를 찾아 한참 동안 사람들을 구경하며 햇빛을 쐬었다. 사람을 만나기 어려운 한적한 여행을 하다가 북적거리는 사람들을 보니 기분이 상기된다. 자연 구경도 행복하지만 여행하면서 만나는 사람을 관찰하는 일도 흥미롭다.

애로우타운에서 와나카로 가는 길은 고원을 오르는 가파른 비탈이다. 지그재그 좁은 길이 위험하다. 한적한 도로를 한동안 무료하게 운전했다. 졸음이 밀려왔다. 밤에 잠을 뒤척였고 점심을 배부르게 먹은 탓이다. 나는 항상 잠이 부족하다. 늘 생각이 복잡하다. 작은 기척에도 잠이 달아난다. 인생을 조금 무디게 살 방법은 없을까? 완벽하게 나를 관리하고 같은 기준으로 가족들이 따라주기를 종용

한다. 그래서 항상 신경이 예민하다. 밤에 아무 생각 없이 침대에 누워 잠을 청하기 힘들고 아침에 의식이 돌아오면 곧바로 갖은 생각과 고민이 시작된다. 대부분은 풀리지 않는 일들에 관한 것이다. 그저 받아들이고 잊을 수는 없을까? 꾸벅꾸벅 괴로운 졸음운전의 시간을 보내면서 스스로 자책한다.

길가에 차를 세워 잠을 청하지만, 도로에 다른 차가 지나가거나 아이들이 장난치는 소리가 들리면 곧장 잠이 달아난다. 한꺼번에 졸음을 해결할 만큼 자지 못하고 차를 여러 번 세워 토막잠을 반복하면서 와나카에 가까워졌다.

와나카 마을은 규모가 크다. 학교 운동장에 백 명이 넘어 보이는 사람들이 모여 행사를 진행 중이다. 제법 큰 슈퍼마켓에 손님이 많아서 줄을 서서 계산할 차례를 기다려야 했다. 와나카 탑텐 홀리데이파크는 시내와 조금 떨어진 산기슭에 있다. 아이들이 놀이터에서 덤블링 하며 신나게 노는 사이, 아내와 나는 스테이크를 굽고 홍합을 삶았다.

캠프장 부엌에 한 무리의 중국말을 쓰는 아가씨들이 왁자지껄 소란스럽다. 중국 사람들은 어디에서나 시끄러워서 만나는 곳마다 눈살을 찌푸리게 한다. 매년 여행을 다니며 동양인 중에는 중국인들을 가장 많이 만난다. 그들의 출현을 눈치채기는 쉽다. 고함치듯 대화하는 사람들 무리가 들이닥치면 중국 단체 관광객이 분명하다. 이들은 가족끼리 여행하지 않는다. 적어도 버스 한 대를 채우는 인원이 함께 여행한다. 주방을 차지한 그들 중 서너 명은 재료를 손질하고 두어 명은 다른 쪽에서 프라이팬 가득히 음식을 볶는다. 크게 이야기하고 웃는 소리에 좁은 주방에서 큰 싸움이라도 일어난 듯했다. 식사를 끝낸 중국 아가씨들이 세탁 건조기를 독차지했다. 우리가 기다리건 말건 전혀 상관하지 않았다. 샤워장을 한꺼번에 차지하고 옆 칸 친구와 큰소리로 대화하며 오랫동안 샤워한다. 우리 빨래를 다 말리지 못했다. 건조기가 가동되는 동안 밴으로 돌아왔다. 옷을 가져가지는 않겠지?

Rippon Vinyard winary

연재가 모처럼 밤새 한 번도 깨지 않고 푹 자더니 일찍 일어났다. 아이가 뒤척거리지 않으니 나도 간밤에는 잠을 깬 기억이 없다. 한번 잠이 들면 언제나 세상모르게 잠에 빠지는 윤재가 갑자기 벌떡 일어나더니 "아빠! 나, 오줌쌌어"라고 했다. 깜짝 놀라 이불을 들추었다. 물기의 흔적이 없다. 오줌 싸는 꿈을 꾼 것이다. 어느 캠프장이나 10시까지 사이트를 비워야 한다. 연재가 항상 늦게 일어나기 때문에 우리는 뉴질랜드 와서 단 하루도 시간을 지켜 떠난 날이 없다. 아이가 일어나기를 기다려 아침을 먹고 짐을 정리해 차를 출발할 즈음에는 항상 캠프장에 우리만 남아있다. 그렇다고 누구 하나 출발을 재촉하거나 늦게 나간다고 페널티를 물리는 일도 없다. 아침마다 우리가 거의 마지막으로 이용하는 공동주방과 샤워장은 아무도 사용하지 않은 것처럼 물기 하나 없이 깨끗하게 정돈되어있다.

1969년 스탠포드 대학의 심리학자는 흥미로운 실험을 했다. 연구팀은 악명 높은 뉴욕의 할렘 골목길에 똑같은 모양과 색깔의 승용차 두 대를 버려진 것처럼 나란히 세워 두었다. 한 대는 흠 하나 없이 깨끗이 닦아놓았고 다른 한 대는 일부러 먼지를 잔뜩 묻히고 한쪽 유리창을 깨뜨려 놓았다. 며칠 후에 차 상태를 관찰했다. 할렘에 사는 불량한 시민들은 깨끗한 차는 그대로 두고 유리창이 깨진 차에만 낙서하고 반대쪽 유리창을 깨트리고 바퀴에 바람을 빼놓았다. 군중의 심리를 대변하는 명쾌한 실험이었다.

'깨진 유리창의 법칙'이라 불리는 실험의 결과가 이곳 캠프장에도 그대로 적용된다. 무엇보다 직원들이 돌아다니며 청소와 정리를 열심히 한다. 앞서 시설을 사용한 사람이 마무리한 정도가 내가 사용한 후에 정리할 기준이 된다. 자동차에 유리가 깨져 있으면 내가 유리 하나를 더 깨더라도 양심의 가책이 없다. 내가 바비큐 장치를 사용할 때, 당연히 있어야 할 기름때가 없으면 내가 사용한 후에도 원래 상태로 되돌려 놓아야 한다는 부담이 생긴다. 공동주방 식기가 깨끗하게 잘 정돈되어있으면 내가 음식을 만들어 먹은 후에 너저분하게 내버려 두면 죄책감을 느낀다.

누군가 한 사람이 이런 흐름을 무시하고 뉴욕의 심리학자가 자동차 유리창을 깨트려놓은 것처럼 음식 찌꺼기를 청소하지 않고 샤워장에 물기를 잔뜩 퍼뜨려 놓으면 금방, 이 규칙은 무너질 것이다. 뉴질랜드 사람들보다 외국인들이 더 많이 캠프장을 방문하는 것으로 보이는데 규칙은 무너지지 않는다. 일부 사람들의 탈선을 신속하게 원상태로 복구하는 직원들의 숨은 손길도 한몫할 것이다.

내가 특히 이해하지 못하는 것은 캠프장 어디에도 깨끗이 사용하고 원래대로 정리하라는 문구가 없고 돌아다니며 감시하고 검사하는 사람도 없다는 사실이다. 분명히 유리창을 깨는 역할을 하는 못난 사람이 가끔은 있을 텐데! 잘못하면 패널티를 물리겠다는 경고도 없다.

와나카 호숫가를 따라 아름다운 집들이 도시를 이루고 있다. 넓은 잔디운동장을 가진 학교에 사람들이 모여 무엇인가 행사 중이다. 호숫가 잔디밭에 '페스티벌 어브 컬러' 축제가 열린다. 젊은 화가들이 캔버스를 세워놓고 창작에 열중이다. 호수가 보이는 벤치에 아내와 나란히 앉았다. 이곳의 평화로운 일상을 관찰했다. 푸른 호수에 하얀 요트가 떠있고 오리들이 한가로이 물갈퀴 질을 한다. 송아지만 한 개를 앞세운 노부부가 산책을 즐긴다. 주인이 호수 위로 던지는 나무토막을 줍기 위해 호수를 헤엄쳐 다녀오더니 나무토막을 입을 문 채 몸을 흔들어 물을 털어낸다. 윤재가 주는 과자에 유혹되어 몰려든 오리들이 갑작스러운 윤재의 돌팔매질에 혼비백산 흩어진다. 아이를 뒤에 태운 2인용 자전거는 호숫가 산책로를 쌩쌩 달린다. 윈드파커로 추운 바람을 막고 있는 우리 앞에 반바지 반팔 셔츠만 입은 마을 아이들이 추운 줄도 모르고 자갈밭을 맨발로 뛰어다닌다.

이곳 사람들은 어른과 아이 모두 반바지 반팔 차림으로 산책하거나 운동한다. 적당한 추위에 몸을 적응하면 면역력을 높이는 데 도움이 된다지만 우리 가족은 스웨터를 입어야 할 만큼 춥다. 이곳에서는 안경 쓴 사람을 찾기 힘들다. 공기를 오염시키는 공업시설이 없는 호숫가 소도시의 집을 나서면 밀키블루 호수의 수평선이 시야를 채운다. 새파란 하늘 아래 하얀 설산이 대비되는 풍경은 안과 시력 검사 기계 렌즈 안쪽 그림과 비슷하다. 아파트와 빌딩의 콘크리트 벽이 시야를 막고 자동차 매연과 미세먼지가 가득한 도시에서 책과 스마트폰만 들여다보는 우리나라 중고등학생들의 반 이상은 안경을 쓴다. 하얀 양들이 점점이 풀을 뜯는 푸른 평원 사이를 달리는 이곳

도로는 눈이 시원하다. 나는 좌우 시력이 다르다. 양 눈을 번갈아 손바닥으로 가리며 시력 차이를 시험한다. 선명하고 흐릿한 시력의 경계를 이곳에서는 구별하지 못하겠다.

호숫가에는 어김없이 아이들 놀이터가 있다. 티라노사우루스와 소라 껍질 형상 놀이기구들이 아이들을 유혹한다. 푹신한 코르크나무 껍질이 두껍게 깔려 있어 아이들이 넘어져도 다칠 걱정은 없겠다. 시간이 한참 지나도 아이들은 떠날 생각이 없다. 오늘은 퍼즐링월드와 와이너리를 방문하고 마운트쿡 남쪽 기슭을 넘어 뉴질랜드 서쪽 태즈먼해의 바닷가 캠프장까지 이동하는 긴 일정이 계획되어 있다. 더 재미있는 곳에 간다며 아이들을 재촉했다.

퍼즐링월드는 착시현상을 이용한 건물과 실내 모형이 유명하다. 나무판으로 벽을 만든 제법 복잡한 미로가 첫 번째 체험시설이다. 아랫부분이 뚫려있어 길을 잃거나 피곤하면 미로의 숨겨진 출구를 찾지 않아도 고개를 숙여 빠져나올 수 있다. 뙤약볕이 내리쬐는 야외에 바닥이 흙이어서 먼지가 미로 전체에 자욱하게 날렸다. 지루하고 더워서 나와 아내는 아이들 몰래 비상 탈출구로 미로를 나와 버렸다. 아이들은 끝까지 길을 찾겠다며 한 시간여를 헤매고 나서야 출구로 나왔다. 얼굴에 땀이 흥건하고 뺨이 벌겋게 달아올랐다. 멀고 가까운 사물과 높고 낮은 바닥을 구분하지 못하는 전시관에서 사실을 알면서도 눈은 속아 넘어가는 황당한 경험을 한다. 멀리서 사진을 찍으면 사람이 건물을 받치는 듯이 보이는 시계탑을 배경으로 장난스러운 포즈를 취한다.

와나카 중심가로 돌아왔다. 점심은 피쉬앤칩스를 먹고 싶었다. 테카포에서 먹었던 무성의한 것 말고 제대로 만든 요리가 필요하다. 호숫가 레스토랑 메뉴판을 샅샅이 살피고 다녔지만 피쉬앤칩스 요리를 파는 곳은 없다. 테이크아웃으로 닭튀김을 파는 식당의 서브메뉴로 피쉬앤칩스가 있었다. 연재의 추측에 의하면 이곳에서 피쉬앤칩스는 길거리 음식으로 인식되고 있다. 우리나라 김밥과 떡볶이를 레스토랑에서 팔지 않듯이 피쉬앤칩스도 길에서 먹는 음식이기 때문에 재생지나 신문지에 둘둘 말아 주는 것이다. 지난번과 같은 성의 없는 음식일 거라며 아내가 만류했지만 나는 피쉬앤칩스 하나를 주문했다. 아이들은 베이커리에서 샌드위치를 샀다. 볕 잘 드는 호숫가 벤치에 앉아 포장을 뜯었다. 신문지 포장을 열어보니 그야말로 내 손바닥보다 큰 생선 살 튀김 하나 '피쉬'와 감자튀김 한 움큼 '칩스'다. 신문지 위에서 기름이 질퍽하게 흐르는 커다란 튀김 덩어리 앞에 허탈한 웃음이 나왔다. 늦은 점심 배고픔이 아니었다면 한 입 베어 물고 모두 버렸을 맛이다.

음식 경험이 여행의 큰 의미라 생각하기 때문에 식비는 아끼지 않는다. 하지만 뉴질랜드에서는 이곳만의 이색적이고 특별한 음식이 드물고 음식을 조리해서 판매하는 레스토랑 자체를 찾기 어렵다. 뉴질랜드 캠핑카 여행 중에는 본의 아니게 한국에서보다 밥을 더 자주 해 먹는다. 여행 중에 다양한 음식을 먹는 즐거움을 좋아하는 아내에게 자꾸 밥을 짓게 만들어 미안하고 눈치가 보인다. 설거지는 내가 도맡아 한다.

와이너리를 찾았다. 지도상에는 어제 머물렀던 와나카 톱텐홀리데이파크 바로 건너편인데 입구가 보이지 않는다. 시내와 캠프장 사이를 두 번이나 헤맨 후에 진입로를 발견했다. 포도밭 언덕을 따라 구불구불 이어진 비포장 진입로에 마른 먼지가 차바퀴에 날려 흩어졌다. 언덕 정상에 고동색 건물의 기와지붕이 살짝 보이더니 그림 같은 풍경이 펼쳐졌다. 세상에서 가장 아름다운 와이너리라는 표현이 과장이 아니었다.

코발트빛 호수가 붉은 단풍과 고동색으로 잎이 물든 나무로 뒤섞인 숲에 둘러싸여 있다. 깊숙한 호안 굴곡 가운데에 불규칙한 타원형 섬이 떠 있다. 작은 섬에 빽빽한 숲을 이루는 나무들이 붉고 푸르고 노란 색상의 향연을 펼친다. 풍경을 그리는 화가의 팔레트 위 물감처럼 형형색색으로 아름답다. 화가가 눈앞을 가득 채우는 커다란 캔버스를 펼치고 호수의 가을 풍경을 그린다. 그림을 완성하고 보니 푸른 호수 한쪽 귀퉁이가 허전하다. 화가는 호수의 아름다운 곡선을 닮은 상상의 섬을 자신의 풍경화에 그려 넣는다. 어떻게 저토록 호수와 절묘하게 조화로운 풍경을 이룰 수 있을까? 물감이 마르지 않은 화가의 캔버스인지 실제 경치인지 눈을 깜박여 확인이 필요하다. 풍경을 사진에 담아보니 화가의 그림은 분명 아니다. 호수에서 이어지는 얕은 구릉을 따라 아직도 파란 잎이 다 떨어지지 않은 포도나무들이 줄을 지어 늘어서 있다. 새들이 열매를 쪼아 먹지 않도록 하얀 그물이 덮여 있다. 수줍은 신부 머리 위의 하얀 면사포처럼 바람에 나풀거린다. 포도밭 언덕 가장 높은 곳에 짙은 고동색 지붕 건물이 격조 있는 자태를 뽐낸다. 로만 스타일 나무 출입문이 인상적이다. 폭이 좁고 높이가 높은 문에 육중한 놋쇠 손잡이가 건물의 품격을 높인다. 이곳에서 생산하는 와인을 몇 가지 시음하고 달콤하고 부드러운 맛의 리슬링와인 한 병을 구입했다.

와나카 호수와 이곳에 사는 사람들 모습 그리고 그림 같은 와이너리 풍경 속에서 아내와 나는 로맨스 영화의 주인공이 되었다. 사랑하기 때문에 각자의 집으로 돌아가기 아쉬웠고 온종일 같이 있어도 헤어지기 싫어서 결혼을 결심했다. 함께 있을 수만 있으면 그저 만족이었다. 이토록 아름다운 경관을 아내와 같이 바라볼 기회가 주어지리라 상상하지 못했다.

결혼

 결혼은 그녀를 향해 폭발하는 사랑의 종착지라 여겼다. 서로 다름과 오해 때문에 갈등하고, 바람대로 자라지 않는 아이를 키우면서 위태로운 가정을 유지하고, 개인과 사회적 욕망을 성취하기 위해 실패와 극복을 함께 반복하는 고된 여정의 출발점이라는 사실은 한참 후에 깨달았다.

결혼식은 그녀와 나의 인생을 하나로 결합하는 의식이다. 그 이전까지 그녀와 나의 인생은 아무런 관련도 없었다. 결혼식은 그녀와 내가 같은 삶을 살아가겠다는 결심을 실행하는 사회적 약속의 공표 절차이다.

줄지어 기다려 부부를 찍어내는 결혼식은 싫었다. 새로 탄생하는 부부의 행복을 기원해 주기는커녕 허례적 인사가 목적인 하객이 대부분이다. 돈 봉투 내밀고 서둘러 식당부터 찾는 손님들은 신랑이 무엇을 하는 청년이며 신부가 어떤 여자인지 관심이 없다. 예식장 직원은 어리둥절한 신랑 신부가 자신들의 인생에서 가장 중요한 의식을 경건하게 진행하도록 도와주지 않는다. 반복되는 절차를 시간 맞춰 수행해야 할 귀찮은 과정의 하나일 뿐이다. 나의 결혼식을 경건하게 치르기 위해서는 장소 선택이 무엇보다 중요하다고 판단했다. 내가 차례를 기다리거나 우리가 빨리 끝내기를 기다리는 부부가 없는 장소여야 했다. 결혼식은 신랑과 신부가 주인공이 되어야 하고 하객들은 주인공에 관심을 집중해야 한다. 부모가 자식을 떠나보내고 자식이 부모를 떠나는 슬픈 과정은 충분히 사려 깊어야 한다. 축하객들은 행사를 여유롭게 즐기고 주인공이 그들의 축복에 감사할 시간이 있어야 한다. 이런 일들은 한 시간마다 부부를 생산하는 상업 결혼식장에서는 불가능하다.

학교 학생회관의 넓은 강당이 떠올랐다. 하객들을 수용하기에 충분한 좌석이 있고 아래층의 학생식당을 이용하면 피로연도 진행할 수 있다. 행정실에서 허락을 받고 학교 행사용 강당을 결혼식 분위기로 바꾸는 일이 문제였다. 주례를 구하고 초대장을 만들고 사진 찍는 사람을 찾는 일도 막연했다. 예식장에서 준비했다면 누군가 대신해줄 일을 나는 스스로 찾고 만들어야 했다.

나는 대학원생이었다. 학위과정을 마치려면 두 학기나 남은 때였다. 새벽부터 밤늦게까지 주말도 없는 생활에 매여있는 나는 결혼식의 모든 과정을 준비할 시간이 없었다. 일본에서 학위를 받은 지도교수는 혹독한 도제식 교육이 당연하다고 여겼다. 대학원생에게 주말 휴식은 사치였다. 돈을 버는 연구에 동원되어도 인건비는 없었다. 학문하는 사람이라는 자부심은 위압적인 교수 앞에서 가소로운 일이었다. 연애는 꿈에도 생각할 수 없었다. 결혼식 청첩장을 들고 연구실로 찾아갔을 때 지도교수의 표정과 말은 평생 잊지 못한다.

"왜 이렇게 일찍 결혼하려고 그래? 학위 받고 나면 더 좋은 상대가 많을텐데."

교수의 그 말은 내가 대학원 졸업 후에 더 좋은 기회가 많은데 성급하게 결정하지 말라는 조언이 아니었다. 진행되는 프로젝트 수행이 내 결혼 때문에 지장이 있지 않을까 걱정하는 것이었다.

"직장도 없는데, 생활은 어떡하려고 그래?"

"도대체 뭐 하는 여자야?"

교수는 가족을 부양할 경제적 능력이 없는 나의 현실을 비웃었다. 나는 아내를 평가하려는 그의 태도에 심한 모욕을 느꼈다. 학위 지도교수가 학생의 결혼 상대를 평가할 권리까지 가지는 것은 아니다.

"좋은 여자입니다."

나는 모멸과 불쾌를 참았다. 학위를 주느냐 그렇지 않으냐에 따라 나의 장래를 손아귀에 쥐고 있는 지도교수에게 감히 반박할 수 없었다. 예정대로 다음 학기에 졸업하고 취직하지 못하면 나의 결혼은 정말 성급하고 무모한 짓이었다.

부모님도 결혼을 반대했다. 며느리 될 여자를 인사시키러 오겠다는 말에 엄마는 만날 생각이 없다고 잘라 말했다. 아내를 부모님에게 소개하기 위해 집으로 데려간 날, 엄마는 큰절하는 아내를 앞에 두고 고개를 돌려 앉았다. 아들이 아내로 맞이하겠다는 여자 앞에서 예의나 자애는 없었다. 엄마의 질문은 비꼬였고 나의 대답은 간절했다.

"너희들 학교 졸업할 때까지 어떻게 살려고 그래?"

"결혼시키고 생활비 대주는 일은 없다."

경제력 없고 장래가 불투명한 아들의 결혼을 반길 부모는 없다. 하지만 나는 웃음과 사랑이 넘치는 가정에서 평화로운 생활이 간절했다. 엄마에게 느끼지 못한 따뜻한 가슴과 포근한 사랑을 서둘러 독차지하고 싶었다. 아내는 내게 그렇게 해줄 것이라는 확신이 있었다.

"돈은 필요 없습니다. 조교 월급이 나오고 아르바이트 하나 더 하면 생활비는 해결할 수 있습니다."

"그래, 분명히 약속했다. 지금 와서 뜯어 말려봐야 소용없을 것이고!"

엄마는 길게 한숨을 내쉬면서 불편한 심기를 드러냈다. 아내에게 한마디 말도 걸지 않았다. 첫인사를 마치고 우리가 집을 나설 때, 엄마는 안방에서 나오지 않았다.

집으로 돌아가는 차 안에서 아내는 목놓아 울었다. 나를 원망했다. 엄마를 경멸하며 흐느꼈다. 나는 아내의 어깨를 감쌌다. 쉽지 않을 것이라 예상했다. 하지만 우리가 부부가 되는 일은 모든 어려움을 이겨낼 충분한 가치가 있다는 확신이 있었다.

그날 이후, 아무도 도와주지 않는 결혼 준비를 혼자 시작했다. 나의 결혼식은 누구보다 엄숙하고 축복받는 행사가 되어야 했다. 서둘러 준비를 끝내고 싶었다. 어린이날이 한 달쯤 뒤였다. 어른들이 아이들에게 축복을 내리는 날, 내가 어른이 되는 의식을 치른다면 큰 의미가 있을 것이다. 오월의 신부라는 로맨틱한 상상과 어울리는 날이었다. 일 년 중 날씨가 가장 화창한 시기였다. 초청장 내용을 직접 쓰고 받을 사람 이름을 하나하나 다르게 프린트했다. 친구와 친척들에게 알리고 내가 사는 도시의 시장과 청와대에도 초청장을 보냈다. 나의 결혼식을 그 정도 인물들이 알아주길 바랐다. 시청에서는 화환이 왔고 청와대에서는 누군가 내게 확인 전화를 했지만 별다른 축하는 없었다. 식사 시간과 교수가 자리를 잠깐씩 비우는 사이 웨딩드레스와 턱시도를 맞추었다. 만발한 벚꽃잎이 눈처럼 흩날리는 경주에서 결혼사진도 찍었다. 손님들을 접대할 음식을 결정하고 그릇과 잔을 빌렸다. 대학 총장님을 찾아가 주례를 부탁했고 사회를 진행할 친구와 행사순서를 결정했다. 본가 부모님은 지켜보았고 처가 부모님은 모든 일을 내게 맡겼다.

연단과 의자만 있는 강당을 결혼식장으로 꾸미는 일이 남았다. 신랑 신부가 행진할 중앙 통로에 레드카펫을 깔고 꽃장식이 필요했다. 마이크와 조명이 잘 작동하는지 점검하지 못했다. 강당 옆 사무실을 신랑 신부가 대기할 공간으로 만들었다.

결혼식 전날 오후까지 나는 대학원 실험실에 있었다.

"이 박사님, 준비되셨죠?"

"김 감독, 준비됐지?"

"자 그럼, 카메라 큐."

나는 김 기자의 '큐' 소리와 동시에 슬럼프콘을 힘껏 들어올렸다. 키 작은 카메라 기사는 커다란 방송용 카메라가 힘겨워 보였다. 나는 카메라 렌즈와 부딪히지 않도록 다리를 양쪽으로 넓게 벌리고 허리를 굽혀 팔을 앞으로 내밀며 불안한 자세가 되었다. 삼각뿔 모양 슬럼프콘 안의 콘크리트 믹스가 무너지며 회색빛 액체가 아크릴판 위를 둥글게 퍼져 나간다.

'아아! 이번에도 실패. 벌써 세 번째 시도다.'

건설현장에서 사용하는 콘크리트 품질을 높이는 방법을 찾는 일이 나의 대학원 연구주제였다. 콘크리트의 흐르기 정도를 '슬럼프'라 하고, 콘크리트 품질을 판단하는 중요한 지표로 삼는다. 물 혼합량이 많아질수록 슬럼프가 커지고 대개는 콘크리트 강도가 작아져 구조물이 불안해진다. 고깔 모양 슬럼프콘에 콘크리트를 담았다가 콘을 들어 올려 쏟았을 때, 콘크리트가 바닥에 퍼진 크기를 측정해서 슬럼프를 비교한다.

어느 날 교수연구실로 불려간 나는 텔레비전에서 자주 봤던 낯익은 방송기자와 인사를 나누었다. 기자는 건설현장의 콘크리트 부실시공 문제를 고발하기 위해 다큐멘터리를 기획했다. 두 달 전쯤 비가 많이 오던 날, 설계보다 물이 많이 혼합된 콘크리트로 작업하던 건물 슬래브가 무너져 사람이 다치는 사고가 방송에서 큰 이슈가 되었다. 교수는 물 혼합량에 따라 콘크리트의 슬럼프가 어떻게 변하는지 영상으로 보여주면 좋겠다는 조언을 했다. 방송영상 촬영을 위한 실험준비 책임이 내게 맡겨졌다. 슬럼프값은 콘크리트 재료를 배합하는 과정에서 예측할 수 있다. 실제 촬영에서 슬럼프는 예측한 값으로 나왔다. 하지만 김 기자는 비디오 화면에서 차이가 명확하게 표현되도록 만들어달라 했다. 드라마틱한 영상이 필요했다. 콘크리트를 모르는 시청자들이 깜짝 놀랄 결과를 눈으로 보여주어야 했다. 김 기자가 원하는 화면을 만들기 위해 실험을 반복했다. 오전이면 끝날 것 같던 실험은 벌써 세 번째 재촬영을 하고 있다. 설계 예측값을 무시하고 슬럼프를 크게 만들기 위해 물량만 늘렸더니 생각만큼 슬럼프가 무너지지 않는다. 화면을 촬영 기사와 살펴본 김 기자는 여전히 영상을 마음에 들어 하지 않았다.

"이 박사님, 죄송하지만 한 번만 더 할 수 있을까요?"

시멘트 먼지를 뿌옇게 뒤집어쓰고 실험실 기둥에 걸려있는 벽시계로 시선이 갔다. 오후 4시를 넘어가고 있었다. 촬영 상황을 지켜보는 지도교수에게 시선이 옮겨갔다. 계속되는 실패에 불만이 가득한 표정이었다. 내가 다음날 결혼식을 올려야 하는 사실은 그 표정에서 전혀 고려되지 않고 있었다.

"김 기자님. 이 친구가 내일 결혼을 합니다."

안절부절못하는 내 모습을 눈치챈 형섭이가 나를 대신해 용기를 내주었다. 형섭이의 말이 끝나는 동시에 나는 교수의 눈치를 살폈다. 말없이 팔을 낀 채 지켜보던 교수는 형섭이의 갑작스러운 말에 당황한 표정이 역력했다.

"그래도 하던 촬영은 마저 끝내야지, 신혼여행 가면 일주일간은 촬영하지 못할 텐데."

팔을 풀어 손을 들고 무어라 말을 내지르려다 말고 팔을 바꿔 끼며 교수가 말했다. 목소리가 높았고 표정과 말투에 짜증이 섞여 있었다. 교수를 설득하는 것이 어렵겠다고 판단한 친구는 김 기자에게 애처로운 눈짓을 보냈다.

"아이, 교수님 우리는 괜찮습니다. 내일 결혼식인데 어떻게 더 진행하겠습니까?"

"오늘은 여기까지 하시죠, 저희도 몇 주 고생했더니 힘드 네요."

"오늘까지 촬영한 화면 편집해보고, 다시 촬영할 내용이 있으면, 이 박사님 신혼여행 다녀오시면 그때 진행하시죠."

"어이, 김기사, 장비 챙겨."

형섭이의 도와달라는 눈빛을 받은 김 기자는 짐짓 놀란 듯 장비를 챙기며 촬영을 마무리했다. 교수는 못마땅하지만, 어쩔 수 없다는 표정이었다.

"근데 이 박사님, 그럼 신혼여행에서 언제 돌아오시나요?"

김 기자가 물었다.

"금요일에 돌아옵니다."

아차! 너무 솔직히 이야기 해버렸다. 신혼여행 다녀오면 본가와 처가에 인사를 다녀야 하고, 새로 이사한 신혼집 정리할 시간도 필요하다. 결혼 직후의 로맨틱한 시간을 기대하기도 했다. 무엇보다 나는 좀 쉬고 싶었다. 그런데 돌아오는 날을 사실대로 밝혀버리고 말았다.

"그럼, 토요일부터 다시 촬영 시작하면 되겠네!"

기다렸다는 듯이 교수가 다음 촬영 스케줄을 결정했다.

"예? 그, 그, 그렇게 하시죠."

후회해도 이미 늦었다. 옆에 있는 형섭이의 얼굴이 나보다 더 굳어있다.

서둘러 장비를 정리하고 손을 씻는 내 뒤에서 교수가 다시 내 결혼에 대한 불만을 중얼거렸다. 오늘은 교수의 질문에 예의 바르게 응대할 시간이 없었다.

"죄송합니다. 지금 가서 내일 결혼식 준비를 해야 합니다."

고개 숙여 인사하고 서둘러 실험실을 빠져나왔다. 봄비가 내리는 낮은 하늘이 오후의 해를 빨리 끌어내리고 있었다. 뛰었다. 학생회관 강당을 화려한 결혼식장으로 변신시켜야 한다. 레드카펫은 웨딩드레스샵에서 빌려주었다. 꽃길을 만들 가짜 꽃은 지난 주말 시장에서 구입했다. 날이 어두워지기 시작했다. 강당 문이 닫혀있었다.

'아! 관리인에게 미리 열쇠를 받아두어야 했는데!'

휴일 강당 개방을 부탁하기 위해 미리 관리인을 만났지만, 결혼식장으로 바꾸는 일이 전날 필요하다는 사실은 말하지 못했다. 문 옆 벽에 관리인의 이름과 전화번호가 적혀있었다.

"내일 강당에서 결혼할 학생인데요. 결혼식 준비를 해야 하는데 문이 잠겨있어서요."

전화를 받은 관리인은 짜증스럽게 대답했다.

"하루만 개방해주면 된다더니, 오늘도 필요해요? 알았으니 잠깐만 기다리쇼."

문이 열린 강당은 어두웠다. 곰팡내가 코를 자극했다. 앞쪽 연단을 바라보고 청중석 의자가 부채꼴로 고정되어 있었다. 먼저, 가운데 경사진 통로에 레드카펫을 펼쳤다. 출입구 쪽에 신부가 입장하는 아치문을 세우고 기둥에 꽃을 달았다. 신부가 행진할 길을 따라 의자 등받이에 꽃을 붙였다. 준비한 장식품을 모두 설치했지만, 내가 상상한 로맨틱한 분위기와는 거리가 멀었다. 결혼식장으로 사용하기엔 공간이 너무 넓었다. 하객들은 중앙 통로 부근 의자를 다 채우지도 못할 것 같다. 줄지어 있는 옅은 고동색 의자가 결혼식용으로는 어울리지 않았다. 플라스틱 재질의 레드카펫이 고르게 펴지지 않았다. 울퉁불퉁하게 튀어 올라온 부분을 발로 밟아 눌렀지만, 제자리로 다시 부풀어 올랐다. 신랑·신부를 비춰줄 조명도 없었다. 높은 천장에 매달린 전등이 실내를 흐릿하게 밝힐 정도였다. 준비한 꽃이 많지 않아 드문드문 붙였더니 빛바랜 가짜 꽃잎이 더 초라해 보였다. 습한 공기가 실내에 가득했다. 온몸이 땀에 젖어 흥건해졌다.

'쾅, 쾅, 쾅'

관리인이 강당 나무문을 신경질적으로 두드렸다.

"아직 멀었어요? 문 닫고 퇴근해야 하는데."

강당 관리 아저씨조차 내 결혼식을 못마땅해 하는 인물이다.

"다 됐어요. 금방 끝낼게요."

결혼 준비 과정에서 어느새 익숙해진 부탁과 사과의 말을 아저씨에게 반복했다.

레드카펫 모서리가 안으로 말려 올라왔다.

'내일 아침에도 저 상태이면 그 위를 걷다 발이 걸려 넘어질 수도 있겠다.'

비싼 생화 대신 공짜로 빌린 플라스틱 꽃으로 꾸민 꽃 아치와 꽃길은 아무래도 내가 상상했던 예쁜 분위기와 거리가 멀었다.

'주례석 가짜 꽃바구니도 없는 것이 더 낫지 않을까? 그래

도 없는 것보다 나을까?'

꽃잎이 무성한 가지를 앞으로 옮겨 꽂았다. 물을 뿌려 플라스틱 꽃잎에 조금이라도 생기가 보이기를 기대했다. 어두침침한 조명이 실내를 우울하게 밝히고 있었다.

'곰팡내는 내일 비가 멈추면 좀 나아지겠지?'

관리 아저씨 재촉 때문에 마이크 테스트는 하지 못했다.

강당 뒷산 너머로 해가 지고 있었다. 비가 그쳤다. 회색 먹구름 사이로 노을이 붉게 부서졌다. 비에 젖은 공기에 옅은 라일락 향기가 묻어있었다. 어린이날 행사를 알리는 플랜카드가 메타스퀘어 가로수 사이에서 어지럽게 펄럭였다.

'양가 어른들이 결혼식을 준비하는 동안, 신랑 신부는 멋진 주인공이 되는 순간만 기다리면서 화려한 옷을 입고 사진 찍고 사치스러운 예물을 쇼핑하고 돈과 시간 걱정 없이 로맨틱한 신혼여행 장소를 고르면서 평생에 다시 누리지 못할 호사를 즐기는 과정이 결혼 준비 아닌가?'

아내가 나를 찾는 삐삐가 다급하게 울렸다.

웨딩샵에 도착했을 때는 완전히 밤이 되었다. 하얀 웨딩드레스를 입은 아내의 모습은 결혼 준비를 하면서 얻은 우울함을 말끔히 날려버렸다. 첫 데이트 하던 날의 흑조가 빛나는 하얀 깃털을 가진 백조로 탈바꿈했다. 아내의 아름다움은 결혼을 허락받고 결혼식을 준비하는 과정의 어려움을 상쇄하고도 남았다. 이 여인을 행복하게 하는 일이라면 무슨 일이라도 할 것이며 어떤 고통도 참아낼 것이다. 그녀의 사랑스러운 눈빛은 가난과 사랑받지 못해 생긴 내 유년의 트라우마를 위로해 줄 수 있을 것이라는 확신을 만들었다. 아내를 처가에 데려다주고 자정이 넘어서 집으로 돌아왔다. 밤은 길고 생각이 깊었다. 창밖이 한참 푸르스름해지고서야 잠이 들었다.

25년 전 어린이날, 드디어 나의 결혼식 날이 밝았다. 비 내린 뒤의 하늘은 눈부시게 푸르렀고 공기가 상쾌했다. 학생회관 붉은 벽돌이 햇살을 받아 화사하게 빛났다. 어둡고 우울한 하늘을 배경으로 빗물에 젖어 을씨년스럽기까지 하던 전날과 달랐다.

턱시도와 보타이가 어색했다. 바지폭이 내 다리보다 넓어서 헐렁했다. 허리가 큰 바지를 접어 벨트로 동여맸다. 깨끗한 하얀 색이 아니라 누렇게 빛이 바랜 와이셔츠의 헐렁한 목 깃에 보타이를 고무줄로 묶어 고정했다. 긴 소매를 내 팔에 맞추어 안쪽으로 접어 넣어서 옷핀을 꽂았다. 거울에 비친 내 모습이 우스꽝스러웠다.

식당에 먼저 가서 음식준비와 좌석을 확인했다. 총장님께 부모님을 소개했다. 사회를 맡은 친구와 행사순서를 확인했다. 부모님과 강당 출입문 앞에서 하객들을 맞이했다. 시작을 알리는 사회자의 안내가 들렸다. 부모님은 강당 앞 혼주석에 앉았다. 나는 운동기구와 잡동사니가 쌓여있던 다용도실을 정리하여 만든 대기실에서 신랑 입장 호출을 기다렸다. 결혼식의 설렘과 긴장보다 혼자 준비한 결혼식에 혹시 빠진 것이 있을까? 신혼여행 후에 방송촬영은 어떻게 마무리할까? 이런 생각에 빠져있었다.

곧 신랑 신부 입장이 있을 것이라는 사회자의 서투른 안내가 들렸다. 손가락을 깍지 끼고 뒤로 젖혀 관절에서 우두둑 소리를 내며 긴장감을 없애기 위해 노력했다. 신랑용 장갑에서 섬유표백용 기름 냄새가 역하게 풍겼다. 드디어 입장 시간이다. 길게 숨을 들이마시고 출입문 앞에 섰다.

강당에 가득한 손님들의 시선이 일제히 나를 향했다. 고개를 들고 턱을 당기고 가슴을 내밀었다. 팔을 크게 흔들어 당당하게 보이도록 걸었다. 팔과 다리를 번갈아 잘 내젓고 있는지?, 코미디처럼 우스꽝스럽게 같이 흔들고 있는 것은 아닌지? 팔다리 방향을 제대로 느낄 수 없을 만큼 긴장했다. 움직일 때마다 턱시도 옷깃이 좌우로 쓸리며 사각사각 소리를 냈다. 옷이 너무 큰가? 재질이 나빠서 그런가? 멋있는 새신랑이 아니라, 큰 옷을 덮어쓴 어색한 모습이라고 수군대면 어떡하지? 머리를 너무 짧게 잘라 단정하지 못했다. 스프레이를 잔뜩 뿌려 뻣뻣하게 말아 올린 앞머리가 이마 앞으로 어색하게 삐져나왔다. 의미를 알 수 없는 야릇한 미소를 지은 사람들이 나를 보고 있다. 걸음을 옮길 때마다 구두 속에서 양말이 미끄러진다. 신발이 큰 것인지? 양말이 헐렁한 것인지? 걸음이 뒤뚱거린다. 결혼식에 처음 신으려고 아껴두지 말고 구두와 양말을 미리 신어보고 크기를 확인했어야 했다. 레드카펫이 생각보다 두께가 얇다. 펼쳐놓으면 밤새 평평하게 될 거라 기대했지만, 카펫은 여전히 모서리가 말려 올라와 있다. 발걸음을 옮길 때마다 큰 주름을 만들며 카펫 전체가 걸음과 반대 방향으로 접히며 구겨졌다. 미끄러지는 카펫 위에서 균형을 잡기 위해 걸음이 뒤뚱거렸다. 뒤꿈치를 들고 보폭을 줄여 넘어지지 않도록 애썼다. 내가 가까이 오기를 기다리던 주례도 문제를 알아차렸다. 내 걸음이 흔들릴 때마다 고개를 좌우로 같이 흔들며 당황했다. 크게 한 번 뒤뚱할 때는 넘어지는 나를 받치기라도 하듯 내 쪽으로 손을 내밀었다. 사회자의 진행에 따라 신부가 장인의 손을 잡고 입장을 준비했다. 나는 한 계단 올라서서 신부를 기다렸다. 아내의 신발이 나보다 더 미끄러울 텐데! 불안했다. 살포시 고개 숙인 신부가 조심스럽게 머리를 들어 나를 볼 때마다 나는 팔을 옆구리에 붙이고 손바닥을 아래위로 저으며 천천히 걸으라는 신호를 보냈다. 나의 이상한 행동에 신부의 눈이 동그래졌다. 입장하는 신부의 발아래 카펫이 미끄러지며 구겨졌다. 불안했지만 넘어지지는 않았다. 신부를 돌려세워 팔을 끼고 주례사가 시작되었다. 비디오 찍는 친구가 신랑·신부를 더 가까이 화면에 담기 위해 주례 곁으로 가까이 붙었다. 커다란 카메라 렌즈 앞부분이 주례의 얼굴을 툭 치고 말았다. 총장님이 카메라를 피해 고개를 돌리다가 손으로 마이크를 건드렸다. 마이크 볼륨이 갑자기 작아지고 목소리가 잘 들리지 않았다. 당황한 총장님은 줄어든 마이크 볼륨만큼 목소리를 높였다. 마이크가 완전히 꺼져버렸다. 나는 사회를 보는 친구에게 손 모양으로 입을 뻐끔하는 시늉을 하여 마이크가 나오지 않는다는 신호를 보냈다. 신호를 받은 친구도 어찌할 방법이 없었다. 강당의 방송기기는 관리인이 어제 세팅한 그대로이고 그런 기기를 만질 수 있는 다른 사람은 없었다.

총장님의 목소리가 점점 큰 함성으로 변하면서 강당을 울렸다.

이제 와나카를 떠나야 한다. 요제프 빙하까지 갈 계획이었지만 점심을 먹고 나니 이미 오후 3시가 넘어버렸다. 해지기 전에 도착하기 어렵다. 빙하에 가기 전에 묵어갈 캠프장을 찾았다. 웨스트코스트 해안에 하스트비취 홀리데이파크가 있다. 와나카에서 2시간이면 도착할 수 있다. 마운트쿡 뒤쪽 능선을 돌아나가는 산악 도로를 지나 호숫가를 따라 운전했다. 큰 나무 없이 초원이 펼쳐지는 산능선 위로 노을이 점점 붉어졌다. 산에 가린 해그림자가 코발트 빛 수면에 길게 이끌려 운전하는 나의 오른쪽 뺨을 붉게 달구었다. 하나의 호수 끝에 이르고 나지막한 고갯길을 넘어서면 다시 다른 호수가 시야를 탁 틔운다. 반복되는 호수의 풍광이 끝나고 홀연히 숲이 나타났다.

길옆으로 나란히 열을 지어 균등한 간격으로 자라는 나무가 빽빽하다. 곧고 키 높은 같은 종류 나무들이 양옆으로 도열한 숲길을 따라 운전한다. 기울어진 햇빛 그림자로 어두워진 숲속에 아무것도 보이지 않았다. 숲이 끝나는 길 끝에 바다가 보였다. 하스트비취 홀리데이파크는 이름과 다르게 바다는 보이지 않고 파도 소리만 아련히 들리는 외진 곳이다. 캠핑하는 차가 적어 덜컥 무서운 생각이 들었다. 이곳에서 빙하지대까지 200㎞ 남았다. 지도를 아무리 살펴봐도 그곳까지 마을이라곤 찾을 수 없다. 깜깜한 밤에 한적한 도로를 운전하며 불안해하느니 이곳에 머물러야겠다. 밖에서 보는 것과 다르게 시설은 깨끗하다. 해가 완전히 저물고 어둠이 깔리기 시작하자 캠펑 밴이 십여 대 이상 더 모였다. 아이들을 일찍 재우고 내일은 빨리 빙하지대에 도착해 빙하 트래킹을 도전할 계획이다.

Franz Josef Glacier

뉴질랜드에서는 4차선 도로를 거의 찾아볼 수 없다. 하이웨이라고 명명된 도로도 대부분 왕복 2차로다. 도시를 벗어나면 도로는 차도와 인도의 구분도 없다. 뉴질랜드 서부해안 남쪽 방면의 유일한 도시 하스트는 고속도로에서 분기된 도로를 120㎞ 정도 달려야 도착할 수 있다. 하스트에 도착하면 도로가 뚝 끊어진다. 다른 지역으로 가려면 들어간 길 120㎞를 그대로 돌아 나와야 한다. 밀퍼드사운드로 가는 약 200㎞의 도로는 피오르만의 항구에서 길이 끝난다. 크루즈 탑승을 마치고 나면 다시 같은 길로 되돌아와야 한다. 물론 그곳으로 가는 길의 멋진 절경은 두 번을 봐도 아쉬울 정도이지만, 시골 한적한 고속도로 바로 옆을 따라 고속도로보다 더 넓은 국도를 건설하는 우리나라의 과도한 도로 사정과 대조적이다. 뉴질랜드의 고속도로는 교량과 터널도 드물다. 밀퍼드사운로 가는 길의 허머터널이 내가 이 나라에서 본 유일한 터널이다. 교량은 대도시 주변의 일부를 제외하면 왕복 1차선이 대부분이다, 먼저 다리에 들어선 차가 완전히 통과할 때까지 한쪽에서 기다려주지 않으면 다리를 지나가지 못한다. 양보하지 않고 다리 중간에서 양쪽 차가 마주치면 좁은 다리를 후진하는 위험을 감수해야 한다. 마운트쿡이나 프란츠요제프 빙하로 들어가는 길은 일부러 너비를 줄이고 둔덕을 만들었다. 차량 속도를 줄이지 않으면 불편하고 위험하다. 자연 보전이 우선이라는 원칙뿐만 아니라 사람들이 서로 배려하는 공감이 없다면 불가능한 일이다. 통행의 편리함보다 파괴되는 자연을 걱정하는 마음으로 도로 건설을 계획한 것이 분명하다. 차선을 네 개로 하면 두 개로 할 때보다 두 배가 아니라 서너 배의 도로부지가 필요하다. 교량을 이 차선으로 만들면 일 차선 경우보다 세 배 이상 크기의 하부 구조물을 설치하기 위해 강을 막고 산을 깎아야 한다.

서든 알프스산맥을 힘겹게 넘은 도로는 서부해안 해안을 따라 달린다. 높은 산을 넘어서자 주변의 풍광이 완전히 달라진다. 바위산과 그사이의 허허벌판을 달렸던 지금까지와는 달리 잎 넓은 활엽수가 울창한 숲길이 수 시간 동안 이어진다. 키 큰 나무가 길 위를 거의 다 덮어 아마존 정글 속을 달리는 느낌이다. 숲속 공기가 습기에 푹 젖었다. 자욱한 안개가 길과 숲을 한꺼번에 뒤덮었다. 지도에는 도로 왼쪽으로 해안이 이어지고 있지만, 해안과 도로 사이가 빽빽한 숲이어서 바다는 보이지 않는다. 오가는 차가 많지 않아 어쩌다 맞은 편에서 다가오는 자동차와 마주치면 서로 손을 흔들어 반긴다.

숲속 길이 해안으로 삐죽 튀어나온 바위와 만나는 룩아웃 뷰포인트에 차를 세웠다. 하늘은 잔뜩 흐려있고 파도는 거칠다. 습기 가득한 바람이 살을 에도록 차갑다. 파도에 침식하여 뾰족한 바늘 모양으로 깎인 바위들이 해안 가까이에 군락을 이룬다. 파도가 커다란 물보라를 흩뿌리면서 지금도 조금씩 바위를 깎아낸다. 이국적인 풍경을 사진에 담느라 바쁜 사람들 사이에 노란 형광 조끼를 입은 예닐곱 명의 자전거 하이킹족들이 있었다. 그들 중 한 사람이 내 옆으로 오더니 땀을 닦기 위해 헬멧을 벗었다. 아니! 얼굴에 주름이 자글자글한 노인이었다. 어림잡아도 환갑이 훨씬 넘은 사람들의 일행이었다.

'이 어른들, 어디에서 온 거야?'

적어도 몇십 킬로 안에 마을은커녕 조그만 모텔 하나 없다. 우리와 맞은편 방향에서 왔으니 여기에서 우리가 아침에 출발한 하스트까지 약 칠십 킬로 내에는 숙식할 곳이 없다.

"어디에서 오시는 길입니까?"

궁금하고 놀라워 질문하자 모르는 마을 이름을 말했다.

"자전거를 하루에 얼마나 탑니까?"

그저께는 칠십 킬로미터, 어제는 사십오 킬로미터를 탔다고 했다. 대단하다! 수십 킬로미터 안에 사람의 흔적이라고는 없는 이곳을! 자동차조차 다니기 어려운 이곳에서 자전거를 타다니! 심지어 자전거에서 내려 걷는 모습이 불편하고 허리가 구부정하다. 뉴질랜드의 여러 곳에서 도로를 달리는 자전거 여행객과 마주쳤다.

'이토록 한적한 곳을 자전거로 어떻게 여행할까?'

볼 때마다 의아했다.

"이렇게 힘든 여행을 왜 하십니까?"

"나도 잘 모르겠어요."

"존경합니다. 대단하십니다."

"아마, 이런 바보 같은 여행을 시도할 만큼 내가 정신이 나갔나 봐요."

걱정과 존경이 섞인 내 질문에 노인은 수도승의 선문답처럼 대답하면서 웃었다.

서부해안 빙하지대는 하나의 산정상에서 계곡을 따라 양쪽으로 펼쳐지는 두 개의 큰 빙하가 유명하다. 북쪽으로 올라가다 첫 번째가 폭스 빙하이고 두 번째가 플란츠요제프 빙하다. 한동안 사람 구경하지 못한 아내가 사람들과 마을이 그립다 했다. 두 개 코스 중 아름다운 폭스 빙하보다 마을이 있는 프란츠요제프 빙하로 갔다. 빙하 아랫마을의 유일한 식당에서 햄버거와 샌드위치로 늦은 점심을 먹었다. 오지의 식당답게 가격이 비쌌다.

나는 스위스 융프라우흐와 비슷한 거대한 빙하지대를 상상했다. 3,500m 고지의 빙하 터널을 보았고 수십 킬로미터 크기의 빙하 위에 올라본 경험이 있는 우리에게 이곳 빙하는 초라하게 느껴졌다. 얼마 전까지 빙하 녹은 물이 가득 고인 호수였다는 넓은 자갈밭을 가로질러 멀리 보이는 빙하를 향해 걸었다. 불과 오십 년 전만 해도 계곡 전체를 덮고 있었다는 빙하는 지구 온난화로 인해 거의 다 녹아 없어지고 저 멀리 계곡 끝 산자락 아래에 조금 남아 명맥만 유지하고 있었다. 오랜 세월 눈이 쌓이고 무거운 얼음이 미끄러지며 산을 깎아 피오르 계곡이 만들어지는 과정을 아이들에게 설명했다. 자갈만 남아 삭막한 옛적 빙하 호수 바닥을 걸으며 아이들은 아빠가 들려주는 흥미로운 이야기에 귀기울였다. 수만 년 전 원시의 눈이 만든 빙하 한 조각을 먹어 보자 말했다. 자갈길이 끝나고 빙하가 시작되는 지점은 바리케이드로 막혀 있었다. 가이드가 없으면 빙하에 가까이 가거나 위로 올라갈 수 없다는 안내판이 보였다. 빙하는 지금도 급격하게 녹는 중이었다. 얼음 녹은 물이 빙하 아래쪽 깊숙이 터널을 만들었다. 푸른 얼음 사이로 빙하수가 쫠쫠 쏟아져 내렸다. 균열이 가득한 얼음 덩어리가 빙하 가장자리에 위태롭게 매달려 있었다. 녹아내리는 빙하가 금방이라도 무너져 내릴 것 같았다. 출입을 막는 것은 당연해 보였다. 아이들에게 수만 년 전 눈을 먹어 보도록 해주겠다는 약속은 지키지 못했다.

빙하 마을에는 온천이 있다. Hot Spring이 아니라 Hot Pool이라고 표시한 이유가 우리가 일반적으로 아는 땅속에서 솟아나는 온천수를 말하는지, 물을 데워 커다란 통에 담아 두었다는 의미인지 모르겠다. 가격이 적당하고 저녁 10시까지 오픈했다. 일찍 저녁을 먹고 아이들과 물놀이를 할 수 있겠다. 2㎞ 떨어진 톱텐홀리데이파크에 숙박하며 불편하게 큰 차를 끌고 나오는 것보다 Hot Pool에 걸어갈 수 있는 가까운 캠프장에 머무는 것이 좋겠다. 숲이 울창한 포리스트파크로 들어갔다. 오피스에서 지정해준 장소에 주차하고 차 문을 여는데 숲에서 생소하고 진한 향기가 가득 풍겼다. 지난 8일 동안 지냈던 모든 캠프장에서 멋진 경치를 보고 맑은 공기를 마실 수 있었지만 이런 향기가 나는 곳은 처음이다. 주차구역 사이사이 빈틈없이 빽빽한 나무숲에서 이국적 향기가 사람을 야릇하게 유혹했다. 유혹에 이끌려 숲을 헤매다 무엇인가 나를 유혹하는 존재에 사로잡힐 것 같다. 그런 의도가 아니라면 어떻게 이토록 매력적인 냄새가 자연에 있을 수 있을까? 뒤따라 나오며 같은 향기에 취한 아내에게 내 느낌을 이야기했더니 나의 지나친 감수성이 더 놀랍다며 웃었다.

이른 저녁을 준비했다. 냉장고에 일주일째 굴러다니던 소시지와 먹다 남은 채소 조각들을 끌어모아 부대찌개를 만들었다. 아끼는 김치를 썰어 넣고 양념장도 한 숟가락 넣었지만 밋밋한 맛의 멀건 국물이 되었다. 재료 조합이 잘못되었을 때 나타나는 애매한 맛이다. 라면 수프 한 봉지를 투입했다. 단번에 맛이 반전되었다. 감칠맛이 확 살았다. 아이들은 최고의 스페셜이라며 맛있게 그릇을 비웠다.

핫풀로 가는 통로는 큰 고사리같이 생긴 나뭇잎이 어깨를 툭툭 건드려 자세를 낮추어야 했다. 어른 너덧 명이 들어가면 꽉 차는 작은 풀 3개가 숲에 둘러싸여 있다. 따뜻한 물에서 피어오르는 수증기가 조명을 은은하게 산란시키는 어두운 밤 숲속 풍경이 이채롭다. 지하

깊숙한 곳에서 지열로 데워진 온천수는 아니었다. 빙하 녹은 물을 가스로 덥혀 공급하고 있었다. 몸에 좋은 미네랄이 섞인 온천수는 아니지만 수만 년 전 내린 눈이 쌓인 청정 빙하수라면 분명히 사람 몸에 좋은 작용을 할 것이라는 근거 없는 기대를 했다. 빙하 녹은 물에서 수영하는 기회를 이곳 아니면 어디에서 얻겠는가! 아이들은 깔깔 웃으며 신났다. 우리 옆 풀에는 스페니쉬로 떠드는 한 무리 금 발미녀들의 수다가 시끄럽다. 이런 풍경 속에서 따듯한 물에 몸을 담그고 있는 밤이라면 누구라도 행복에 빠져 버리지 않을 수 없다. 밤늦게까지 따듯하고 느긋한 시간을 즐겼다.

밴으로 돌아와 아이들은 만화영화를 보게 하고 아내와 나는 캠프 장의 펍에 갔다. 조용한 바에서 다정한 이야기를 나누며 낭만적인 시간을 가지고 싶었다. 영국식 펍은 시끄럽고 어수선해서 조용한 대화가 불가능했다. 주문한 맥주를 다 마시지도 못하고 나왔다. 아이들과 여행하면서 아내와 단둘이 보내는 시간이 오히려 줄어들었다. 아이들을 챙길 일이 많고 일과가 끝나도 아이들끼리 숙소에 두고 부부가 외출하기 어렵다. 캠프장에서 숙식하는 뉴질랜드 여행은 차 밖을 나가면 둘이 시간을 보낼 카페나 바가 드물다. 저녁밥을 먹고 나면 아이들과 영화를 보거나 잠을 청하는 외에는 할 일이 없다. 겨울에 접어드는 이곳은 해도 점점 빨리 지고 밤이 되면 칠흑 같은 어둠과 고요와 추위가 이어진다.

이곳에서 인터넷을 연결하려면 인터넷 연결 카드를 사야 한다. 오피스는 문을 닫았다. 밤에는 펍에서 카드를 판매한다는 안내문이 출입문에 적혀있다. 펍으로 다시 가서 인터넷 연결 카드를 사고 싶다고 했더니 직원이 카드는 주지 않고 무엇이라 설명이 길다. 한참을 알아듣지 못했는데 계속 되물었더니 지금 시간에는 사용자가 많아 인터넷 속도가 너무 느려서 접속이 어렵다는 설명이었다. 그냥 돈 받고 팔아버리면 그만인데, 잘 알아듣지 못하는 말을 한참 설명하는 수고를 마다하지 않는 솔직함과 친절함에 나는 감동했다. 이메일도 확인해야 하고 국내 뉴스도 보고 싶은데 인터넷은커녕 휴대전화도 통화권 이탈이다.

향기 가득한 깊은 숲속에서 문명의 혼잡에서 고립된 오늘 밤은 아이도 평화롭게 잠들고 나도 모처럼 깊게 잠들 것 같다.

Greymouce

웨스트코스트의 아침 공기는 날아갈 듯 상쾌하다. 태고의 숲에서 뿜어내는 맑은 산소가 수만 년 켜켜이 쌓인 빙하 위를 스치며 청량 함을 더했다. 습기 머금은 넓은 나뭇잎들은 저마다 신나게 신선한 공 기를 분출한다. 폐포 깊숙이 공기를 빨아들여 호흡하고 피부에 닿게 하는 것으로도 건강에 무척 좋을 것이라 기대했다. 밖으로 나갔다. 날씨가 쌀쌀했다. 내 몸에 닿는 모든 것이 이 숲속의 건강한 기운이 라고 생각하니 반바지 반팔 차림으로 맨살을 많이 드러내고 싶었다. 가슴을 벌려 깊은 호흡을 한동안 반복했다. 창문을 모두 활짝 열어 신선한 공기가 안으로 들어오도록 했다. 아이들이 조금이라도 이 공 기를 더 많이 호흡하고 몸에 닿기를 바랐다. 숲속 더 깊숙한 곳을 걷

뉴질랜드 호주 _____

고 싶었지만 아이들이 10시가 다 되어 일어났다. 사람들은 떠나기 위해 짐을 챙기고 차에 시동을 걸었다. 순식간에 숲 향기가 사라지고 소음과 디젤의 비릿한 냄새가 캠프장을 덮었다. 세수도 하지 않은 아이들에게 남은 밥을 김에 싸서 먹였다. 모자라는 밥을 다시 짓기가 번거로워 나는 토스트에 잼을 발라 커피 한 잔과 함께 아침을 때웠다. 나는 먹기에 부담 없고 만들기도 간편해서 샌드위치도 나쁘지 않지만, 아이들은 오히려 이곳에 와서 밥을 더 많이 찾고 식성이 좋고 무엇이나 맛있게 잘 먹어 건강하다. 뉴질랜드에는 음식을 먹을 만한 레스토랑이 거의 없어서 대부분 밥을 지어 먹는다. 집에서 식탁에만 앉으면 밥을 먹기 싫어 몸을 뒤틀다가 내게 혼이 나는 윤재가 이곳에서는 식성이 좋아졌다. 아침에 일어나면 배고프다고 재촉이다. 아이들의 과식에 밥이 모자라면 나는 토스트가 아침이 된다.

윤재는 여행할 때마다 군소리 없이 열심히 따라다니고 아빠의 부탁에 불평을 투덜거리거나 반항하는 경우가 드물다. 아빠 일을 주저하지 않고 도와준다. 화장실 오물과 하수를 덤핑할 때는 더러운 호스를 잡아 주고, 긴 전기선을 정리할 때는 아빠가 손을 다치지 않도록 전기선 함 뚜껑을 들어준다. 차 내부를 청소하면 알아서 정리정돈을 하고 이불을 털 때는 한쪽 끝을 조그만 손으로 맞잡는다. 연료를 주유할 때는 지갑이 든 가방을 자기 어깨에 메고 계산을 도와준다. 커다란 차를 후진하면 뒤쪽 창문으로 달려가 어딘가에 부딪히거나 바퀴가 빠지지 않는지 살펴준다. 힘겨운 여행에서 내 어린 아들은 언제나 남자 한 사람 몫을 거뜬히 해내고 있다. 뉴질랜드에서는 밥까지 맛있게 먹으니 더욱 대견스럽다.

웨스트코스트의 숲을 따라 그레이마우스로 향해 달리는 길은 마치 열대 식물원 온실 한가운데에 고속도로를 닦아 놓은 것 같다. 울창한 밀림이 하늘을 가리며 에워싼 길이 100여 km 동안 이어진다. 한적한 길을 몇 시간 동안 달려도 사람은커녕 자동차 한 대 마주치기 힘들다. 일부러 지나가는 차량에 깔리기를 기다려도 힘든 일인 것 같은데 도로에 죽은 짐승들이 흔하게 보인다. 울창한 숲에서 밝은 햇빛을 볼 수 있는 곳은 이 아스팔트 길 위가 유일하다. 한적한 도로에서 숲속 짐승들이 한가로이 햇볕을 쬐다 변을 당했을 것이다.

오랜만에 작은 마을을 만났다. 대여섯 가구가 전부인 마을에는 작은 잡화점과 카페가 있다. 점심을 먹기 위해 차를 세우고 카페로 들어갔다. 조잡한 잡화들이 진열된 실내에 한 무리의 동양인 관광객들이 와자지껄하다. 홀로 가게를 지키던 주인아주머니가 모처럼 단체 손님을 맞아 우왕좌왕 정신이 하나도 없다. 열 명 남짓 되는 일행이 중국인인지 동남아인인지 구분이 안 된다. 일행 중 유일하게 영어를 할 줄 아는 아가씨가 일행들의 음식을 대신 주문하고 있었다. 일행에게 메뉴를 설명하고 일행은 다시 질문하고 그러면 아가씨는 그 질문을 영어로 주인아주머니에게 질문하고 일행 한 사람 한 사람이 이 과정을 반복하느라 주인아주머니는 눈을 동그랗게 뜨고 이마에 땀을 흘리며 혼이 빠져있다. 어렵게 한 사람의 주문이 끝나면 계산을 하고 주방으로 뛰어 들어가 음식을 만들어 내오고 다시 다음 사람 주문받기를 반복했다. 평소에는 하루에 한두 명 있을까 말까 한 시골 카페가 모처럼 북새통이다. 주인아주머니가 숨을 헐떡거리며 정신없이 뛰어다니는 모습이 나는 유쾌하게 보였다. 우리 차례가 되기를 한참 동안 기다렸다.

숲속에서 깊은 잠을 이룬 덕분에 요제프 빙하 마을에서 170㎞ 거리의 그레이마우스 씨사이드 홀리데이파크까지 중간에 졸지도 않고 한번에 도착했다. 하스트 비치 홀리데이파크는 이름처럼 당연히 바닷가로 알았는데 해변은 빽빽한 덤불에 가려 파도 소리만 멀리 들리는 곳이었다. 이곳은 해변의 파도가 밀어닥칠 듯 가까운 바닷가에 차를 주차할 수 있다. 다양한 놀이기구가 있는 넓은 놀이터가 아이들 마음에 쏙 들었다. 그중에서 텀블링 필로우가 낯설다. 가운데 불룩한 고무 막이 베개 모양으로 반쯤 부풀어 올라있다. 아이들은 탄력 있고 출렁이는 고무 막의 반동을 이용해 텀블링하며 놀 수 있다. 국내에서 보지 못한 놀이기구여서 아이들은 새로운 재미에 신났다. 이곳은 다른 곳에 비해 가족들과 같이 온 아이들이 많이 보인다. 연재·윤재는 텀블링 필로우에서 만난 백인 아이들과 금방 친해져 자전거도 같이 타고 오락실 게임도 같이하고 과자도 나눠 먹으며 한동안 어울렸다.

웰링턴에서 남섬으로 캠핑을 왔다는 아이들 부모는 자녀가 무려 일곱 명이라고 했다. 우리나라에서는 뉴스에 나올 일이지만 이곳에서는 특별한 일이 아닌가 보다. 윈드파커를 입어야 할 정도로 쌀쌀한 밤에도 일곱 명의 아이들은 반바지 반팔에 맨발로 캠프장 이곳저곳을 뛰어다닌다. 오락실에 납작한 플라스틱 원판을 공기로 살짝 띄워 손으로 하는 축구게임이 있다. 연재와 윤재가 좋아하는 게임인데 이곳 아이들은 처음 보는 물건이었다. 연재의 권유에 같이 한 게임을 즐긴 윤재 나이의 아이는 게임에 푹 빠져 버렸다. 한 게임이 끝나고 아쉬운 표정이 역력했다. 더 하고 싶으면 내가 돈을 내겠다고 했다. 아이는 아저씨 돈을 내가 왜 쓰냐며 몇 번이나 사양했다. 연재와 내가 계속 권유했고 아이는 고맙다며 다시 게임을 했다. 맨발의 아이들이 초원의 농장에서 문명에 때묻지 않고 자연과 함께 순박하게 커가는 모습이 눈에 선했다.

아내와 나는 해변을 산책했고 연재와 윤재는 9시가 다 되어서 밴으로 돌아왔다. 온종일 있었던 일을 신나게 재잘거렸다. 내일 아침에는 일찍 깨워달라고 했다. 밤이 늦어 더 놀지 못한 아이들은 아침 일찍 다시 만나 사진을 같이 찍으며 작별인사를 하기로 약속했다. 아이들은 한나절 인연 후의 이별도 아쉽다. 신나는 놀이에 지친 아이들은 쉽게 깊은 잠에 빠졌다. 태즈먼해의 거친 파도 소리가 밤새도록 밀려들었다 물러가기를 반복했다.

Hanmer Springs

해변의 자갈이 파도에 밀려 구르는 소리가 밤의 적막을 뒤덮었고 이름 모를 새가 홀로 짧은 비행을 반복하며 울었다. 편안한 자연의 소리가 마음을 안정시켰다. 온 가족이 새근새근 잘 잤다. 인기척에 잠이 깼다. 차창 커튼을 열어 누군가 봤더니 어제 그 뉴질랜드 아이들이 맨발로 우리 밴 주변을 기웃거리고 있었다. 문을 노크해서 우리 아이들을 깨워야 할지 자기네들끼리 대화가 떠들썩하다. 친구들이 찾는다며 연재를 깨웠다. 좀처럼 아침에 일어나기 힘들어하는 연재는 친구들이 떠난다는 말에 몸을 벌떡 일으켰다. 옷을 달라, 머리를 묶어 달라, 외출준비를 서둘렀다. 친구들과 사진을 찍어야 한다며 내 휴대폰을 빌려 갔다. 얼마 지나지 않아 친구들은 다음 목적지를 향해 떠났다. 어색한 표정의 사진과 노트 귀퉁이를 찢어 비뚤비뚤 쓴 이메일 주소만 들고 아이들이 돌아왔다. 하룻밤의 우정을 아쉬워하는 모습이 안타깝다.

우리도 다음 목적지로 떠나야 했다. 뉴질랜드를 동서로 연결하는 두 개의 길 아서스패스와 루이스패스 중 풍광이 아름답다는 아서스패스를 통과하여 남섬의 유일한 온천지대인 핸머 스프링스로 갈 계획이었다. 이곳에서 아서스패스를 통과하여 핸머스프링스로 가려면 북쪽으로 돌아가기 때문에 이동 거리가 350㎞이고 루이스패스로 가면 200㎞ 정도만 운전하면 된다. 아이들이 자동차 타기를 지겨워하고 연재의 피부 상태가 갈수록 좋지 않아 빨리 온천에 데려가기로 했다.

루이스패스를 따라가면 북쪽의 넬슨으로 가는 길과 만나는 삼거리에 형성된 오래된 도시 리프튼을 만난다. 금광이 발견되어 형성된 마을의 낡고 오래된 목조건물들이 서부영화 세트장처럼 이색적이고 고풍스럽다. 길이 나누어지는 삼거리 양쪽 100여m에 있는 건물 20여 채가 전부인 곳이 남섬 동서 연결도로에서 가장 큰 마을이었다. 차를 세우고 거리를 걸었다. 오래된 목조건물들은 기념품 가게, 옷가게, 현지인들이 사용하는 가구점으로 운영되었다. 투박한 시골 마을 풍경이 자연만 관찰하던 곳에서 새로운 볼거리를 만들었다. 길 끝에는 금광체험을 하는 곳도 있었다.

마을의 유일한 빵집은 마침 점심시간을 맞아 빵을 사려는 여행객들이 주문대 앞에 길게 줄을 섰다. 빵 맛은 좋았는데 카푸치노는 너무 묽어서 커피라기보다는 보리차에 우유 거품을 올려놓은 것 같이 맛이 밍밍했다. 설탕을 두 개나 넣어 달콤한 맛으로 마셨다.

아내가 가게 안의 누군가를 알아보고 인사를 했다. 나는 알아보지 못했는데 눈썰미 좋은 아내는 퀸스타운에서 우리 옆에서 캠핑하던 가족들이라고 했다. 그제야 기억이 났다. 중고등학생으로 보이는 딸 둘과 함께 여행하는 가족은 퀸스타운에서 같이 캠핑했고 밥스힐 정상 카페에서 우연히 옆자리에 앉아있었는데 먼 외지에서 우연히 들른 식당에서 또 만나게 되었다. 그들도 핸머스프링스로 가는 길이었다. 식사를 마친 우리가 먼저 출발했다. 아마도 길이 하나밖에 없는 이곳에서 앞으로도 몇 번 더 마주칠 것이다.

차가 서든 알프스로 불리는 높은 고갯길을 넘어간다. 호수만 있다고 생각했던 이곳에 강이 있었다. 유역이 호수처럼 넓지만, 물이 한쪽으로 흐르는 분명한 강이었다. 물이 흐르는 굴곡과 아무렇게나 쪼개져 흩어진 바위와 저마다 뿌리내린 환경에 맞추어 자라는 식물들의 다양한 형태와 색상이 아름다운 조화를 이루는 멋진 풍경을 만든다. 이곳 풍광이 주는 감동은 사람의 손길이 닿은 인공 물체가 없는 것에서 비롯된다. 도시를 벗어나면 산과 호수와 평원과 강 주변에 있을 법한 사람이 살거나 관광객을 위한 건축물이 드물다. 도로를 넓게 만들지도 않고 자연을 가공하는 교량이나 터널은 없다. 그대로 내버려 둔 자연이 가장 아름답다는 교훈을 깨닫는다.

구름이 오락가락하고 비가 한두 방울 내리던 고지대에 비해 낮은 강 유역에는 햇살이 따사롭게 빛나고 있다. 계속 흐린 날씨가 이어져 한동안 맑은 햇살을 보기 힘들었다. 이런 멋진 곳이라면 햇빛도 다른 곳과 다를 것 같았다. 갑자기 햇살을 쐬고 싶다는 생각이 들었다. 강이 한눈에 보이는 언덕에 차를 세웠다. 의자를 밖으로 꺼내 아이들과 해를 바라보고 앉았다. 언덕 위에서 멀리 펼쳐 보이는 강과 산 그리고 푸른 하늘이 마음을 더할 나위 없이 평화롭게 하였다. 따듯한 햇볕과 탁 트인 강에서 불어오는 산들바람이 몸을 상쾌하게 만들었다.

얼마나 지났을까? 우리 옆에 인기척 없이 주차하고 있던 차의 문이 열리더니 멋있는 카우보이모자를 쓴 아저씨가 우리 가족을 향해 팔을 긁는 시늉을 하며 웃는다. 무슨 뜻인가 의아해서 바라보는데 연재가 무엇인가 떠올랐다는 듯 "아빠! 샌드플라이." 하는 것이 아닌가! 아차! 아저씨의 행동은 파리가 자신을 물어서 가렵다며 조심하라는 뜻이었다. 샌드플라이의 위험은 익히 들었기에 나는 무슨 큰일을 당한 것처럼 얼른 의자를 접고 아이들을 차 안으로 밀고 넣었다.

샌드플라이는 뉴질랜드 남섬에 서식하는 파리의 일종으로 사람을 무는 습성이 있다. 한 번 물리면 가려움이 상상 이상의 고통을 준다. 서구인 중에서 뉴질랜드를 처음 방문한 제임스쿡 선장이 이곳에서 샌드플라이에 물렸는데 그 고통이 얼마나 심했던지 그의 여행보고서에 뉴질랜드에는 악마보다 무서운 파리가 존재한다고 기록하였다. 가려움은 상상을 초월하고 긁어서 덧난 상처는 6개월 이상 흔적을 남긴다고 전한다. 급히 문을 걸어 잠그고 샌드플라이 퇴치용 스프레이를 뿌렸다. 한적한 길가에서 멋진 전망을 바라보며 쐬는 햇살이 무척 좋았는데 아쉽다.

예정보다 일찍 핸머스프링스에 도착했다. 우리나라 온천 관광지처럼 저마다 뜨거운 물을 지하에서 끌어 올려 영업하는 숙박업소가 모여 있는 모습을 상상했다. 그러나 역시 뉴질랜드는 달랐다. 오직 하나의 온천 주변에 식당과 숙박 시설들이 드문드문 모여 있는 한적한 마을이었다. 뉴질랜드 남섬에서 유일한 온천휴양지의 모습이 이 정도라니! 정말 이 사람들의 소박한 여유가 새삼 놀랍다. 때마침 퀸스타운과 리프튼에서 만났던 가족들이 우리와 같은 캠프장으로 들어오며 차창을 열어 손을 흔든다.

온천은 크고 화려한 꾸밈은 없지만 저마다의 특징을 가진 여러 개의 풀이 아기자기하고 단순하게 배치되어 있다. 사람이 많지 않아 느긋하고 한가롭다. 우리 돈 만 원 남짓인 입장료는 부담이 없다. 유일한 워터슬라이드는 기다리는 사람이 없어서 거의 우리 아이들 전용이다. 그런데 온천물이 이상하다. 온천 건물에 처음 들어왔을 때는 특유의 유황 냄새가 진동했었는데 풀 안의 물에 염소 소독제 냄새가 난다. 물 온도가 미지근해서 해가 저물어 차가워진 몸이 물 안에 있어도 덥혀 지지 않는다. 차가운 워터슬라이드에서 놀다 온 아이들이 추워서 몸을 덜덜 떤다. 온천 한쪽 귀퉁이 조그만 풀 한 곳에서만 유황 냄새가 희미하게 피어나온다. 모든 풀을 다 둘러봐도 이곳만이 유일하게 유황 냄새가 나고 다른 풀은 맹물을 소독한 것이 분명했다. 국내에서 이 정도를 온천이라고 한다면 이용자들의 항의가 빗발

칠 것이 뻔하지만 이곳 사람들은 조용하게 온천을 즐긴다. 물보다 이곳의 분위기가 우리를 행복하게 했다.

한가한 워터슬라이드를 마음껏 즐기는 아이들이 신났다. 하늘이 탁 트인 야외온천의 밤하늘에 달과 별이 반짝였다. 온천을 에워싸고 있는 수십 미터 높이의 거대한 메타스퀘어 숲에서 향기가 밀려온다. 휴식을 즐기는 목적의 온천에서 이것보다 더 좋은 시설이 있을까? 몸이 따뜻해져 나른해질 즈음 보슬비가 내리기 시작했다. 물 밖으로 드러난 피부에 시원한 빗방울이 와 닿는다. 빗물이 내 가슴의 흥분과 몸의 열기를 씻어 내린다.

두 시간 전에 스테이크를 구워서 엄마 아빠 몫까지 먹은 아이들이 그새 또 배가 고프다고 했다. 언제라도 마음껏 탈 수 있는 워터슬라이드에 아이들은 금방 흥미를 잃어버렸다. 몸을 씻고 온천에서 나왔다. 저녁 간식으로 파스타를 준비했다. 캠프장 부엌의 전기스토브가 잘 작동하지 않아 애를 먹고 있는 내 옆에서 윤재 또래 백인 아이가 열심히 스테이크를 굽고 있다. 키가 잘 닿지 않아 까치발을 세우고 있는 모습이 뜨거운 불 앞에서 위험해 보이는데 아이 엄마는 말릴 생각은 않고 바라보기만 한다. 아빠가 잠시 후 나타나더니 나머지 요리를 하며 우리에게 말을 걸어온다. 한국에서 왔다고 했다. 뉴질랜드에 얼마나 있었냐고 묻는다. 열흘이라고 했다. 그럼 당신들은 뉴질랜드에 얼마나 머물렀냐고 물었다. 두 달째라고 했다. 내 귀를 의심했다. 어디에서 왔느냐고 다시 물었다. 이스라엘에서 왔다고 했다. 일

년을 예정으로 온 가족이 세계여행 중이라고 한다. 네팔을 거쳐 태국을 반년 정도 여행했고 뉴질랜드에서 석 달 정도 여행하다가 싱가포르로 넘어가 일 년 일정의 여행을 마칠 계획이라고 한다. 아이들은 학교에 홈스쿨링을 신청하고 여행 중에는 엄마가 공부를 봐준다고 한다. 무엇을 타고 여행하냐고 했더니 뉴질랜드에 도착하여 아예 밴을 한 대 샀다고 한다. 3개월이나 다닐 예정이니 빌리는 것보다 중고차를 구입하는 것이 오히려 경제적이라고 한다. 이런 힘겨운 여정을 즐기는 이 가족들의 여행은 무엇을 위한 것일까? 위험을 마다하지 않고 당연하게 자신의 몫을 하는 어린아이들과 행복한 미소가 가득한 부부를 보며 나는 여행의 진정한 의미에 대해 깊은 생각에 잠겼다.

식사를 마치고 아이들을 불러 앉혀 이야기를 나누었다. 함께 경험하는 여행이 아이들의 꿈과 희망에 어떤 영향을 미칠지 궁금했다. 아이들에게 당부했다. 윤재는 가족들과 주변 사람들이 행복하도록 자신을 희생할 각오가 항상 되어있어야 하고 지식과 교양을 쌓아 사람들을 리드할 수 있는 능력을 키워야 한다. 그리고 연재는 가족의 행복을 위해 자신을 희생할 줄 하는 남자를 알아보는 안목을 기르고 그런 남자가 자신의 꿈을 마음 놓고 펼칠 수 있도록 내조할 수 있는 현명함을 가져야 한다. 아이들은 내 눈을 바라보며 심각한 표정으로 무엇인가 크게 깨달은 듯 말이 없다.

우리 여행이 엄마 아빠와 함께한 행복한 기억으로 남고 아이들의 삶이 고난을 만났을 때 그 기억이 희망으로 작용하기를 기대한다.

이 우주에 내 존재의 흔적을 남길 수 있는 유일한 일

뉴질랜드와 호주를 다녀온 다음 해부터, 매년 목적지를 바꾸어 여행을 계속했다. 터키와 그리스 주요 도시를 여행했고 스페인 중남부를 자동차로 일주했다. 결혼 20주년을 아내와 단둘이 파리에서 자축했고 런던에서 애든버러까지 아이들과 자동차로 여행했다.

우리 가족이 세계여행을 시작할 때, 초등학생이었던 연재는 대학교 3학년이 되었다. 고3 입시에서 원하는 성적이 나오지 않은 윤재는 재수 생활을 시작했다. 연재가 고등학교에 진학하면서 우리 가족 여행은 중단되었다. 대학입시를 준비하는 한국의 고등학생이 방학 한 달을 여행으로 보낸다는 것은 상상하기 어려운 모험이었다. 나는 계속 여행하기 원했지만, 대학입시의 당사자인 아이는 불안해했다. 연재가 학교생활에 충실하기를 원하면서 우리 가족의 모험은 중단되었다.

연재 윤재가 중·고등학교를 연이어 다니는 오 년 동안 아이를 학교, 학원, 독서실로 데려다주고 데리러 가는 일이 나의 중요한 일과가 되었다. 퇴근 후의 내 일정은 아이의 학원 시간표에 맞추어졌고 주말 외출은 대부분 불가능했다. 사교육이 만연한 한국 중·고등학생의 일상에 우리 부부는 순응하지 않을 수 없었다. 여행하면서 자유로운 삶을 꿈꾸었고 학교 성적과 대학입시에 집착하지 않는 선택이 가능하리라 자신했지만, 연재가 고등학교에 가고 우리가 입시생의 부모가 되면서 현실을 받아들여야 했다. 좋은 대학을 졸업하지 못하면 아이가 풍요롭고 행복하게 살아갈 기회는 좀처럼 주어지지 않을 것이다. 우리 여행은 풍족해서 가능한 일이 아니었지만, 돈과 시간에 여유가 없으면 아이들이 가정을 이루었을 때 여행하는 삶은 현실적으로 어렵다. 여행은 사회적 성공과 경제적 여유와 관계없는 일이라 여기는 용기보다 현실에서 낙오할지도 모른다는 두려움이 앞섰다. 아이들은 자신의 의무에 순응하고 성실하게 생활했다.

윤재가 재수를 위해 기숙학원에 들어간 후, 나는 아이를 데려다주고 데리러 가지 않아도 되었다. 내 삶에서 아이들을 돌보는 일을 끝냈다는 후련함과 함께 이제 내 손길이 필요 없어진 아이들과 정서적으로 분리하고 물리적 이별도 받아들일 준비가 필요하다는 생각에 후련함보다 아쉽고 서운한 슬픔이 먼저 다가왔다. 내 삶의 큰 의무 하나는 끝냈다. 돌이켜보면 그 의무는 꽤 괜찮게 수행했던 것 같다. 이제 아이들 인생은 아이들 선택에 맡겨두어야 한다. 내 걱정은 잠재워두고 아이들 삶을 조정하려고 하면 안된다. 아이들이 스스로 길을 찾을 때까지 기다리고 지켜보아야 한다. 나는 내 아이들이 나보다 더 현명하게 인생을 살아갈 능력이 있도록 키웠다.

나는 아이들이 자신들 삶의 방향을 결정할 선택의 갈림길에서 갈등할 때 후회가 적은 결정을 하도록 조언해 줄 지적 능력이 있어야 한다. 아이들이 예기치 못한 경제적 어려움에 빠졌을 때 최악의 상황으로 추락하지 않도록 지원해줄 재력을 유지할 수 있으면 좋겠다.

실수를 감싸주고 실패를 용서하는 사랑은 부모만이 가능하다. 나는 그런 사랑에 대한 기억이 없다. 누군가의 사랑을 갈구하는 트라우마가 내 삶에서 만나는 선택의 순간에 중요한 심리적 기준이 되었다. 실패하면 끝이라는 불안의 근원이 되었다. 하지만 돌이켜보면 나도 아이들의 실수와 미숙함을 비난했고 실패에 냉혹했다. 그러면 안 되는 거다. 내가 최악의 상황에 놓였을 때, 부모의 무조건적 사랑을 생각하고 위로를 얻을 수 있어야 한다.

연재! 윤재! 아빠가 그랬다면 용서를 구한다.

사랑하는 연재 윤재에게.

무한한 우주에서 유일하게 생명이 발생하여 살아가는 지구라는 행성에 70억 명이 넘는 인구가 살고 있다는 사실을 놓고 보면, 인간의 삶이란 참으로 흔하고 보잘것없는 존재인지 모른다. 하지만 호모사피엔스로 진화하여 지난 수백만 년 동안 같은 행성에서 태어나고 소멸해간 수백억 명의 인간 중에 우연히 같은 시대를 살던 엄마와 아빠가 만나서 사랑하고 유전적 특성을 물려받은 너희들이 성인으로 무사히 성장한 일은 도무지 일어날 확률이 없는 사건이 중첩한 기적 같은 결과물이다. 우주의 역사와 비교하면 찰나의 시간 동안 인생을 살아가며 너희 엄마를 만나고 너희 같은 아이를 낳아 인생의 동반자로 삼을 수 있었다는 사실은 아빠가 이 우주에 존재하는 동안 누릴 수 있는 가장 큰 행운이다.

너희들로 인해 아빠의 힘겨운 삶에 의미가 부여되었다. 너희들로 인해 아빠의 불행한 시간을 견딜 수 있었다. 너희들로 인해 인생의 행복을 느낄 수 있었다. 너희들로 인해 사랑하고 희생하는 방법을 배웠다.

하지만 너희들과 함께하는 시간은 한정되어있다. 아빠가 먼저 우주로 돌아갈 것이다. 그러고 나면, 이 우주에 내가 존재했었다는 증거는 너희들이 유일하다. 아빠가 너희들과 함께하는 동안 마주치지 않기를 바라는 상황이 있다.

첫 번째는 우리 가족이 가난의 고통을 다시 겪으면 어찌하나? 하는 불안이다. 가난은 상상하는 것보다 훨씬 비참하기 때문이다.

두 번째는 너희들이 불행하게 사는 모습을 속절없이 지켜보게 되지는 않을까? 하는 우려다. 삶에서 행복과 불행의 반복은 피하기 힘들기 때문이다.

아빠의 불안은 혼자 감내하고 노력할 문제지만 너희들의 불행은 아빠가 대신해 줄 수 없는 영역이다. 아빠가 살아오면서 깨달은 삶의 교훈을 너희들에게 잘 전달하면 두려운 상황이 일어날 가능성을 낮출 수 있을 것이다.

질문하면서 살아라.

나는 누구인가? 내가 어디서 왔지? 내가 어디로 가고 있지?
인간다운 행복한 삶이란? 내가 무얼 하고 있지?

내가 속한 집단의 일원으로서 내 소명은? 이 세상에서 내게 주어진 의무는 무엇인가?

삶의 방향을 선택하는 결정은 이런 질문의 대답이 근거가 되어야 한다. 본능과 육감보다 깊이 있는 질문과 철학적 대답이 결정의 기준이어야 한다. 질문하지 않으면 본능에 따른다. 본능으로 사는 인생은 가치와 존엄성이 미약해진다. 질문할 수 있다면 답을 찾기 위해 살아간다. 가치 있는 답을 찾기 위해 자신을 연마하면서 성실하게 살아갈 동기가 생긴다. 질문하려면 철학적 사고가 필요하다. 철학적 사고는 책을 읽어야 가능하다. 즉각적으로 필요한 정보를 찾는 일은 디지털 미디어가 도움이 되지만 정보를 판단하고 가공하여 내 것으로 만드는 능력은 깊이 있고 꾸준한 독서를 통해서만 가능한 일이다. 몰랐던 사실을 알았을 때, 느끼는 지적 충만을 즐겨라, 그러면서 질문하고 해답을 찾기 위해 다시 책을 읽어라. 살아가는 동안 끝없이 마주치는 갈등의 순간에 옳은 선택을 지속하여 행복한 인생이 될 가능성을 높일 것이다. 갈등과 번민의 시간마다 앞서 살았던 사람들의 경험과 교훈에 기대어 너희들의 가치관과 정보를 바탕으로 옳은 선택을 해야 한다. 살다 보면 삶의 이정표를 잃어버려 막연해지고 내 존재의 가치가 무의미해지는 순간을 피하지 못할 것이다. 그럴 때마다 책에서 해답을 찾아라. 질문하는 법을 배우고, 생각하는 법을 배우고, 행동하는 법을 배우고, 말하는 법을 책에서 배워라. 삶의 가치와 우주의 원리에 의문을 가지고 답을 고민하는 과정에서 행복을 느낄 수 있어야 한다. 독서는 취미가 아니라 '일'이어야 한다. 밥 먹듯이 잠자듯이 독서가 일상이 되어야 한다.

꿈꾸면서 살아라.

거룩한 목표가 없다면 내 존재와 삶의 의미가 초라해진다. 나의 거룩한 꿈이 내 일상의 이유가 되어야 한다. 내 인생에 고귀한 목적과 의미가 있음을 믿어야 한다. 꿈이 없다면 정신은 무기력하고 생활은 나태해질 것이다. 삶이 우울하고 구차하게 느껴질 것이다. 이루지 못할 목표라며 꿈꾸지도 않는 비겁한 인생을 살지 말아라.

재물을 더 많이 소유하겠다는 꿈은 적절하게 자제하여라. 아무리 많이 가지더라도 결코 만족하지 못할 것이다. 육체의 감각적 욕망은 보편적인 이성과 도덕의 범위 안에서 추구하여라. 그렇지 않으면 끝내 화를 부를 것이다.

꿈이 있으면 실패하더라도 이겨내기 쉽다. 삶은 작은 실패를 교훈 삼아 이겨내고 조금 발전하고 또 실패하고 조금 더 발전하는 과정을 반복하며 꿈에 다가가면서 행복해지는 과정이다. 작은 실패에 굴복해 자신의 한계로 받아들이면 인생은 점점 초라해진다. 너희 인생에 이루고자 하는 거룩한 꿈이 없다면 실패의 순간을 극복하지 못한다. 위대한 능력을 갖춘 사람도 실패 없는 인생을 살아갈 수는 없다. 아무것도 실패하지 않았다면 아무것도 도전하지 않았다는 뜻이다. 꿈을 꾸고 그것을 좇아 살아가는 방식은 인간만 가지는 특권이다.

거룩한 꿈은 인생의 방향을 나타내는 이정표일 뿐이다. 이루지 못하더라도 그 과정의 모든 일상이 무의미하다 여기면 안 된다. 꿈꾸는 일상의 작은 성취에서 행복을 쌓아가도록 해라.

좋은 평판을 유지하여라.

인생은 다양하고 돌발적인 상황들이 존재한다. 성실한 노력만으로는 피할 수 없는 고통의 순간도 생긴다. 인생은 행복의 순간을 짧게 즐기고 긴 시간을 인내하는 과정이다. 인생은 결코 꾸준하게 행복해지지 않는다. 행복과 불행의 반복 과정에서 행복의 크기를 불행의 크기보다 조금씩 키우면서 불행을 이겨내고 이전보다 행복의 수준을 높여가는 과정이다. 불행과 고난을 만났을 때, 너희들 자신의 능력보다 주변 사람들의 도움이 너희를 불행에서 구해줄 가능성이 크다. 사람들의 도움을 받으려면 평판이 좋아야 한다.

좋은 평판은 내가 행복할 때 다른 이의 불행을 외면하지 않아야 유지된다. 나보다 못한 사람에게 군림하거나 잘난 사람에게 비굴하지 말아라. 못한 사람을 배려하고 잘난 사람에게 당당하여라. 너희의 말과 행동에 감정이 드러나지 않도록 주의하여라. 기쁨의 순간을 지나친 말과 행동으로 표현하지 말아라. 화가 났을 때 상대가 내 말과 행동에서 그것을 느끼지 못하도록 하여라, 좋아하는 사람이 어려움에 빠지면 능력과 여유가 허락하는 범위에서 도와주어라. 언젠가 너희가 어려움에 빠졌을 때 더 큰 도움을 받을 수 있을 것이다. 누군가를 비난하고 싶을 때는 세상 사람들이 모두 너희처럼 운이 좋지 않다는 것을 명심하여라.

받아들이거나 대신하여라.

행복한 가정은 모두 비슷하지만, 불행한 가정은 그 이유가 제각기 다르다. 부부의 사랑이 삶을 행복과 불행으로 나누는 가장 중요한 요소다. 행복한 가정을 유지하기 위해서는 어떤 대가를 치르더라도 부부가 사랑해야 한다. 가정에서 일어나는 다양한 선택의 상황에서 부부의 사랑이 판단의 기준이 되도록 하여라.

사랑은 거룩한 모토지만 오래도록 지속하기 어려운 감정이다. 사랑하는 사람과 함께라면 영원히 행복하리라 생각하기 때문에 결혼을 결심한다. 행복한 가정이 되려면 복잡한 요건이 충족되어야 한다. 가정이 불행한 이유를 줄이기 위해 끊임없이 노력해야 한다. 가족 구성원들이 아프거나 사고를 당하지 않아야 한다. 부부간에 성격이 맞아야 하고 고부간의 갈등도 없어야 한다. 금전적 고통에 빠져 허우적거리지 않아야 한다. 남편이 부도덕하거나 자식이 탈선하는 일도 없어야 한다. 행복은 수많은 조건이 갖춰져야 하며 한 가지만 틀어져도 쉽게 허물어진다.

배우자 선택과 사랑의 유지는 너희 일생을 행복하게 만드는 가장 중요한 조건이다. 배우자로 결정한 사람이 여러 가지 마음에 들지만 몇 가지 마음에 들지 않는 부분이 있다면 그 부분을 고쳐서 관계를 원활히 하겠다는 생각은 버려라. 사람은 변하지 않는다. 너희가 기꺼이 받아주거나, 상대가 못하는 일은 내가 대신하겠다는 각오가 없다면 평생을 살면서 같은 패턴으로 같은 갈등 상황이 반복될 것이다.

매력적인 외모, 두둑한 지갑, 일시적인 충동으로 배우자를 결정한다면 결혼은 제비뽑기와 같다. 1등을 뽑을 가능성은 매우 작고 허무한 불행을 견디며 살아갈 확률은 높다. 결혼하기 전 모든 것은 황홀하다. 그러나 서로의 진실을 아는 데 시간이 많이 필요하지 않을 것이다.

사랑은 내가 쉽게 용납하기 어려운 그와 그녀의 말과 행동을 고쳐서 내가 생각하는 바른 방향으로 인도하는 것이 아니고 그와 그녀의 말과 행동을 받아들일 각오가 되었다는 뜻이다. 사랑은 그가 하지 않는 일을 하도록 강요하는 것이 아니라 내가 그를 위해서 대신해주는 것이다.

연재는 가족에게 희생하는 남자와 살아라.

　이타적인 남자. 철학적 해답을 가진 남자. 가족을 위해 자신을 희생하는 남자, 자신의 능력을 현명하게 분배하는 남자, 자신의 감정을 말과 행동으로 쉽게 드러내지 않는 남자, 자신보다 못한 사람을 존중하고 잘난 사람에게 비굴하지 않은 남자를 만나라

　그리고 자신만의 쾌락에 몰두하는 남자는 피해라.

　타인의 기쁨을 상상하면서 크게 기뻐할 수 있는 것은 가장 고차원적인 동물에게만 주어진 최고의 특권이다. 자신의 욕망을 절제하고 다른 사람이 수고롭지 않도록 배려하는 이타적인 사람은 가족과 주변 사람들을 행복하게 만든다.

　삶은 선택의 순간을 연속하는 것이다. 가장의 선택은 가족의 행복에 큰 영향을 미친다. 철학적 가치관이 없는 사람은 옳은 선택을 할 가능성이 작다. 철학적 해답을 가진 사람은 선택이 일관되고 현명할 확률이 높다.

　가정생활에서 요구되는 감정적 피로와 육체적 노고를 가족 전원이 고르게 나누어 부담하지는 못한다. 누군가 나머지 가족의 기쁨과 안락함을 위해 자신의 감정과 수고를 기꺼이 희생하는 사람이 필요하다. 그는 그 가족의 가장이 되어야 옳다.

　사회적 성공을 위해 가족의 희생은 당연하다 여기는 야망이 큰 남자가 있다. 자신의 능력을 하나의 목적에 몰입하는 어리석은 남자는 그 목적을 달성하는 과정이 행복하지 않을 것이고 행여 목적 달성에 실패하면 회복하기 힘들다. 자신의

능력을 사회적 성공과 신체의 건강과 가족의 화목과 개인의 성취에 고르게 분배하는 현명한 남자는 자신의 야망을 위해 가족을 외면하지 않는다.

자신의 쾌락을 위해 가족을 외면하는 남자가 드물지 않다. 그는 시간과 돈을 가족의 행복보다 자신의 쾌락에 낭비한다. 말초적 쾌락은 금방 익숙해지기 때문에 더 강력한 쾌락을 찾아 이성과 도덕의 기준을 무너트린다. 남자의 쾌락은 주로 술이 매개체로 작용한다. 불행한 가정은 남자의 과도한 음주가 문제인 경우가 많다. 자제하며 적당하게 즐기면 된다지만 술이 주는 쾌락을 조절하기란 쉬운 일이 아니다. 술을 적당히 즐기면서 가정에 충실하고 건전한 삶을 살도록 제어하기를 기대하는 것보다 술을 즐기지 않는 사람을 찾는 편이 행복한 결혼생활이 될 가능성을 높인다.

윤재는 명랑한 여자와 살아라.

명랑한 여자, 마음이 따뜻한 여자, 말과 행동이 작은 여자, 아름다운 여자를 만나라.

그리고 사치스러운 여자는 피해라.

남자의 행복한 결혼생활에서 가장 중요한 요건은 아내의 명랑한 성품이다. 집은 타인과 이기적 투쟁으로 녹초가 되는 사회생활에서 돌아와 지친 몸과 마음을 회복하는 휴식처가 되어야 한다. 나의 소울메이트가 나를 대하는 방식에 따라 집이 휴식처가 될 수도 있고 다른 투쟁의 장소가 되기도 한다. 우울하고 신경질적인 아내는 내 인생의 커다란 짐이 될 뿐이다.

우리가 사는 세상에서 일어나는 일들을 판단하는 관점은 사람의 성향에 따라 크게 달라진다. 마음이 따뜻한 사람은 불행한 사람들을 측은하게 여기고 행복한 사람들을 축복해준다. 반면 마음이 차가운 사람은 불행한 사람들을 외면하고 행복한 사람들을 시기한다. 마음이 따뜻한 아내는 남편과 아이들의 고통을 나누기 위해 노력하지만, 마음이 차가운 아내는 그들의 무능 탓으로 돌리거나 외면한다. 내가 사회생활에서 갈등에 빠졌을 때, 그리고 내가 마음이 고통스러운 순간이 왔을 때, 아내의 따뜻한 격려와 위로는 다른 어떤 도움보다 용기가 될 것이다.

마음이 따뜻한 사람도 늘 평상심을 유지하기 불가능하다. 때로는 화가 나고 짜증이 난다. 그때마다 말과 행동이 폭발하면 상대가 받아주기 힘들다. 따뜻한 사람이었으니 이 순간만 받아주자, 하고 마음먹지만 쉽지 않은 일이다. 기쁠 때나 슬플 때나 화가 났을 때, 말과 행동이 크지 않는 사람이 더 설득력 있고 교양 있는 사람이다.

사람은 감각의 동물이다. 아름다움은 내가 상대에게 계속 매력을 느끼도록 만드는 중요한 요소다. 외모를 아름답게 유지하였다는 것은 자신을 관리하는 데 게으르지 않았음을 증명한다. 식욕을 참고 운동을 해서 살찌지 않았으며 부지런히 피부관리를 했다는 증거이다. 몸을 깨끗하게 유지하고 옷을 세련되게 입을 궁리를 하는 사람은 그렇지 않은 사람에 비해 자신을 더 사랑하는 사람이다. 아름다운 아내는 남자의 사회적 능력을 판단하는 요소로 작용한다는 사실을 부인할 수 없다. 사교모임에서 아내의 미모는 남편을 돋보이게 한다. 상대가 너희 부부의 외모를 매력적으로 느낀다면 심리적으로 친근감이 커진다. 모임에 목적이 있었다면 일이 더 쉽게 풀릴 것이다.

작은 성취와 소박한 일상에서 행복을 느끼지 못하는 여자는 피해라. 사치스러운 여자가 만족하도록 욕심을 채워주는 일은 불가능하다. 가난은 항상 상대적이다. 비교의 대상에 따라 내가 가진 것의 양이 결정된다. 내가 가진 것을 항상 더 많이 가진 사람과 비교하여 불평하는 사람은 결코 만족을 모른다. 사치스러운 여자가 가난을 만나면 사랑은 창문 너머로 달아난다. 만족과 즐거움이 없는 가정에는 머물고 순종하고 서로 이해하고 싶은 마음이 생기지 않는다. 외모를 화려하게 꾸미는 사람은 그런 사람일 가능성이 크다. 인생을 언제나 화려하고 거창하게 살 수는 없다. 소박한 일상의 조그마한 성취들이 모이는 즐거움을 느낄 수 있어야 감사하면서 살 수 있다. 사치스러운 여자는 자신을 만족시켜주지 못하는 남편을 항상 원망하고 자신만큼 가지지 못한 사람을 업신여긴다.

여행하면서 살아라.

여행은 삶의 동기부여다. 삶은 항상 역동적이지 않다. 단순한 일상이 반복되면 인생은 무의미해지고 무기력해진다. 내 삶의 목적이 한순간 의심스러워지는 시기가 불현듯 찾아오기도 한다. 이럴 때, 여행은 내 의식을 재충전하고 일상에 동력을 제공하는 최고의 방법이다. 새로운 것을 경험하는 일은 일상의 획일성을 없애준다. 여행을 계획하고 여행 과정을 수행하고 원하는 장소를 문득 찾아내는 성취감이 자존감을 크게 높여준다. 몰랐던 사실을 알아가고 알았던 사실을 확인하는 경험에서 지적 충만감을 느끼고 의심스러웠던 내 삶에 다시 의미가 부여된다.

여행은 사랑이다. 항상 가족과 여행해라. 행복한 장소에서 행복한 음식을 먹고 행복한 경험을 가족과 나눌 때, 가족이 행복한 모습을 보면서 나의 행복이 증폭하는 카타르시스를 경험할 것이다. 일상에서 벗어나는 일은 즐겁지만 익숙하지 않은 장소와 생소한 문화에서 느끼는 불편함과 신체의 피곤함은 가족을 분열하게 만들 수도 있다. 감정을 조절하고 불편하지 않도록 서로 배려하면서 사랑이 충만해질 것이다. 박물관, 미술관, 문화유적을 구경하면서 안목이 높아지고 취향이 같아지면 가족은 오랫동안 같은 대상과 경험에서 함께 즐거움을 느낄 수 있다.

여행은 가치 있는 소비다. 물건을 소유하는 것은 그것을 구매하는 순간의 행복에 그치기 쉽다. 더 크고 더 화려한 물건을 끊임없이 더 많이 소유하고 싶은 욕망의 한 단계에 지나지 않는다. 인간은 내가 소유한 물건에 대해 결코 만족하지 못한다. 여행은 돈과 시간이 많이 필요하다. 갖고 싶은 물건을 구매할 돈을 절약하여 모아야 하고 다른 오락거리에 필요한 비용과 시간을 아껴야 한다. 몸과 마음이 건강해야 가능한 일이다. 여행에서 돌아오면 돈과 시간이 순식간에 사라져 버렸고 사진과 추억만 남은 사실을 깨닫는다. 하지만 여행의 추억을 회상하면서 가족의 사랑을 되살리는 도구가 될 것이다. 추억은 멋진 자동차처럼 낡지도 않고 화려한 집처럼 수리도 필요 없다. 그저 회상하기만 하면 두고두고 행복하다.

아주 가끔은 혼자 떠나라.
외로움과 그리움 그리고 자유로움이 무엇인지 알 필요도 있다.

Kaikora

카이코라에서 배를 타고 바다로 나가면 고래를 볼 수 있다. 카이코라 가는 길은 높지 않은 산들의 부드러운 능선을 따라 이어진다. 자연의 모습을 거스르지 않고 낮은 구릉을 따라 오르락내리락 구불구불 이어지는 도로조차 아름다운 풍경의 한 부분이다. 이곳 사람들은 자동차 길을 내기 위해 산을 깎아내고 골짜기를 메워 평탄하게 만들지 않는다. 강을 만나면 거대한 다리를 만들거나 높은 산에 막히면 터널을 뚫어 길을 곧게 만들려고 애쓰지도 않는다. 그저 옛날부터 양치는 목동들이 양들을 앞세워 다녔던 오래된 그 길 위에 아스팔트를 최소한으로 깔아 도로를 만들고 이들은 그 길을 하이웨이라 부른다. 이곳 하이웨이는 좁고, 구불구불하다. 거창한 안전시설도 없다. 커다란 이정표도 드물다. 길이 하나뿐이고 갈림길은 많지

않아 그저 길만 따라가면 목적지를 놓치지 않는다. 빨리 달릴 수도 없고 빨리 갈 필요도 없다. 아름다운 길 주변의 경관은 길 위의 시간을 행복하게 만든다.

차는 속도를 내지 못하고 좌우로 핸들을 한껏 꺾으며 휘어진 길을 휘청휘청 달린다. 계곡을 따라 작은 강이 오랜 세월 깊이 침식되어 제법 협곡을 이루고 있다. 골짜기의 깊이를 내려다보며 산모퉁이를 돌아나가는데 뜻밖의 광경과 마주쳤다. 수백 마리 양들이 검은 아스팔트 위를 하얗게 메우고 있었다. 길 왼쪽 낮은 초지에서 길 오른쪽 높은 곳으로 이동하는 양들의 행렬이 끝이 없다. 아래쪽에서 고개를 내밀고 길 위로 뛰어오르는 양들 모습이 마치 길 아래에서 하얀 수

증기가 피어오르는 듯 보였다. 눈치 빠른 놈들은 얼른 길에서 물러나 오른쪽 높은 풀밭으로 뛰어올랐지만 여유로운 놈은 우리 차의 존재를 아는지 모르는지 길을 따라 어슬렁어슬렁 거닌다. 텔레비전 광고의 한 장면처럼 양들 사이를 헤치고 차를 서서히 움직인다. 자동차의 출현을 눈치챈 후미의 양들이 폴짝폴짝 뛰며 흥분했다.

윤재가 양을 가까이 보고 싶다고 했다. 차에서 내린 윤재는 양을 쫓아다니며 신났고 겁많은 연재는 차 안에서 그런 동생 모습을 보고 웃는다. 도로에는 양들이 저질러놓은 배설물이 빈틈없이 빼곡하다. 배설물을 발로 밟은 아이가 기겁하고 차로 다시 돌아왔다. 연재는 차에 똥 묻혀 들어온다고 동생을 놀린다. 꼬불꼬불한 길이 길게 이어지며 차멀미에 힘들어하던 아이들이 다른 곳에서는 경험하지 못할 동화 같은 추억을 만들었다. 차 안은 다시 웃음으로 가득해졌다.

양들과 헤어지고 나서는 길이 평지로 바뀌었다. 멀리 바다가 보였다. 해변을 보고 달리는 직선도로에서 차는 모처럼 정상속도를 냈다. 로드킬로 죽은 짐승 사체 위에 매 한 마리가 앉아 남은 살을 발라 먹고 있다. 차를 보고 놀란 매가 급히 하늘로 날아올랐다. 재빠른 매가 당연히 차를 피해 날아가리라 생각하고 속도를 줄이지 않았다. 아! 그런데 매가 차 왼쪽으로 비행 방향을 잡고 우왕좌왕하더니 차가 가까워지자 오른쪽으로 급히 방향을 틀면서 날갯짓을 허둥거렸다. 차로 뛰어든 매가 오른쪽 유리 아래와 부딪히며 튕겨 나갔다. 갑작스러운 상황에 놀라 브레이크를 밟았지만 때는 이미 늦었다. 사

이드미러를 통해 길가로 튕겨 나간 매가 보였다. 바닥에 쓰러졌던 매가 날개를 힘겹게 퍼덕이며 금방 날아오르지 못하고 있다. 그 자리에서 죽지는 않았지만 부딪히는 소리의 강도로 판단했을 때 다시 하늘을 날기는 힘들 것 같다. 사나운 매조차 한가한 이곳의 자연에 길들여, 갑작스러운 차량의 출현에 대처하는 방법을 터득하지 못했나 보다. 내가 미리 속도를 줄여 경고해 줄 수도 있었는데 매에게 미안하다.

카이코라 인포메이션에 들러 웨일와칭 크루즈 타는 방법을 물어보고 시내 지도를 얻어왔다. 힘든 길에 지겨웠던 아이들이 도시와 바다를 반가워했다. 지도를 보면서 배 타는 곳을 찾아야 했다. 연재는 엄마의 무릎에 앉고 윤재는 운전하는 나와 아내 사이의 공간에 서서 차 앞의 풍경을 구경했다. 지도를 한 손에 들고 보면서 길을 살폈는데 우리가 가야 할 철길 아래의 교차로를 지나치고 말았다. 차를 돌릴 장소를 찾기 위해 조금 더 가는데 하얀 차에 'POLICE'라는 파란 글씨가 선명한 경찰차 안에서 경찰이 우리를 빤히 쳐다보고 있었다. 아차! 아이들에게 얼른 제자리에 앉으라고 했다. 넓은 도로에서 유턴해서 돌아와 웨일와칭 체크인하는 건물 주차장으로 들어갔다. 차 뒤에서 이상한 섬광이 따라오는 것을 느꼈다. 조금 전 그 경찰차가 지붕 위의 경광등을 반짝이며 우리 뒤를 쫓고 있었다. 차를 한쪽으로 세우고 아이들을 뒷자리로 보냈다. 긴장한 마음으로 경찰의 행동을 보고 있었다. 살집 있는 여자 경찰이 차에서 내리더니 모자를 고쳐쓰며 운전석으로 다가왔다. 예상대로 아이들이 안전벨트를 매지 않고 차 안에 서 있었고 내가 한 손에 지도를 들고 운전하던 것을 지적했다. 간절한 표정으로 잘못했다, 실수했다 사정했지만 여지없이 150불짜리 벌금 딱지를 끊어준다. 작년에 하와이에 처음 도착하던 날에도 신호 위반으로 현지 경찰의 단속을 받은 적이 있다. 그때는 애처로운 표정이 먹혀서 딱지는 받지 않고 경고로 무마했었는데 이번에는 기어이 거금의 벌금이 적힌 노란색 종이 하나를 받고 말았다.

　웨일와칭 배가 떠날 시간이 가까워졌다. 멀미가 걱정되어 배를 타기 싫다는 아내를 제외하고 3명의 표를 사고 점심을 먹었다. 사전 브리핑시간이 있어서 생각보다 시간 여유가 있었다. 그만큼 늦게 배가 출발하니 돌아오는 시간이 오후 4시 30분으로 예정되어 있었다. 그 시간에 핸머스프링스로 돌아가려면 또 해가 질 것이다. 오늘은 이곳에서 머물러야겠다.

아내를 홀로 두고 아이들과 나는 배가 있는 선착장까지 이동하는 셔틀버스를 탔다. 10여 분 떨어진 사우스베이에 날렵하게 생긴 쾌속선이 정박하고 있었다. 티켓 판매소에서 배멀미에 대비하라고 여러 번 강조하며 약을 팔았다. 배가 파도 위를 달렸다. 해안에서 10㎞를 바다로 나가야 한다. 약에 취한 우리는 계속 하품을 하고 졸음이 온다.

배가 목적지까지 도착할 동안, 여자승무원이 향유고래와 돌고래, 알바트로스 등 이곳에서 볼 수 있는 해양동물들을 설명했다. 빠른 설명을 모두 알아들을 수 없어 빤히 직원 얼굴만 쳐다보는데, 이 아가씨 참으로 미인이다. 커다랗고 깊은 푸른 눈이 아가씨 뒤쪽의 바다 색깔을 닮았다. 두껍고 선명한 눈썹과 보통의 백인에 비해 아담한 코, 얇은 입술과 목 쪽으로 내려갈수록 부드럽게 좁아지는 턱선, 볼 아래쪽의 검은 애교점, 좁고 봉긋해서 예쁜 이마가 드러나도록 뒤로 빗어 한가닥으로 묶은 검은 머리카락까지, 우리가 상상하는 전형적인 백인 미인이다. 약간은 도도해 보이는 미소까지 매력적이다. 어디선가 낯익은 얼굴이다. 그래! 내가 백인 여자 중에서 가장 미인으로 평가하는 젊은 시절의 엘리자베스 테일러 모습이다. 제임스 딘과 함께 출연했던 '자이언트'에서 보여주었던 그녀의 청초한 모습이 나는 가장 아름다운 백인 여성의 모습이라 생각하고 있다. 이 아가씨 모습이 그녀와 무척 닮아있다. 나는 조금 더 아가씨의 미모를 은밀히 살폈다. 하지만 턱 밑의 굵은 목선과 떡 벌어진 어깨, 마이크를 쥔 두툼한 손목이 아름다운 얼굴과 대조적이다. 아니나 다를까 동물들 설명을 마치고 자리에서 일어난 이 아가씨의 유니폼이 뱃살과 허벅지 지방에 밀려 실밥이 터질듯하다. 나의 환상은 한 번에 사라졌다. 저 정도 미모의 아가씨가 몸매관리를 저렇게밖에 할 수 없었을까? 이런저런 생각으로 피식 헛웃음을 치고 있는데 어느새 배가 멈추더니 시동을 끈다.

고래가 조금 전에 잠수했으니 앞으로 몇 분 안에 숨을 쉬기 위해 올라올 거라고 한다. 중년의 남자 승무원이 나팔 모양의 도구가 끝에 달린 긴 장대를 가지고 뱃전으로 오더니 나팔 입구를 물속에 담갔다 뺐다를 반복했다. 고래를 불러 모으는 초음파를 발생하는 기구였다. 고래가 부상하기 시작했다는 안내 아가씨의 다급한 목소리가 들렸다. 해저에서 부상하는 고래의 위치를 쫓아서 배가 시동을 걸고 몇백 미터를 더 달리더니 멈추고 다시 시동을 껐다.

한순간 사람들의 함성이 들렸다. 고래가 나타났다. 승무원이 가리키는 바다로 사람들의 시선이 일제히 따라갔다. 시야 저 멀리 거대하고 시커먼 물체가 물에 떠 있었다. 그 물체 앞쪽의 고래 숨구멍에서 주기적으로 물기둥이 솟구쳐 올랐다. 고래다! 가까이 다가가 고래의 피부를 직접 보고 싶었지만 배는 다가가지 않는다. 고래를 보호하기 위해 배가 지켜야 할 거리가 정해져 있다. 어린 고래라고 하는데 멀리서 가늠해 보아도 최소한 우리가 타고 있는 배보다 훨씬 크다. 이곳에는 세상에서 가장 큰 향유고래가 살고 있다. 완전히 자라면 그 길이가 30m나 된다니 믿기지 않는다.

다시 스피커에서 다급한 목소리가 들렸다. 이제 곧 고래가 다시 잠수하려고 하니 잘 지켜보라고 했다. 무슨 소리인가 했더니 시커먼 등만 수면 위로 겨우 보이던 고래가 잠수하기 위해 머리를 앞으로 숙이면 거대한 삼각형 꼬리지느러미가 완전히 수면 밖으로 나와 하늘을 향하는 모습이 보였다. 멋지고 신비로웠다. 웨일와칭 승무원들과 매일 만나는 고래들은 각자 이름을 지어 불릴 정도로 이곳에 정착하여 살고 있다. 승무원은 고래 이름을 부르며 작별인사를 했다.

고래 구경이 끝난 배가 해안 쪽으로 뱃머리를 돌려 달렸다. 수면으로 무언가 풀쩍풀쩍 뛰어오르고 있는 모습이 보였다. 돌고래였다. 거대한 고래에 비하면 돌고래는 귀엽고 친근했다. 배와 관광객들을 두려워하지 않고 뱃전에 가까이 다가와서 재롱을 부린다. 저마다 눈에 띄기 위해 높이 뛰기 경쟁을 한다. 배 밑바닥에 바짝 붙어 따라오며 벌름거리는 숨구멍으로 물을 내뿜기로 한다. 돌고래쇼에 나오는 훈련받은 아이들만 재주를 부린다고 생각했는데 자연 그대로 사는 돌고래들도 수면 밖으로 뛰어올라 텀블링하며 우리를 즐겁게 해준다. 지구상의 날 수 있는 새 중에서 가장 큰 앨버트로스를 보았다. 거대한 날개를 펴고 날아오르는 웅장한 모습을 보고 싶었는데, 수면에 홀로 떠 있는 앨버트로스 한 마리는 아무리 기다려도 날지 않고 파도에 몸을 맡긴 채 멀뚱멀뚱 우리를 구경만 했다.

부두에서 아내를 다시 만났다. 아이들은 자기들이 본 광경을 엄마에게 다투어 설명하느라 바쁘다. 카이코라 반대쪽 해변에 가면 물개를 볼 수 있다. 물개가 사는 곳은 넓적한 검은색 바위들이 바다 쪽으로 툭 튀어나온 해안이었다. 게으른 물개 몇 마리가 넓적 바위 위에서 낮잠을 자고 있다. 깨워서 움직이는 모습을 보고 싶은 관광객들이 시끄럽게 고함을 질러대지만, 미동도 하지 않는다. 배짱 좋은 물개 한 마리가 주차장으로 가는 나무 데크를 가로막고 축 늘어져 있다. 사람들을 아랑곳하지 않는 덩치 큰 녀석들의 행동이 정겹고 귀엽다.

크레이피쉬를 먹기 위해 레스토랑을 찾아 항구로 갔다. 해안 방파제 위의 크레인과 하역시설들이 붉게 녹슬었다. 최근에 사용한 흔적이 없다. 오랫동안 사람의 손길이 닿지 않은 건물 곳곳이 무너지고 유리창이 깨졌다. 무슨 영문인지 항구에는 레스토랑은커녕 사람의 흔적이 없었다. 캠프장으로 돌아오는 해변 도로에서 씨푸드를 파는 노점을 발견했다. 차를 세웠다.

노점 불판 위에 크레이피쉬가 지글지글 익고 있었다. 아이스박스 안에 집게발이 끈에 묶인 크레이피쉬가 가격표를 등에 붙이고 누워 있었다. 그중에 제일 큰놈으로 요리를 주문했다. 몸이 반으로 쪼개진 크레이피쉬 구이를 샐러드와 밥을 곁들여 내주었다. 쫀득한 질감과 고소한 미감이 맛있었다. 연재가 제일 잘 먹었다. 해산물을 좋아하지 않는 윤재는 하얀 속살 몇 점을 먹더니 밥으로 허기를 채웠다. 살이 얼마 되지 않는 한 마리로 연재의 식욕을 달래기에도 부족했다. 나는 몸통에서 살을 발라 연재 접시에 덜어주고 게 다리 속살을 후벼 파내느라 휘청거리는 플라스틱 포크를 들고 안간힘을 썼다. 시내에도 크레이피쉬 파는 곳이 있겠지! 부족한 양에 입맛을 다시고 일어나 시내로 갔다.

제일 큰 슈퍼마켓에도 크레이피쉬는커녕 변변한 생선이 없다. 사방이 바다로 둘러싸인 섬나라 시장에 생선이 드물다. 대신 껍데기가 파란 홍합이 진열되어 있었다. 우리나라 검은 홍합보다 크고 값도 싸다. 달콤한 리슬링 와인과 곁들이는 삶은 홍합은 소고기와 더불어 뉴질랜드에서 몇 안 되는 별미였다.

뉴질랜드에는 음식을 만들어 파는 곳이 드물다. 슈퍼에서 장을 봐서 요리를 직접 만들어 먹는 횟수가 집에서보다 많아졌다. 아이들은 이곳의 소고기로 만든 스테이크를 좋아했다. 스테이크가 물리면 파스타를 만들어 먹었다. 그러다 보니 한국에서 가져온 김치나 김이 많이 남았다. 남은 김치를 처분하지 않으면 너무 쉬어서 버려야 할지도 모른다. 오늘 저녁은 참치통조림에 김치를 듬뿍 넣고 양파를 잘게 썰어 맛을 낸 김치찌개를 끓였다. 얼큰한 찌개가 입맛을 돋웠다. 매번 아이들이 남긴 음식만 처리하던 나는 모처럼 배부르게 식사했다.

Meditation

이슬비가 슬그머니 내리더니 밤에는 빗줄기가 굵어졌다. 빗방울이
캠핑 밴의 낮은 플라스틱 천정에 부딪히며 공명했다. 투둑투둑 빗방

울 소리가 소란스러웠다. 카이코라 캠핑장은 큰 도로 옆에 있다. 낮에 도시와 도시 사이를 이동하는 하이웨이를 타면 눈을 씻고 봐도 만나기 어려웠던 트럭들이 도로의 빗물을 헤치고 달리는 커다란 바퀴 소리가 밤새 시끄러웠다. 하지만 자연의 소리는 사람들이 일으키는 짜증스러운 소음을 제거한다. 차바퀴 소음은 비가 떨어지는 울림에 묻혔다. 연재가 피부를 긁는 사각사각 소리와 아이가 뒤척거리는 장단에 맞춘 차의 흔들림도 어젯밤에는 느낄 수 없었다.

웨일와칭에 예상보다 많은 시간이 필요했다. 핸머스프링로 돌아가기에는 시간이 너무 늦어 어젯밤에는 예정에 없던 카이코라에 하루를 머물게 되었다. 계획보다 하루 일찍 크라이스트처치에 갈까 고민했지만, 도시 관광에 이틀을 투자하는 것보다 아이를 온천물에 한 번 더 씻기는 것이 더 좋을 것 같았다. 핸머스프링스로 다시 돌아가기로 했다. 연재는 그레이마우스에서 만났던 친구들에게 보내는 엽서를 써두었지만 부칠 곳을 찾지 못하고 있었다. 우체국을 찾기도 힘들고 찾았다 하더라도 대부분 시내 중심에 있어 차를 주차하기 쉽지 않았다. 오늘은 시간 여유가 있다. 우체국을 찾아 시내로 들어갔다. 우푯값 10불을 받아쥔 아이는 사무실로 달려가 일을 처리하고 돌아왔다. 아이는 급행 우편으로 부탁했다며 무슨 무용담이나 되는 것처럼 자랑했다.

주차장의 소공원 앞이 바로 카이코라 해변이었다. 활모양으로 부드럽게 안쪽으로 휘어진 만이 타원형으로 길게 뻗은 해안선이 아름답다. 시야에 다 잡히지 않는 넓은 만 끝에 항구와 마을이 그림처럼 들어서 있다. 그 끝 바닷가 바위에는 물개들이 한가하게 게으름을 피우고 있을 것이다. 구름에 둘러싸인 설산의 흐릿한 실루엣이 항구와 마을의 멋진 배경이 되고 있었다. 하얀 운무와 코발트 빛 바다의 조화가 신비로운 풍경을 만들었다.

해변의 검은 자갈들이 파도에 휩쓸리면서 좌르륵 좌르륵 규칙적인 소리를 일으켰다. 독특하고 신비한 풍경에서 강력한 아우라가 느껴졌다. 명상하기 좋은 장소였다. 아무도 없는 검은 자갈밭에 아이들과 가부좌를 틀고 앉았다. 호흡을 천천히 깊게 하며 정신을 파도 소리와 자갈 구르는 소리에 집중했다. 아이들은 명상할 때 언제나 진지해진다. 숨을 깊게 반복했다. 한순간 내 의식이 몸을 빠져나와 나를 향해 밀어닥치는 파도의 하얀 포말 밑으로 첨벙 빠진다. 푸른 물결 아래에 향유고래의 거대한 입과 지느러미가 나를 압도하고 있다. 그 옆으로 돌고래 한 무리가 대형을 이루고 따라 다닌다. 수면으로 몸을 날려 하늘을 한 바퀴 회전하더니 다시 물속으로 빠지며 재롱을 부린다. 나도 고래를 따라 바다를 유영한다. 몸과 분리된 내 의식은 평화로운 수중 생태계의 일부가 되었다. 아내가 자갈을 밟는 불규칙한 소리에 의식이 돌아왔다. 내 영혼은 상상의 공간에서 빠져나와 순식간에 현실 세계로 돌아왔다. 눈을 떴다. 먼저 명상을 끝낸 아이들이 아빠의 표정이 신기한 듯 빤히 쳐다보며 웃고 있었다.

핸머스프링스로 가는 길은 어제 왔던 내륙을 통과하는 길과 해안

가로 돌아가는 길이 있다. 나는 다른 길에서 다른 풍경을 보면서 운전하고 싶었지만, 아이들은 양을 볼 수 있는 어제 그 길로 가기 원했다. 내비게이션에 목적지를 입력하고 도시를 벗어나 10여 ㎞를 달렸는데 디젤이 부족하다는 경고등이 커졌다. 우리가 진행하는 방향으로 주유소를 검색했다. 가장 가까운 주유소가 60㎞ 전방에 있었다. 디젤 게이지는 겨우 한 칸을 남겨 두었다. 숲속 오지에서 기름이 바닥나면 큰 낭패다. 차를 돌렸다. 카이코라 시내까지 20㎞를 되돌아갔다 오는 것이 안전했다. 아이들은 디젤이 바닥날까 걱정스레 질문하고 아내는 미리 점검하지 않은 나를 비난하면서 버럭 짜증을 부렸다.

카이코라 시내에서도 주유소는 쉽게 눈에 띄지 않았다. 작은 도시를 몇 바퀴 돌고 난 후에, 어제 묵었던 톱텐 홀리데이 파크 앞에서 기름을 넣을 수 있었다. 되돌아온 길을 거꾸로 달렸다. 20㎞를 세 번 왔다 갔다 했으니 60㎞를 더 달린 꼴이 되었다. 내 실수로 차를 오래 타야 하는 아내와 아이들에게 미안했다. 평소보다 속력을 냈다. 어제 왔던 길을 되돌아가는 길이라 운전이 훨씬 수월하고 빠르게 느껴졌다.

비가 그치고 새파랗게 펼쳐진 들판에 맑은 햇살이 내리쬐는 길 풍경이 형언할 수 없이 아름답다. 길가 산비탈 초지에서 덩치 큰 소들이 풀을 뜯고 있다. 아름다운 모습을 사진에 담으면서 그 풍경 속에 잠시 머물고 싶었다. 차를 세웠다. 울타리 너머 소들을 향해 아이들이 "워워" 소리를 지르며 놀린다. 낯선 꼬마 손님들의 위협에 놀란 소들이 잠시 움찔하더니 뒷걸음친다. 가소로운 아이들이란 사실을 금방 알아챈 소들이 오히려 우리 쪽 울타리로 모여든다. 겁먹은 아이들이 다시 고함을 질러보지만, 소들은 풀밭 흙을 발길질로 헤치면서 푸륵푸륵 거친 숨을 내쉬며 공격 기세를 보인다. 용기 있는 소 한 마리가 아이들이 있는 울타리 쪽으로 다가오자 놀란 아이들이 혼비백산 도망쳐 차로 돌아왔다.

어제 양떼가 길을 막고 있던 도로에 이르렀다. 오늘은 양들이 모두 길 양쪽 울타리 안쪽에 잘 모여 있다. 목동도 없고 양치는 개도 한 마리 없는데 누가 와서 양들을 울타리 안으로 모았을까? 어제의 동화 같은 광경을 다시 기대했던 아이들은 아쉬워했다.

길은 자연을 거스르지 않는다. 산이 길을 막으면 산기슭을 돌아가고 강에 길이 끊어지면 가장 강폭이 좁은 곳을 찾아 겨우 일 차선의 옹색한 다리를 만든다. 다리를 지나가는 차들은 누구 하나 서두르지 않고 서로 양보하고 비켜간다. 오르락내리락 구릉이 있으면 낮은 곳을 채우거나 높은 곳을 깎아 길을 평탄하게 만들지 않는다. 자연 그대로의 구릉에 잡석을 얕게 다져 넣고 아스팔트를 깔아 좁은 도로를 연결한다. 오르막 내리막이 이어진 길을 달리면 마주 달려오는 차들이 봄날 아지랑이처럼 보였다 사라졌다 반복한다. 편도 1차선, 왕복 2차선의 구불구불한 하이웨이는 중앙선을 넘어 앞 차를 추월하면 위험하다. 구릉과 산허리를 돌아가는 길에서 앞서가는 차 운전자가 경치를 감상하며 천천히 운전하면 뒤따라 가는 차는 꼼짝없이 앞차의 속도를 맞추어 따라가는 수밖에 없다. 어떤 노인이 운전하는 차가 규정 속도에 맞추어 가는 바람에 나를 포함해 뒤로 10여 대의 차량이 50㎞ 이상을 일렬로 졸졸 따라가야 했다. 하지만 어느 한 차도 위협적으로 쌍라이트를 깜빡이거나 신경질적으로 경적을 울려대지 않았다. 조용히 간격을 맞추어 열을 지어 묵묵히 따랐다.

핸머스프링스에 도착했다. 점심을 먹지 않았더니 배가 고프다. 온천 앞에 밴을 세우고 가장 손님이 많아 보이는 카페에 자리를 잡았다. 햄버거와 토스트를 주문했다. 음식이 푸짐하고 맛이 훌륭했다. 훌륭한 프렌치토스트를 맛보았다. 아내는 평생 가장 맛있는 햄버거라며 접시를 깨끗이 비웠다.

온천에 입장했다. 물을 좋아하는 아이들은 이곳저곳을 뛰어다니며 신났다. 비가 부슬부슬 내렸다. 따듯한 물에 잠긴 몸과 싸늘해진 공기가 어울려 기분이 상쾌해졌다. 자지러지는 아이들 웃음소리와 흐뭇한 표정으로 미소짓는 아내와 눈이 마주쳤다. 아름다운 길을 달려 이곳에 도착하여 맛있는 음식을 먹고 공기 맑고 물 좋은 곳에서 몸을 데우며 사랑하는 가족들과 함께하는 이 순간 나는 완전한 행복감에 잠겼다.

Earthquake

고요한 밤하늘에서 비가 내렸다. 바람 없는 하늘에서 지상으로 낙하하는 빗방울이 캠퍼 밴 지붕 위 떡갈나무 나뭇잎에 안착하여 몸집을 키우면 제 무게를 이기지 못하고 잎맥을 따라 흘러 차 지붕을 투둑투둑 두드렸다. 잘 익은 도토리 한 알이 빗방울에 흔들려 둥근 지붕 위로 툭 떨어지더니 또르륵 또르륵 불규칙하게 굴러갔다. 떡갈나무 가지 위에서 무료한 시간을 보내던 다람쥐가 먹다 남은 도토리를 차 지붕 위로 던지면서 우리 가족에게 장난이라도 거는 듯싶었다.

아침에 일어나 다시 온천에 들어갔다. 이틀 동안 무료로 입장할 수 있는 티켓을 구입했기 때문에 오늘은 추가 요금 없이 이용할 수 있다. 주말이라 이용객들이 조금 많아졌지만, 인파로 넘쳐나거나 소란스럽지 않다. 사람들은 각기 취향대로 욕조에 들어앉아 옆 사람에게 방해되지 않도록 신경 쓰며 조용히 일행과 대화를 나눈다. 이곳 부부나 연인들이 대화하는 모습은 우리나라 사람들이 같은 상황에서 흔히 보이는 모습과 다르다. 젊은 연인, 중년 부부, 노부부 할 것 없이 이야기할 때 항상 서로 눈을 바라본다. 대화 중에 포옹이나 키스를 주저하지 않는다. 목소리를 높이거나 소리내어 웃지 않는다. 눈가에 미소를 짓고 조심스럽게 주변을 살피면서 서로의 말과 표정에 집중한다. 부러운 모습이었다. 대화는 이렇게 하는 것이다. 아내와 그들의 모습을 따라했다. 눈을 바라보는 상태 유지가 가장 어색했다. 아내의 눈을 몇 초도 쳐다보지 못했다. 어색한 상황을 감추는 허튼 웃음을 지으며 눈길을 피하고 말았다. 익숙하지 않으면 사소한 일도 쉽지 않은 법이다. 우리는 사랑의 표현에 왜 이리 인색한가! 남녀와 가족 사이에서 사랑의 감정을 말과 행동으로 직접 표현하면 가볍고 진중하지 못하다 배웠다. 부모가 자식에게 사랑한다 말하거나 포옹이나 스킨쉽으로 그들의 사랑을 직접 표현하는 행동은 경박하다 여겼다. 사랑의 감정은 표현을 절제하는 것이 미덕이라 공감했다. 우리는 그렇게 배웠다. 사랑은 말과 행동으로 표현함으로써 증폭된다. 감정 표현을 자제하는 것이 미덕이 아니라 사랑과 기쁨과 슬픔을 말과 행동으로 표현함으로써 상대에게 상처를 주지 않고 나를 지키는 방법이다. 하지만 한 번 체득한 편향은 쉽지 바뀌지 않는다.

온천에는 수영복을 입고 입장한다. 본의 아니게? 이곳 사람들의 몸매를 관찰하게 되었다. 우리와 마주 앉은 금발의 젊은 아내는 옆자리의 남편을 바라보는 눈빛이 너무 사랑스럽다. 물 밖으로 드러난 얼굴이 작고 이목구비가 뚜렷한 서구적 미인에 짧게 깎은 금발이 세

런되었다. 대화를 마친 부부가 물속에서 일어섰다. 물 밖으로 드러나는 모습에 깜짝 놀랐다. 작은 얼굴 아래쪽 몸이라고 믿기지 않았다. 내 다리보다 굵은 팔뚝과 지방이 뭉쳐 혹처럼 덩어리진 허벅지 살들이 물살을 내 쪽으로 밀어냈다. 온천에서 보이는 사람들 모습이 대부분 비슷하다. 걸을 때마다 엉덩이와 뱃살이 좌우로 출렁거리고 제 몸무게가 힘겨운 일본 스모선수처럼 뒤뚱뒤뚱 걷는 사람들을 발견하는 것이 어렵지 않다. 본인들도 분명히 과도한 몸무게 때문에 여러 가지 어려움을 겪을 것이고 다른 사람들 시선이 부담스러울 것이다. 먹지 않으면 살이 빠지는 당연한 이론이 그토록 실천하기 힘든 일인가? 캠프장 공동키친에서 쉽게 만날 수 있는 살찐 사람들의 식사습관은 그들의 비만과 연관 짓기 힘들었다. 밥을 하고 찌개를 끓이고 고기를 구우며 우리 가족이 저녁준비가 바쁜 사이, 그들은 조용히 식탁에 앉아 빵에다 쨈을 살짝 발라 우유와 먹는다. 우리가 상상하던 대로 접시 가득한 기름진 스테이크도 없고 칼로리 폭탄으로 보이는 빵과 케이크도 없다. 그렇다면 우리가 안 보는 곳에서 도대체 무엇을 얼마나 먹기에 저토록 살이 쪘을까?

이틀 동안 세 번이나 온천욕을 했다. 연재 피부가 조금이라도 나아지길 기대했지만, 아이는 온천을 다녀온 날 밤에도 여전히 쉽게 잠을 이루지 못했다.

지난 15일 동안 우리 가족은 뉴질랜드 남섬을 한 바퀴 돌았다. 오늘은 다시 크라이스트처치로 돌아간다. 도시에 가까워지자 와이너리들이 보이기 시작했다. 나지막하게 펼쳐진 넓은 구릉 지대에 키 낮은 포도나무가 가지런히 자라는 아름다운 풍경 속의 와이너리에서 다양한 와인을 무료로 테스팅 하는 경험은 술은 좋아하지 않는 나에게조차 즐겁고 설레는 일이다. 몇 곳의 와이너리를 지나쳐 농장 규모가 크고 건물이 아름다운 곳을 골라 들어갔다. "머드하우스 와이너리" 진흙집이란 뜻인가? 크라이스트처치가 위치한 캔터베리 지방은 뉴질랜드에서 손꼽히는 와인 산지이기 때문에 도시로 들어가는 고속도로 주변 대부분이 포도 농장이다. 내가 좋아하는 리슬링 품종의 달콤한 와인을 먼저 맛보았다. 소믈리에가 추천한 피노누아 품종은 알코올 향이 진하고 탄닌 성분 특유의 떫은맛이 목에 걸렸다. 묵직한 탄닌의 맛과 다양한 과일 향의 차이를 음미하는 것이 와인의 매력이라지만 나는 딱 한 모금씩 따라주는 시음 와인 두 잔에도 취기가 오르며 얼굴이 화끈거렸다. 부드럽고 달콤한 과일 향이 매력적인 리슬링와인과 소믈리에가 추천한 레드와인을 한 병씩 구매했다. 시원한 물을 마시며 얼굴의 붉은 기운이 사그라지기 기다려 운전을 시작할 수 있었다. 나! 참!

뉴질랜드에서 처음으로 4차선 고속도로와 고가도로를 보았다. 주말 대도시주변이라 교통체증까지 발생했다. 갑자기 변하는 주변 상황에 처음 서울에 상경한 촌놈처럼 어리둥절했다. 와이너리를 나설 때쯤부터 내리기 시작한 비는 시내 홀리데이파크에 도착할 때까지 멈추지 않았다. 크라이스트처치 톱텐 홀리데이파크는 시내 주택가에 자리 잡고 있다. 들판의 단조로운 길을 달리다 모처럼 도심의 복잡한 길을 찾으려니 한동안 어리둥절했다. 맞은편에 홀리데이파크 입구를 보고도 진입로를 찾지 못해 같은 동네를 두 번이나 돌고서야 제대로 캠프장에 도착했다.

크라이스트처치에서 이틀 동안 도시를 관광하고 나면 이제 우리는 뉴질랜드를 떠나 시드니로 이동해야 한다. 캠퍼 밴 곳곳에 펼쳐 놓은 짐들은 정리하고 패킹해서 비행기 탈 준비를 해야 한다. 호주에서는 대중교통을 이용해 여행할 예정이다.

내가 캠프장 오피스에서 시내 관광 정보를 알아보는 사이 아내가 라면을 끓였다. 캠프장을 떠나면 요리를 할 수 없기 때문에 남은 라면을 처리하고 긴 이동시간 동안 지친 아이들의 허기를 채워주어야 했다. 아이들은 물을 병째 옆에 두고 뜨겁고 짠 라면을 입술을 후후 불어가며 맛있게 먹었다. 이곳보다 날씨가 더운 시드니로 가려면 더러워진 긴 옷을 빨아서 넣고 얇은 옷들을 준비해야 한다. 빨래를 끝내고 건조기에서 말린 옷들을 접어 정리하고 나니 어느새 노을이 지고 있었다.

먹구름이 가득한 하늘에서 금방이라도 비가 다시 쏟아질 것 같았다. 우리는 도시 구경을 위해 캠프장을 출발했다. 몇 블록의 주택가를 걸어가서 쇼핑몰의 ATM에서 현금을 찾은 후 버스 정류장에 갔다. 버스표를 별도로 사야 하나? 아니면 버스에 올라타 현금을 내면 되나? 주변을 두리번거렸지만, 버스표를 파는 장치는 없다. 중년의 백인 아주머니가 버스를 기다렸다.

"실례합니다. 버스요금은 운전기사에게 현금으로 직접 지급하면 되나요?"

여행객 특유의 호기심과 길 찾는 어리둥절함이 없는 그녀의 표정에서 나는 이곳 주민이 확실하다고 생각했다.

"버스요금은 운전기사에게 직접 내면 돼요. 그런데 어디를 가려고요?"

외면하던 눈동자를 들어 우리 가족을 모조리 훑어본 아주머니가 간단하게 대답했다.

"대성당 광장에 가려고 합니다."

"거긴 왜요? 볼 것이 아무것도 없는데? 지진으로 가게들이 모두 문을 닫았고 광장으로 들어갈 수도 없어요."

아주머니는 이상한 사람들이라는 표정이었고 약간 짜증 섞인 어투였다.

대성당 광장에 접근할 수 없다는 사실은 캠프장 오피스에서 시내 가는 차편을 물었을 때, 직원이 알려주어서 알고 있었다.

"지진으로 무너진 건물이라도 볼 수 있다면 아이들에게 좋은 교훈이 될 거예요"

내 대답을 들은 아주머니의 표정이 굳어졌고 말투는 신경질적으로 변했다.

"그딴 것들을 왜 보여주려고 해요? 그곳에는 이제 아무것도 없어요, 지진으로 다 무너지고 그냥 폐허예요. 왜, 그런 바보 같은 여행을 해요? 비도 내리는데 차라리 숙소에서 젖은 옷이나 말리고 음식이나 해 먹는 게 나아요."

아주머니의 목소리가 점점 높아졌고 손동작이 커졌다.

빠른 말을 내뱉던 아주머니가 자신이 생각해도 필요 이상 흥분했다고 판단했는지 잠시 말을 멈추고 목소리를 가다듬더니 차분하게 말을 이었다.

"내가 얼마 전까지 시내 중심가에 살았어요. 지진의 피해가 가장 컸던 곳이죠. 당신들이 가려는 광장에 가게도 운영하고 있었는데, 지진으로 모든 것을 잃고, 집에서 살 수도 없어서 외곽지역인 이곳에 임시로 살고 있어요."

생사를 넘나들었던 지진의 공포가 누구에게는 구경거리가 된다는 사실이 아주머니를 불쾌하게 만든 것이다. 나는 그 불행을 희롱하거나 눈요기로 여길 생각은 결코 아니었다.

"죄송합니다. 색다른 볼거리 삼아 그곳의 참상을 구경하러 가려는 것은 아닙니다. 아이들이 그곳을 보고 자연의 거대한 힘 앞에 인간이 얼마나 미약한 존재인지 깨닫기를 바라는 마음이었습니다."

우리 가족은 뉴질랜드의 잘 보존된 아름다운 자연이 인간의 행복과 평화에 매우 긍정적인 영향을 미치고 있음을 체감하면서 여행했다. 반면 자연의 힘이 잘못 발현되었을 때 인간 세상이 감당해야 하는 재앙의 모습을 때마침 우리가 뉴질랜드를 방문하였을 때 동시에 경험할 기회가 주어졌다고 생각할 뿐이었다.

그 순간이었다. 갑자기 몸이 휘청하며 현기증이 일더니 시야의 사물들이 아지랑이에 둘러싸인 것처럼 굴곡이 생겼다. 강한 진동이 우리가 서 있는 땅을 흔들었다. 넘어지지 않기 위해 다리를 벌려 몸의 균형을 잡고 본능적으로 아이들을 끌어안았다. 주택의 벽과 담이 진동하고 도로의 전봇대에서 집으로 연결된 전선들이 아래위로 출렁거리며 연결 부위가 끊어질 것 같았다.

'어, 어, 이게 뭐지? 지진이다!'

지진이었다. 큰 충격 뒤에 작은 진동이 계속 이어졌다. 금방이라도 땅이 갈라지며 생명의 위협이 닥칠 것처럼 느껴지면서 큰 공포가 밀려왔다. 땅 전체가 뒤흔들리는 상황에서 도망칠 안전한 장소는 없었다. 닥쳐오는 위험을 막을 방법도 없었다. 내 다리와 허리를 부여잡고 공포에 질린 아내와 아이들을 단단히 끌어안은 채 상황이 지나가기만 기다릴 뿐이었다. 상황은 두려워했던 것보다 빨리 종료되었다. 진동은 멈추었고 무너진 건물들은 없었다. 불쾌한 표정으로 대화를 나누던 아주머니는 공포에 휩싸인 우리를 진정시키려고 노력했다. 이 정도는 아주 약한 것이니 걱정하지 말라 했다. 아주머니에게 미안하고 감사함이 교차하는 인사를 하고 서둘러 숙소로 돌아왔다. 캠프장 키친의 작은 TV에는 지진 피해에 관한 뉴스를 계속 보여주었다. 오늘 지진은 리히터 5.3의 강력한 규모였다. 우리가 느낀 공포에 비해 도시에 별다른 피해가 없어서 다행이었지만, 나는 공항이 폐쇄

되지 않을까? 걱정이었다.

여행 출발 2주일 전쯤, 크라이스트처치에 규모 7이 넘는 대지진이 발생했다. 공항이 폐쇄되고 도시의 많은 부분이 파괴되었다. 비행기가 착륙할 수 없으니 여행을 취소해야 할지도 모르는 상황이었다. 복구작업이 신속하게 진행되어 도시기능이 빨리 정상화되었다. 지진 발생 1주일 만에 공항이 다시 열렸다. 여행은 취소되지 않았다. 지난 보름간 여행 중에 방문했던 다른 지역에서는 지진의 흔적은 전혀 발견하지 못했다. 시간이 흐르는 동안 이곳에 대지진이 일어났다는 사실도 잊고 있었다. 직접 지진을 겪을 줄은 상상하지 못했다. 만약 서울에서 이 정도 규모의 지진이 일어났다면 대참사가 일어났을 것이다. 단층 건물의 크라이스트처치와는 달리 서울의 고층 건물들은 대부분 내진이라는 개념이 없다. 층층이 밀집해서 살고 일을 하는 아파트와 사무실 건물은 지각 변동에 안전하지 못할 것이다. 우리나라는 상대적으로 지진 발생 가능성이 적다지만 오싹한 기분이 든다.

오후 시간이 비었다. 쇼핑몰에서 시간을 보내기 위해 차를 캠프장에서 빼냈다. 돈을 찾기 위해 한참 걸었던 쇼핑몰은 차로 5분 거리였다. 자동차가 빼곡히 주차된 넓은 주차장 한쪽 낮은 건물 내부에 조명은 환하게 켜져 있는데 사람들은 안으로 들어가지 않고 밖에서 서성거렸다. 유니폼 입은 직원들이 근처의 손님들에게 심각한 표정으로 무엇인가를 설명하고 있었다. 유리창 안쪽 실내의 직원들은 청소와 정리에 분주했다. 지진에 건물이 진동하면서 진열대 물건들은 바닥으로 쏟아지고 사람들은 밖으로 대피한 상태였다. 직원은 오늘 영업이 어렵다고 했다. 번거롭게 큰 차를 몰고 나온 보람도 없이 다시 캠프장으로 돌아왔다.

부식 재료를 살 수 없었기 때문에 냉장고에 있는 반찬으로 공동주방에서 저녁 식사를 만들었다. 옆에서 반가운 한국말이 들렸다. 뉴질랜드를 여행하며 처음으로 한국 사람을 만났다. 아내가 무척 반가워했다. 나는 말을 걸기가 겸연쩍어 눈인사만 나누는데 아내는 서슴없이 그들에게 다가가 대화를 나눈다. 겨우 걸음마를 하는 어린 아들과 초등학교 3학년 딸과 여행하는 젊은 부부는 오늘 크라이스트처치에 도착했다고 한다. 어리둥절한 눈빛과 어린아이들을 보니 여행경험은 많지 않을 것이다. 물어보지 않아도 캠핑카 여행은 분명처음일 것이었다. 전기밥솥을 준비하지 않아 캠핑카에 있는 솥에 밥을 하느라 아기 엄마가 진땀을 흘렸다. 얇은 스테인리스 솥에 쌀밥이잘 될 리가 없음을 우리는 잘 알고 있었다. 능숙하게 밥을 하고 반찬을 준비한 후 와인까지 한 잔 즐기는 여유로운 우리 모습이 조금 미안했다. 매번 저렇게 밥을 하려면 고생이 많을 텐데! 호주 여행 일정이 없었다면 우리 밥솥을 빌려주고 싶었다. 지난 3년간의 세계여행에서 일등공신은 단연코 우리의 3인용 소형 전기밥솥이다. 어디를 가더라도 쉽고 빠르게 밥을 해서 입맛에 맞는 아침을 든든하게 먹고나면 점심과 저녁은 생소하고 때로는 이상한 지역 음식도 맛있게 사먹을 수 있다. 아침밥의 힘이 없었다면 아마도 장기간 여행은 상당히 고통스러웠을 것이다. 우리나라 전기밥솥처럼 편리하고 맛있게 밥을 짓는 장치는 세계 어디에도 없다. 아내와 나는 우리 밥솥이 고장 나거나 못쓰게 되면 시골 뒷동산에 비석을 세워 묻어주고 고마움을 표시해야 한다고 했다. 그동안의 노고와 고마움을 생각하면 절대 아무렇게나 쓰레기와 섞어 버리지는 못할 것 같다.

비가 내려 습기 가득한 공기가 묵직하다. 가족들이 잠들고 홀로 깨어 있는 밤, 비 내리는 소리가 아름답다. 위아래 나뭇잎에 겹쳐 부딪히는 소리, 건물 양철지붕과 플라스틱 차 천장을 두드리는 소리, 물웅덩이에 빠져 흩어지는 소리, 차창 유리를 타고 흐르는 소리에 세상의 다른 모든 소리는 소멸한다. 나는 오늘 하루 우리가 보고 겪은 일을 기록하는 작업에 조용히 몰입한다.

Christchurch

아침이 되어도 비가 멈추지 않았다. 비에 젖은 맑고 차가운 공기가 상쾌한 아침이다. 크라이스트처치에서 이틀을 머무는 동안, 200년 정도의 짧은 뉴질랜드 이민 역사 초기의 도시 모습이 남아있는 구도심을 방문할 계획이었다. 미술관, 박물관을 관람하고 미술품 거래로 유명하다는 미술관 옆 벼룩시장을 다녀올 작정이었다. 재래시장에 가거나 도시의 골목을 걷다가 우연히 발견하는 이 나라의 독특한 음식 맛을 보는 즐거움도 빼놓지 않으려 했다. 우리 계획은 지진 때문에 틀어졌다. 시내 중심가는 출입조차 불가능한지 캠프장 사무실에서 다시 한번 물어보았다. 내 질문을 받은 직원은 관광용 지도 위에 형광펜으로 선을 긋기 시작했다. 지도를 좌우로 돌려가면서 고개를 갸우뚱거리며 고민을 하더니 지도 위에 구불구불한 폐합선을 마무리하면서 말했다.

"이 선 안쪽으로 출입이 완전히 차단되어 있어요. 군인들이 경비를 서고 있습니다."

직원이 내민 지도에는 대성당을 중심으로 우리가 가려고 계획했던 박물관과 아트센터 그리고 중심 쇼핑거리를 포함하여 몇 개의 블록이 형광색 선 안쪽에 있었다.

'그럼 어떡하지? 오늘 하루 무엇을 하고 보낼까?'

아트센터에서 열리는 주말 벼룩시장을 구경하고 싶었다. 처음 가보는 도시에서 멋있고 웅장한 현대식 쇼핑몰보다 전통시장은 그곳 사람들의 생활을 가장 실감할 수 있는 곳이어서 언제나 신기하고 흥미롭다. 특히 벼룩시장은 사람들이 사용하던 오래된 물건들과 이색적인 상품들을 많이 구경할 수 있다. 우리나라에는 없는 시장의 형태이기 때문에 여행지마다 꼭 찾아가려고 한다. 신기한 물건들을 구경하고 노점 음식을 먹는 동안 그곳 사람들 일상을 공유할 수 있어서 즐겁다. 실망한 모습으로 난감해하는 내게 직원은 다른 정보를 알려주었다.

"리카튼 경마장에서 오늘 같이 경마가 없는 날에는 벼룩시장이 열려요. 그쪽이 규모는 아트센터보다 더 크니까 실망하지 않을 거예요"

가이드 책자에서 추천방문지로 소개되어 있던 기억이 있다. 그런데 시장이 열리는 시간이 오전 10시에서 오후 2시까지 단 4시간뿐이다. 이미 10시가 가까워지고 있었다. 급히 아이들에게 밥을 먹이고 출발준비를 했다. 그곳으로 가는 버스는 없었다. 캠퍼 밴은 시내 운전이 쉽지 않다. 덩치 큰 차를 운전하면서 우리나라와 좌우가 바뀐 교통신호를 판단하여 복잡한 시내 길을 찾는 일이 불안했다. 사무실 직원에게 택시를 불러 달라고 부탁했다. 10분도 되지 않아 택시가 도착했다. 멋진 콧수염을 기른 중년 백인 택시기사가 친절했다.

"리카튼 마켓을 구경하고 시내 중심가로 갔다가 홀리데이파크로 돌아오도록 해줄 수 있어요?"

우리가 시장 구경을 마칠 때까지 기다려 달라고 부탁했다. 다른 택시를 불러 돌아오는 것보다 그편이 편리했다.

"물론이죠. 구경하시고 나한테 전화하면 금방 데리러 오겠습니다."

기사는 다른 손님을 태우기 위해 도시를 헤매는 수고를 덜었다는 기쁨이 역력했다. 상기된 목소리로 내 제안에 동의하면서 전화번호를 적어주었다.

리카튼 경마장은 15일 전 우리가 크라이스트처치에 처음 도착하던 날 묵었던 모텔의 바로 건너편이었다. 알파벳 철자로 구역을 분리하여 가설 천막으로 만든 가게들이 줄지어 있고 가장 바깥쪽에 먹거리를 파는 노점상들이 에워싸고 있었다. 시장 입구에 들어서자마자 고기 꼬치 굽는 냄새가 아이들과 아내의 발길을 잡는다. 닭고기, 소고기 꼬치 하나씩을 입에 물고 그 옆 미니 팬케이크 가게 앞에 줄은 섰다. 작고 앙증맞게 구운 팬케이크를 한입에 툭 털어 넣었다. 고소하고 달콤했다. 연재는 그래도 자꾸 배가 고프다고 했다. 독일식으로 꾸며진 다음 가게는 핫도그를 팔았다. 기다리는 사람들 줄이 가장 길었다. 아주머니가 혼자 주문받고 핫도그 만들고 계산하면서 정신없이 바삐 움직였다. 우리 차례가 오기 기다려 핫도그를 받아드는 순간이었다. 부슬부슬 내리던 비가 갑자기 소나기로 변하더니 바람까지 거세졌다. 빈 가게 천막 밑으로 몸을 숨기고 비 내리는 시장 풍경을 관찰하면서 핫도그를 먹었다.

이곳 벼룩시장은 소매업을 하는 사람들이 모인 곳이 아니라 그야말로 집에서 쓰던 잡동사니들을 내다 놓고 판다. 쓰레기장으로 가야 할 낡고 가치 없어 보이는 것도 버젓이 가격표를 붙인 체 한자리를 차지하고 있다. 어떤 것은 얼마나 오랫동안 팔리지 않았는지 가격표가 빗물에 벗겨져 한 귀퉁이로 밀려나 있거나 먼지가 수북하다. 액세서리 노점 주인 대부분은 특이하게 이곳과 어울리지 않는 동양인이다. 낡고 촌스러운 상품들이 노점 천막을 받치는 나무 기둥에 세련된 꾸밈없이 아무렇게나 걸려있다. 궂은 날씨에 손님들은 한산하고 빈 가게가 많이 보인다. 가랑비가 소나기로 변해 노점에 내놓은 물건이 빗물에 젖기 시작하자 가게주인들은 얼른 물건을 걷어 시장을 일찍 접고 있다. 나는 창이 넓은 여름 모자를 샀다. 내 머리보다 모자가 컸다. 머리에 걸치지 않고 쑥 들어가 버리고 바람이 불면 모자가 휙 벗겨졌다. 비 오고 바람 부는 날씨에 크기가 맞지 않는 모자는 쓸모없고 거추장스러운 짐이 되었다.

듬성듬성 열려있는 상점을 거의 구경했고 빗속을 다니기 힘들었다. 택시기사에게 전화했다. 5분도 되지 않아 차가 도착했다. 우리 계획을 알고 있는 기사는 시내로 가면 되냐고 물었다.

"예, 시내로 가서 잠시 주변을 구경하겠습니다. 제가 다시 전화하면 데리러 와주세요."

　구도심이 가까워지자 무너진 건물이 보이기 시작했다. 벽돌로 지은 건물들의 피해가 컸다. 대성당 광장으로 이어지는 도로마다 바리케이드로 막아 놓고 군인들이 출입을 통제하고 있었다. 바리케이드 안쪽 상점과 건물 벽과 테라스 이곳저곳이 무너져 위태로워 보였다. 금이 간 쇼윈도우 유리에 테이프를 붙여 파편을 막고 있는 곳도 있었다. 도시에 어두운 기운이 가득했다. 이곳 사람들이 겪었을 공포를 실감하면서 마음이 숙연해졌다. 이런 참상을 구경거리로 여기면서 걷기가 죄스럽게 느껴졌다. 택시를 돌려 캠프장 옆 쇼핑몰로 데려달라고 했다. 장거리 요금에 신바람이 난 기사는 잔돈을 할인 해주며 고맙다는 말을 반복했다.

　오늘 오후 이 쇼핑몰에 뉴질랜드 사람들이 모두 모인 것 같다. 끝이 보이지 않는 일직선의 단층 회랑으로 이어진 쇼핑몰 내부에 인파가 넘쳐났다. 모처럼 사람들을 만나니 기분이 즐거워졌다. 아내와 연재가 영양제와 구두를 사는 동안 윤재와 나는 벤치에 앉아 오가는 사람들을 구경했다. 뉴질랜드의 마지막 만찬을 위해 저녁 재료를 한아름 구입했다. 비는 약해졌고 밤 기온은 차가웠다. 윈드파커의 모자를 눌러쓰고 캠프장으로 걸어 돌아왔다.

　내일은 시드니로 떠나야 한다. 뉴질랜드 캠핑 밴 여행의 무사한 마무리를 축하하며 아껴둔 와인을 아내와 나누어 마셨다.

Sydney

　시드니로 가는 비행기는 오후에 출발한다. 오전에 별다른 일정이 없어 늦잠을 자려고 했지만, 밝아오는 하늘과 비에 섞인 새소리를 의식하면서 잠이 일찍 깨버렸다. 이 도시에 도착하는 날부터 떠나는 오늘까지 하루도 하늘이 개지 않고 비가 내린다. 창문 틈으로 들어오는 흐릿한 여명이 아이들을 깨우지 않도록 커튼 주름을 펼쳐 닫았다. 노트북과 커피를 챙겨 살그머니 차를 나섰다. 발 뒤를 세워 살금살금 까치발을 했지만 걸음마다 차가 출렁거렸다. 문고리를 지긋이 돌려 '딸깍' 문 잠그는 소리가 나지 않도록 조심했다.

　비가 내리고 바람이 불어 기온이 많이 내려갔지만, 공기가 맑아 반바지에 후드티셔츠 차림에도 춥지 않고 상쾌하게 느껴졌다. 이른 아침 캠프장 키친에는 인적이 없다. 이제 막 밝아오는 새벽의 흐린 햇빛이 어스름한 나무 그림자를 길게 만들었다. 나는 등을 켜지 않았다. 어둡게 비어있는 공간의 고요함을 느끼고 싶었다. 바람이 강하게 불었다. 커다란 플라타너스 나뭇잎들이 창밖에 쓸려 다녔다. 실내 바닥에도 나뭇잎 몇 개가 들어와 있었다. 누군가 문을 열고 출입하는 사이 바람에 밀려들었을 것이다. 한동안 창밖의 풍경에 정신이 빼앗겨 있는데 아내가 잠이 덜 깬 눈을 비비며 들어오더니 말했다.

"바깥 공기가 너무 상쾌해. 밖으로 나가요."

기분 좋은 바람이 부는 야외벤치에 앉아 따뜻한 차를 마셨다. 나는 뉴질랜드를 떠나는 아쉬운 심정을 놓치지 않기 위해 노트북 타이핑에 열중했다.

"오래 있으니 춥다. 나 먼저 들어갑니다."

아내가 스웨터로 어깨를 감싸면서 일어섰다. 내 작업을 방해하고 싶지 않았을 것이다. 아내는 항상 그렇게 나를 배려하고 사랑해준다. 밴으로 돌아가는 아내의 뒷모습을 보면서 그녀와 함께한 시간들을 돌이켜 본다.

그녀가 존재하는 삶

9월의 마지막 토요일 아침, 올 넓은 모시 커튼 사이로 아침 햇살이 밝아온다. 창밖 숲에 새소리가 시끄럽다. 지난봄, 부지런한 까치 부부가 침실 바로 앞 느티나무 가지 사이에 집을 지었다. 햇살이 나무 위를 비추기 시작하면 남편 까치가 먼저 나와 볕 잘 드는 나뭇가지 위에 몸을 세워 해바라기를 한다. 까치가 기지개하듯 노래하면 먼 숲에서 꾀꼬리와 박새가 응답한다. 부엉이가 무심한 듯 끼어들고 까마귀가 느리게 지저귀며 날아오른다. 참새 여럿이 분주하게 모여든다. 까치 부부가 날아오르고 다시 내려앉을 때마다 나뭇가지가 출렁이면서 흔들리는 나뭇잎 사이로 부서진 햇빛이 잠자는 아내와 내 얼굴을 간지럽힌다. 흥부의 제비가 아니더라도 새는 좋은 징조라 여긴다. 아침에 듣는 새소리는 오늘 하루도 무엇인가 좋은 일이 있을 것이란 기대로 하루를 시작하게 만든다.

살던 아파트를 판 돈으로 식당을 신축하여 운영하다 빈털터리가 되고 12년 만에 다시 집을 샀다. 집을 팔고 처음 6년 동안은 월셋집을 전전했다. 허다하게 월세가 밀려서 숱하게 이사 다녔다. 가끔은 퇴근 무렵 집주인이 밀린 월세를 독촉하기 위해 문 앞에서 나를 기다리던 시절이었다. 약간의 모은

돈으로 보증금 일부와 월세를 지급하는 형식으로 지금 사는 집 맞은편 아파트에서 4년을 살았다. 숲을 가로막고 있는 이 집을 아내와 같이 건너다보며 돈을 모으면 꼭 저 집을 사자고 다짐했다. 창을 열면 숲이 보이는 집은 아파트가 빽빽한 군락을 이루는 신도시에서 보기 힘들다. 팔려고 내놓은 집이 있는지 수시로 중개인에게 물어보곤 했다. 돈은 없었지만 살고 싶은 집을 구경하면서 열심히 일하고 저축하는 의지를 유지하고자 했다. 전세금이 모이자마자 일단 지금 집을 전세로 빌려 이사했다. 2년을 살고 또 이사를 가야 하나 걱정하는데 집주인이 우리에게 집을 사라고 권유했다. 가진 돈을 끌어모으고 은행 대출을 최대로 받으면 무리하게 사들일 만했다. 계약이 성사되기 직전 젊은 주인 여자가 몇백만 원이라도 더 받아가기 위해 비열한 요구를 했다. 기분은 나빴지만 지난 12년 동안의 바램을 이루려는 순간이었다. 여자의 요구를 모두 들어주고 우리 집으로 만들었다.

그리고 우리는 아침마다 새들의 멋진 노래를 들으며 잠을 깰 수 있게 되었다. 한여름 비바람이 나뭇잎을 스치는 소리를 듣고 추운 겨울날 눈이 수북하게 쌓인 숲과 새순이 돋고 낙엽이 지는 은행나무 단풍나무 소나무 느티나무를 안방과 거실에서 보면서 생활한다. 꽃향기와 숲 향기를 마음껏 맡으며 창문을 열어둔다.

덜 깬 잠의 꿈속인지 깨어난 후의 감각인지 모를 가물가물한 청각과 시각의 반응이 한동안 이어진다. 일어나야 할 시간을 정해 놓은 자명종이 울리면 그제야 몽롱하던 의식이 감각을 완전하게 자각할 수 있는 상태로 돌아온다. 아내가 잠이 깬다. 창 쪽으로 돌아누운 내 등을 팔로 감싸 안는다.

아내는 코를 내 어깨 피부에 밀착하더니 숨을 깊게 빨아들이면서 속삭인다.

"아! 당신 냄새난다. 좋아!"

내 몸에 닿는 아내의 코끝 피부의 물렁한 감촉을 의식한다.

"새들이 또 모였네"

"어제는 두 마리가 창틀 난간에 앉아 내가 침대에 누워있는 방안을 들여다보더라니까!"

침대에서 일어나면서 내 등을 감은 아내의 팔이 풀리면 아내는 아쉬워하며 말한다.

"이렇게 당신 끌어안고 있고 싶은데, 조금 더 있다 일어나지?"

나는 그 말과 내 몸에 닿는 느낌과 나를 들여다보는 눈빛에서 아내의 사랑을 느낀다.

잠옷을 고쳐 입고 방을 나서려는 나를 부른다.

"자기야, 잠깐만, 나 좀 쳐다봐봐"

아내는 자주 내가 그녀와 눈을 마주하여 쳐다보기를 요구한다.

한 달 전이었다. 요가수업에서 주관하는 명상강의에 참여했다. 두 명이 한 조가 되어 서로의 마음을 격려하고 명상에 집중하도록 수업이 진행되었다. 대부분 참가자가 여자였기 때문에 나는 삼 십 대 초반의 아가씨와 한 조가 되었다. 수업에서 가장 많이 요구하는 행동은 상대의 눈을 쳐다보는 것이었다. 서로 눈을 쳐다보고 명상을 하면서 내 마음의 변화를 고백하도록 요구했다. 낯선 여자와 민망한 상황이 반복되면서 문득 깨달았다.

'아내의 눈을 이렇게 쳐다본 기억이 언제지?'

돌이켜보면 서로 눈을 응시하는 것은 일상에서 흔하지 않은 행위다. 누군가와 질문과 답변이 오고 갈 때 눈을 보게 되지만 그것은 질문과 답변의 대상이 당신이라는 표시에 지나지 않는다. 상대를 감성적으로 의식하면서 눈을 마주 보는 행위는 신체적 접촉이나 말의 표현보다 어떤 면에서는 더 확실하게 사랑의 감정을 교감하는 행동이다. 눈을 봐 달라는 아내의 요구는 말과 행동으로는 다 표현하지 못하는 남편에 대한 사랑을 느끼라는 요구이다. 나는 아내의 눈동자를 들여다보는 순간 그 마음을 바로 깨닫는다.

주방에 불을 켜고 물을 끓이고 커피콩을 갈아 드리퍼에 붓고 그 위에 뜨거운 물을 조금씩 흘려 붓는다. 고소하고 달콤한 향기가 커피가 흘러내리는 병을 보고 있는 내 코끝을 지나 고요한 거실의 서늘한 공기를 따라 집 안 구석구석 퍼진다. 싱크대 서랍을 열어 그날 기분에 어울리는 잔을 고른다. 여행을 갈 때마다 아내가 모은 커피잔들이 받침에 가지런히 엎드려 있다. 오늘은 손잡이가 작아 엄지와 검지 끝으로 살짝 잡아야 하는 깊이가 얕고 푸른 넝쿨무늬가 그려진 잔을 골랐다. 잔을 뜨거운 물로 살짝 헹구어 따뜻하게 데우고 커피를 따라 식탁에 내려놓고 아내를 불렀다. 흐트러진 머리칼을 뒤로 묶으면서 아내가 식탁 의자에 앉았다.

"아! 커피 향 좋다. 당신이 내려준 커피가 이 세상에서 제일 맛있어!"

아내는 매일 같은 말을 잊지 않고 반복한다. 나는 겸연쩍게 웃으면서 읽던 책을 펼쳤다. 우리나라 작가 처음으로 맨부커상을 받은 소설은 이야기가 무겁고 작가의 의도가 난해했다. 나는 맨부커상이라는 권위가 부여한 문학성과 독자로서 느끼는 감동 사이의 넓은 간극을 메꾸기 위해 며칠을 고생하고 있다.

커피를 반쯤 마신 아내는 아이를 깨우러 가고 나는 소설이 추잡한 치정으로 흘러가는 대목에서 혼자 화를 낸다.

"자기야! 이리와서 당신이 깨워야겠어. 애가 오늘은 유독 못 일어나네, 이러다 학원에 늦겠다."

엊저녁 자정이 훨씬 넘은 시간 독서실에서 데려다 놓은 우리 고3 둘째는 학원에 가기 위해 너덧 시간을 자고 일어나야 한다. 피곤한 아이는 아침마다 눈뜨고 의식을 찾는 과정이 늘 힘겹다. 아내가 부르는 소리에 책을 덮고 아이 방으로 갔다. 아내는 침대에 걸터앉아 아이의 머리를 쓰다듬더니 이마에 입을 맞춘다. 고생하는 아이가 애처로운 마음과 학교에 늦지 않게 보내야 한다는 다급함이 교차하는 아침이다. 십 분이라도 일찍 깨워 아침밥을 먹여 보내고 싶지만 애처로운 엄마는 아이를 깨우는 시간이 길어져서 느긋하게 밥 먹을 시간이 없어진다. 계획보다 십 분 이상 늦게 일어난 아이는 시간을 줄이기 위해 엄마가 준비한 따뜻한 밥은 거부하고 시리얼이나 빵으로 급히 아침을 때운다. 아이가 먹는 동안 옆에 앉

뉴질랜드 호주 _____

은 엄마는 아이의 머리나 손을 쓰다듬으며 안타까운 마음을 달랜다.

점심을 먹고 소파에 비스듬히 누워 긴 이야기가 지루해져 미뤄두었던 토지를 읽는다. 최서희의 양녀 양현이 오빠로 지내던 윤국과의 혼인 제안에 갈등하는 상황을 상상하면서 스르륵 잠이 들었다. 아내가 얇고 부드러운 이불을 장롱에서 꺼내 내 얕은 잠이 깨지 않도록 조심스럽게 내 몸을 덮어준다. 나는 인기척을 느끼고 몸을 움츠리면서 잠이 깬다.

"깼어? 미안해, 안 깨우려고 조심했는데, 추울까 봐?, 이불 덮어주려고 했지, 더 자, 더 자"

아내의 사랑이 담긴 이불을 어깨 위로 말아 올리며 행복한 낮잠을 더 청했지만 잠은 오지 않는다. 기지개를 켜며 몸을 일으켜 세워 앉았다.

건조해진 피부를 이완하기 위해 손바닥으로 얼굴을 문질렀다. 손톱이 웃자라 있다.

"여보, 손톱 깎아줘"

나는 결혼 후 손톱을 스스로 깎아 본 적이 없다. 결혼 전도 마찬가지였다. 손톱 깎는 일은 엄마가 해주었다. 엄마는 늘 차갑고 무서웠다. 나를 안아주거나 내 머리를 쓸어주면서 가난하고 외롭게 자라는 아이를 안타까워하거나 사랑하는 마음을 표현하는 일은 없었다. 물론 말로 표현하지도 않았다. 나는 항상 엄마가 나를 사랑하지 않는다고 느끼며 자랐다. 엄마의 힘겨운 삶에 내가 또 하나의 짐이 되고 있지는 않은지 불안해하면서 유년 시절을 보냈다. 손톱을 깎기 위해 내 손가락이 엄마의 손에 잡혀있는 그 시간 동안만은 달랐다. 엄마는 내 손가락을 잡고 조심스레 방향을 바꾸어가며 정성스럽게 손톱을 손질해 주었다. 가끔은 내 얼굴을 바라보면서 얇은 한숨을 내쉬기도 했다. 나는 그 순간 전해지는 엄마의 체온과 눈빛에서 잠깐동안 엄마의 사랑을 느꼈다. 나는 엄마의 사랑을 확인하기 위해 절대 스스로 손톱을 깎지 않았다. 엄마가 바쁘고 기분이 좋지 않아 손톱 깎아달라 부탁할 분위기가 아니면 나는 손톱이 한참 웃자라도록 내버려 두었다. 내가 깎아버리면 엄마의 따듯한 체온과 사랑스러운 눈빛을 느끼는 행복한 순간이 한 번 사라지기 때문이었다.

아내를 반려자로 결정하면서 제일 먼저 부탁한 일은 손톱을 깎는 일이었다. 아파트 단지 한쪽 잔디밭에 앉아 시간을 보내고 있을 때 미리 준비한 손톱깎이를 내밀며 손톱을 깎아달라 부탁했다. 아내는 아무런 거부감없이 손톱깎이를 받아들었다. 아내가 내 손을 유심히 들여다보고 손톱을 손질하는 모습을 보면서 나는 이 여자에게 내 엄마 역할을 맡겨도 되겠구나! 확신했다. 아내는 손톱을 깎고 튀어나온 모서리를 정성스럽게 사포질해주었다. 동작을 멈추고 내 얼굴을 쳐다보면서 웃어주었다. 이상한 일을 부탁한다는 거부감보다 지극히 사적인 일도 같이하는 우리 관계를 기뻐하는 듯 보였다. 아내가 내 손톱을 깎는다. 아내의 체온과 미소에서 나는 여전히 엄마의 사랑을 그리워한다.

무료한 주말 오후를 보내기 위해 텔레비전을 켰다. 우리 집에는 지난 20년 동안 텔레비전이 없었다. 결혼하면서 아내가 장만한 브라운관 텔레비전이 5년 만에 고장 나 버린 후 새것을 사지 않았다. 텔레비전이 없는 집은 무료하다. 무료한 시간은 아내와 아이들과 같이하는 시간으로 변한다. 이야기하고 산책하고 책을 읽는다. 식사를 빨리 끝내고 식사 전 보고 있던 드라마를 놓치지 않기 위해 텔레비전 앞으로 뛰어가는 일도 없다. 온 가족이 모인 식사시간은 느긋해지고 저녁 밥상에서 마주 보고 대화를 나누면서 아내와 남편, 아이와 부모 사이의 일상을 공유한다. 한 방향으로 앉아 의미 없는 내용을 보면서 대화 없이 무료한 저녁 시간을 보내다가 잠자리에 들지 않는다. 늦은 밤까지 채널을 반복해서 돌리며 잠을 쫓다 허탈하게 하루를 마무리하지 않아도 된다. 텔레비전 대신 좋은 오디오를 장만했다. 좋은 음악을 듣고 행복에 빠진다. 퇴근 후 산책하고 운동할 시간이 생겼고 아침에 일찍 일어나 글쓸 시간도 생겼다. 아내와 여행계획을 짜며 시간을 보내고 다녀온 여행지의 사진과 영상을 보며 추억에 젖기도 한다. 텔레비전이라는 물건에 익숙하지 않은 아이들은 자연스럽게 자신만의 시간을 보내는 방법을 배운다. 입시 준비를 하기 전까지는 책을 많이 읽었고 음악과 미술을 배울 시간이 생겼다. 텔레비전 앞이 아니라 식탁에 앉아 엄마 아빠와 대화하는 시간을 자연스럽게 여긴다. 텔레비전의 부재는 우리 가족을 행복하게 만든 중요한 환경이었다. 연재가 대학에 가고 윤재가 고3이 되어 집에 있는 시간이 줄어들면서 혼자 보내는 시간이 많아진 아내를 위해 20년 만에 텔레비전을 장만했다. 벽에 붙어있는 커다란 화면을 이용하여 아이들과 최신 영화를 보거나 오디오 못지않은 음질로 연주 영상과 함께 음악을 듣는다.

내가 유투브와 연결한 텔레비전의 큰 화면으로 이집트 여행 다큐멘터리를 보면서 피라미드를 설명하는 장면에 몰입하고 있을 때, 주방에서 빨래하던 아내가 물었다.

"자기야, 시끄럽지?"

세탁기 돌아가는 모터 소리가 들리긴 했지만 나는 크게 신경 쓰이지 않았다.

"괜찮은데?"

"당신 좋아하는 프로그램인데 세탁기 소리가 방해될까 봐."

아내는 세탁실의 문을 닫으며 소리를 줄이려고 노력했다.

"세탁은 당신 없을 때 해야겠다. 시끄러워서 당신 좋아하는 이야기 잘 안 들리겠다."

문을 닫아도 들리는 모터 소리에 아내는 아예 세탁기 작동을 멈추면서 말했다.

저녁 메뉴는 윤재가 좋아하는 미역국이다. 아내는 미역국을 끓일 때면 재료를 달리해서 두 가지 국을 준비한다. 아이는 고기가 들어간 국물을 좋아하고 나는 해산물이 우러난 기름기 없는 시원한 국물을 좋아한다. 솥을 나란히 올리고 아이의 국과 내 국을 따로 끓여 내온다. 아빠가 식탁에 앉을 때까지 아이들을 기다리게 한다. 내가 사용할 수저를 가지런하게 놓이도록 바로잡는다. 식탁 중앙에 밥그릇과 국그릇이 정확하게 놓이도록 위치를 바꾼다. 내가 식사하는 동안 반찬을 가까이 밀어주고 내 입맛에 짜고 맵지 않은지 걱정한다. 아내의 정성이 들어간 식사는 언제나 맛있다. 식사 준비를 끝내고 앞치마를 두른 아내가 마지막으로 식탁에 앉는다. 부족한 반찬을 가져오고 흘린 국물을 닦기 위해 행주를 가져오고 입 닦을 냅킨을 가져오고 마실 물을 가져오느라 가족이 식사하는 동안 아내는 식탁과 주방을 계속 오간다. 식사를 마치고 고마운 마음에 내가 설거지라도 할라치면 나를 밀치면서 아내가 말한다.

"회사일 하느라 애쓰는데, 집안일은 내가 합니다. 과일 깎아 낼 테니 텔레비전이나 보세요."

과일을 텔레비전 앞 탁자에 가져다 놓고 설거지를 끝낸 아내가 내 옆 소파에 앉는다.

"나는 가족들이 같이 식사하면서 서로 이야기하고 당신하고 아이들이 이렇게 텔레비전 보면서 재잘거리는 소리 들으면서 설거지할 때, 제일 행복해. 이렇게 살게 해주고 집안 분위기를 만들어준 당신한테 항상 고마워."

텔레비전을 보던 아이가 내용이 궁금한 점을 물어와 내가 대답해주면

"얘들아, 아빠는 모르는 게 없어! 그지"

아침에 출근하려 옷을 입으면

"당신 너무 멋있다. 우리 신랑 진짜 멋지게 늙는단 말이야!"

내가 신발을 신고 출근 준비가 모두 끝날 때까지 아내는 현관 중문이 닫히지 않도록 붙들고 기다린다. 아이들을 불러

아빠에게 인사를 시키고 출근하는 나를 안아준다. 문을 열고 나가는 나를 향해 손을 흔들면서 말한다.

"수고해요."

내가 무심코 손을 흔들어 응답하면

"내 얼굴 보고 인사해야지"

일을 마치고 퇴근하면 저녁 준비를 하던 아내가 앞치마를 두른 체 현관으로 나를 마중 나온다.

"오늘도 수고했어요. 오늘 일은 잘 해결했어요"

가방과 커피 텀블러를 받아들고 내가 신을 벗고 들어올 때까지 기다린다.

샤워를 마치고 식탁으로 오면 아내는 그날 하루 만난 사람과 일어난 일을 시시콜콜 전해준다.

회사에서 반년 동안 준비한 프로젝트 수주 여부를 발표하는 날이었다. 수주에 실패하면 회사가 큰 어려움에 빠질 것이다. 나는 불안했다. 손이 떨리고 두통이 일어났다.

나는 어떤 일이 내 계획대로 풀리지 않거나 목적을 이루지 못했을 때 그 결과에 따르는 위험이 실제보다 과장되게 느껴지면서 심각하게 불안해진다. 불안하면 울적해지고 화가 치밀어 올라서 내 마음을 통제하는 데 어려움을 겪는다. 나의 불안은 스스로 마음을 굳게 가진다고 해결할 수 없는 병이 되었다. 심리 상담을 받고 항불안제를 먹는다. 부모의 사랑을 갈구했던 유년 시절과 사업에 실패하면서 얻은 심리적 충격이 원인이라 추측하지만 정확한 이유는 알 수 없다.

내 불안을 알아차린 아내가 묻는다.

"왜, 또 마음이 안 좋아?"

"응, 불안해서 약을 먹었는데, 진정이 안 되네."

만족스러운 내용의 연구계획서를 제출했고 프리젠테이션을 훌륭하게 마쳤지만, 우리와 경쟁하는 상대는 우리 회사의 경력과 비교할 수 없는 명성을 가진 국책 연구기관이었다.

정오쯤 프로젝트 주관기관으로 우리 회사가 선정되었다는 통보를 받았다. 발표 시간이 지나서 아내가 내게 전화했다. 수주에 실패한 것으로 추측한 아내가 조심스럽게 말했다.

"자기야, 나 이제, 그만 호강해도 돼. 그동안 당신 덕분에 충분히 호강했잖아. 당신이 잘못되어서 가난하게 살아도 나는 맞출 수 있어. 그러니까 마음 편하게 가져"

나는 눈물이 났다.

퇴근해서 사실을 알렸을 때, 아내는 내 목을 껴안고 환호했다.

"난, 당신이 해낼 줄 알았어! 수고했어요, 고마워, 축하해요. 애들아! 아빠가 성공했어. 빨리 나와서 축하드려"

아내가 매력적이라는 사실은 배우자로서 만족뿐만 아니라 내 사회생활과 사업 발전에 적지 않은 도움이 된다. 아내의 매력은 내 친구들과 나와 사회적 이해관계가 있는 사람들에게 내 능력을 돋보이게 한다. 우리 부부는 친구들이나 회사 일에 도움을 주는 사람들과 모임을 자주 갖는다. 아내는 진심으로 그들을 좋아하고 만남을 즐긴다. 상대를 배려하고 친근감 있는 말을 사용하며 상대의 말에 적극적으로 호응한다. 아내는 아름답다. 상대는 아름다운 아내에게 쉽게 매력을 느낀다. 아내는 소박하고 순수하다. 상대가 부담스럽거나 조심스럽지 않게 아내를 대하도록 이끈다. 아내와 함께 하는 모임은 항상 즐겁다. 그들과 우리는 가족처럼 끈끈한 인간애를 느끼며 다시 만나기를 기대한다. 취향이 까다로운 사람이거나 성격이 날카로운 사람이라도 아내에게 매력을 느끼지 않는 사람은 드물다. 아름답고 순수한 아내는 남편도 매력적으로 만든다.

나의 소망은 죽는 날을 아는 병으로 죽는 것이다. 고마운 이들에게 감사하고 미워했던 이들에게 용서를 구하면서 이별을 준비할 것이다. 남은 가족들이 나를 기억하도록 글을 남길 것이다. 멋진 작별인사를 남기고 내가 온 우주로 돌아갈 것이다. 아내보다 조금 일찍 돌아가면 더 좋겠다. 아내를 먼저 보내는 그 슬픔을 나는 이겨낼 자신이 없다.

광대한 우주, 그리고 무한한 시간,
이 속에서 같은 행성, 같은 시대를
아내와 함께 살아가는 것을 기뻐하면서.
우리는 함께 여행한다.
지상의 여행이 모두 끝나면 영원한 우주 속으로 같이 돌아간다.
아내의 아버지가 돌아가신 날, 나의 아버지가 애도를 위해 장례식에 참석하셨다. 돌아가신 장인의 영정 앞에 무릎을 꿇어앉은 아버지가 말씀하셨다.

"사돈, 잘 가시오. 명애, 우리한테 남겨주고 가서 고맙소."

아침 식사를 준비하는 사람들이 모여들어 실내가 점점 소란스러워질 즈음 나는 밴으로 돌아왔다.

아이들을 깨우고 떠날 준비를 시작했다. 흩어져있는 물건들을 정리하여 가방에 담는 것이 우선이었다. 집에서 출발할 때처럼 품목별로 정리하려니 시간이 너무 걸렸다. 오후에 시드니에 도착하면 다시 짐을 풀어 6일 동안 같은 호텔에 머물 계획이다. 꼼꼼하게 정리할 필요 없이 가방에 들어가도록만 짐을 꾸렸다. 차의 오물을 덤핑하고 지난 15일 동안 침대로 사용하던 뒷좌석을 원래 테이블 형태로 접었다. 시간이 어느덧 정오에 다가가고 있었다.

밴을 반납할 회사 주소가 내비게이션에는 없는 장소로 표시되었다. 몇 번의 실패 끝에 번지가 비슷한 장소를 입력하여 공항 근처로 갔다. 지시대로 따라갔더니 인적없는 화물터미널 앞 공터였다. 내비게이션은 무시하고 처음 도착해서 밴을 빌릴 때 기억을 더듬었다. 도로 옆의 간판에서 회사 로고를 발견하기 기대하며 공항 주변 도로를 무작정 뒤졌다. 도심에서 벗어난 한적한 공항 주변에 건물들은 많지 않았다. 얼마 가지 않아 반납장소를 찾았다. 간단히 차를 점검하고 열쇠를 돌려주면 끝이라 생각했다. 대기하는 사람도 세 명뿐이었다.

느긋하게 공항에 도착할 수 있겠구나! 생각하고 내 차례가 되기를 기다렸다. 컴퓨터를 타이핑하던 직원이 고개를 갸우뚱하며 심각한 표정이더니 차로 뛰어가 무엇인가 확인하고 다시 돌아와 모니터를 들여다보며 서류를 살폈다. 한 사람의 반납처리 시간이 30분 이상 소요되었다. 기다리는 사람 수와 시간을 곱해보니 비행기 출발시각을 맞추기 힘들었다. 드디어 내 차례가 되었는데 직원이 다른 사람으로 바뀌었다. 앞서 입력 작업을 진행했던 남자 직원의 서류를 넘겨받은 아가씨는 처음부터 절차를 다시 했다. 출국 수속 시간이 부족할까 불안해졌다. 반납절차가 끝나고 차 열쇠를 돌려주었다. 찜찜한 문제가 하나 더 남아있었다. 카이코라에서 경찰에게 받은 범칙금은 어떻게 처리하면 되는지 직원에게 물었다. 벌금을 내지 않으면 혹시 출국 심사에 문제가 되지 않을까 걱정이었다. 내 질문을 받은 직원은 옆에 선 나이 지긋한 남자 직원과 상의하고 모니터를 확인하더니 150불 벌금에 자기들이 대신 처리해주는 비용 35불이 추가된다고 했다. 벌금 내는 비용이 필요하다니? 터무니없는 말이었지만 그들의 규정이 그렇다니 어쩔 수 없었다. 가지고 있는 현금은 50불 정도가 전부였다. 신용카드가 없는 우리는 만일의 경우를 대비하여 아내의 오빠에게 빌려온 신용카드를 내밀었다. 이 나라에서는 신용카드를 쓸 때 항상 비밀번호를 입력하는 키보드를 내민다. 카드 비밀번호를 묻는 일이 없는 우리나라에서는 카드 소유자조차 대부분 비밀번호를 기억하지 못한다. 한국을 떠나는 날 홍콩공항에 기착했을 때 형님에게 국제전화를 걸어 비밀번호를 물었다. 역시 정확하게 기억하지 못했다. 세 가지 숫자조합을 불러주며 그중에 하나라고 했다. 사용할 급한 상황이 없으리라 추측했고 실제로 한 번도 신용카드를 사용하지 않았다. 메모한 비밀번호를 꺼내 키보드를 눌렀다. 세 가지 모두 맞는 번호가 아니었다. 당황한 내게 직원은 서명으로 결제승인을 할 수 있다고 했다. 내 사인을 했더니 카드 뒷면의 서명과 다르다는 사실이 드러났다. 비행기 체크인 시간이 가까워지고 있었다. 빨리 방법을 찾아야 했다. 비행기 출발 90분 전이 마지막 체크인이었다. 터미널로 가서 일단 탑승 체크인을 하고 ATM에서 돈을 찾아 다시 돌아오기로 했다. 직원은 의심스러운 표정이었지만 다른 방법이 없었다. 셔틀버스를 타고 터미널로 향했다. 운전 기사에게 기다려달라고 부탁하고 시드니로 가는 체크인을 마쳤다. 현금을 찾아 셔틀을 다시 탔다. 정확하게 출발 90분 전이었다. 캠퍼 밴 사무실로 돌아왔다. 직원에게 돈을 내밀었다. 아가씨가 돈과 서류를 들고 사무실 안쪽으로 갔다 오더니 운전면허가 한국 것이어서 자신들이 대신 납부할 수 없다고 했다. 터미널 내의 경찰서에 직접 내거나 뉴질랜드에서 범칙금을 경찰 대신 받아주는 은행은 웨스트팩 은행이 유일하니 은행 지점을 찾아 납부해야 한다고 알려주었다. 그 은행이 공항에 있냐고 물었더니 있을 것 같은데 정확하지 않다고 말했다. '빌어먹을' 욕지거리가 저절로 튀어나올 만큼 화가 치밀어 올랐지만 그들의 잘못을 따질 영어 실력이 짧았고 떠날 시간이 임박한 상황에서 더는 지체할 수도 없었다. 가족들이 터미널에서 내가 돌아오기만을 불안하게 기다리고 있을 것이다. 양 손바닥을 하늘로 하고 어깨를 들썩 이며 화를 표시했다. 직원은 오히려 미소를 지으며 별일 아닌 듯 "Sorry" 한마디 뿐 이었다. 자신들의 엉성한 업무처리 때문에 고생시켜서 미안하다는 뜻이 아니었다. 바쁘게 움직이는 내 모습이 안타깝지만, 자신과 상관없는 일이라는 의미였다.

터미널로 돌아왔다. 공항 안내직원에게 웨스트팩 은행이 터미널 내에 있는지 물었다. 은행은 없고 ATM은 있다고 말했다. 경찰서라고 알려준 장소에는 경찰관은 보이지 않았고 책상 위에 경찰 마크가 붙어있는 하얀 전화기 한 대가 놓여있었다. 전화기 옆에는 폴리스 직통전화이므로 위급한 일이 아니면 수화기를 들지 말라는 경고가 붙어있다. 전화기를 들었다. 한참 동안의 발신 신호 후에 누군가 전화를 받았다. 범칙금은 경찰서에서 직접 받지 않는다고 말했다. 나는 지금 다른 나라로 떠나는데 어찌해야 하는지 물었다. 고향으로 돌아가서 고지서에 적혀있는 뉴질랜드 은행에 뉴질랜드화로 송금하면 된다고 알려 주었다. '이런! 빌어먹을! 범칙금 고지는 해놓고 지정된 날짜 이전에 내라고 하면서 범칙금 납부가 이렇게 어렵다니!' 아내와 아이들이 불안하게 나를 기다리고 있고 비행기 탑승시간이 다가오고 있었다. 출국에는 문제가 없다고 하니 한국에서 해결하기도 했다. 캠퍼 밴 사무실에 이런 경우가 자주 있을 것이다. 한국에서 처리하면 되고 출국에 문제없다고 알려주었으면 고생은 하지 않았을 것이다.

화가 치밀었다. 소위 선진국을 방문하면 사람들이 무척 다정하고 다른 이를 배려하는 에티켓에 감동하는 경우가 많다. 그런데 유독 공적인 업무처리는 느리고 불친절하면서 절차가 명확하지 않다. 어디서나 한 시간의 대기시간을 각오하고 있어야 한다. 혹시 매뉴얼에 없는 상황이 발생하면 업무는 하염없이 길어진다. 일상에서 만나는 그들과 업무로 만나는 그들은 너무 다른 사람들이다. 아름다운 자연과 함께 한가로운 삶을 사는 뉴질랜드 사람들은 항상 바쁘게 움직여야 하는 우리와 다르게 다급한 일상을 만날 일이 거의 없을지도 모른다. 급하지 않아도 삶은 문제 없이 흘러가고 자연은 언제나 그들을 기다려준다.

시드니로 가는 에어뉴질랜드 항공의 비행 안전 브리핑은 유머가 넘친다. 모니터에 머리가 벗겨진 못생기고 땅딸막한 중년 아저씨가 컬러플한 숏팬츠 차림으로 나타나 우스꽝스러운 춤을 춘다. 뉴질랜드에서 유명한 코미디언이란다. 구명조끼를 입은 승무원이 비행기 복도에 서서 승객들과 민망한 시선을 맞추지 않기 위해 한 곳에 시선을 고정하고 무미건조하게 진행하는 비행 안전 브리핑을 재미있는 노래로 만들어 부른다. 승객들은 출발부터 즐겁다.

비행기가 순항고도로 상승했다. 승무원들이 서비스 준비를 위해 분주해졌다. 식사 준비를 알아차린 아이들은 배가 고팠다. 승무원들이 앞자리부터 식사를 나눠주기 시작했다. 그런데 분위기가 조금 이상했다. 건너뛰는 사람이 더 많다. 몇몇 사람들은 메뉴판을 보고 있고 신용카드를 내민다. '아! 음식을 사 먹어야 하는구나!' 메뉴는 단순하고 가격은 비쌌다. 3시간 후 시드니에 도착하면 맛있는 식사를 하자고 아이들을 달랬다. 메뉴판에서 마음에 드는 음식을 발견하지 못한 아이들도 순순히 동의했다. 편도에 100만원이 넘는 적지 않은 요금에 식사가 포함되지 않다니! 우리 정서로는 당황스럽다. 식사하는 옆 승객을 외면하고 있으려니 비행기를 공짜로 얻어 탄 것처럼 민망했다.

비행기 여행에 익숙한 아이들은 3시간 정도 비행은 가뿐하게 여겼다. 심심할 틈도 없이 태즈먼해를 횡단하여 시드니에 도착했다. 쌀쌀한 늦가을 분위기의 크라이스트처치에서 후끈한 무더위로 순식간에 바뀐 시드니 날씨를 느끼면서, 우리가 이 행성의 새로운 대륙에 도착했다는 사실을 실감했다. 입국 수속을 마치고 가로등 불빛이 환한 터미널 밖 거리로 나왔다. 오후 5시에 거리가 벌써 어둑어둑했다. 겨울을 맞이하는 남반구는 낮이 매일매일 짧아지고 있었다. 공항에서 시내 중앙역까지 직행하는 에어포트링크 열차는 네 개 정거장을 이동하는 요금이 항공탑승객 할인해서 40불이었다. 인천공항과 서울역을 연결하는 전철요금을 정확히는 모르겠지만 4인 가족이면 만원을 넘지 않을 것이다.

호주를 여행지로 정하고 이 나라의 여러 분야에 관심을 가지기 시작했을 때, 세계 각국의 사회기반 시설 운영을 민영화해서 발생하는 문제점을 다루는 기사가 있었다. 이용자로서 대체재가 없는 공항, 상하수도, 전기 등을 사기업이 수익 수단으로 이용하면 어떤 일이 벌어지는지 알려주는 내용이었다. 우리나라 인천공항 민영화를 추진하는 정신 나간 대통령의 터무니없는 정책을 비판하는 근거였다. 시드니 공항이 나쁜 사례의 하나였다. 주차요금, 공항접근 교통요금, 비행기 계류요금, 공항이용료 등이 공영일 때 비하여 엄청나게 인상되어 허브공항으로서 경쟁력을 떨어뜨릴 뿐만 아니라 이용자들 비용은 상승하고 공항운영권을 가진 글로벌 헤지펀드의 배만 불렸다. 여론의 뭇매를 맞은 우리 정부는 공항 운영 선진화가 목적이라며 공항 지분을 쪼개 일부를 글로벌 투자사에 매각하는 꼼수를 시도하였다. 이미 5년 연속 세계 공항서비스 1위를 차지하고 있는 인천공항 어떤 부분의 선진화를 의미하는지 설명하지 못했다. 정부의 계획대로 실현된다면, 환경을 파괴하고 아무런 편익이 없는 강바닥 파헤치는 사업에 20조 이상의 돈을 퍼부어 엉뚱한 사람의 배를 불릴 의도가 분명한 4대강 사업과 함께 지도자의 편협한 이기적 고집이 나라를 얼마나 망칠 수 있는지 역사에 남을 사례가 될 것이다.

소크라테스는 말했다.

"국민의 이익이 아니라 개인의 이익을 추구하는 지도자는 강도와 다르지 않다."

에어포트링크 열차는 중간층의 열차 출입구에서 반 층 아래 1층과 반 층 위 2층으로 객실이 분리된 독특한 구조였다. 시드니 중앙역까지 40분 정도 소요되었다. 복잡한 플랫폼에서 출구를 찾기 위해 대합실 벽에 붙은 출구안내도와 내가 가지고 있는 시드니 시내 지도를 번갈아 비교해가며 빠져나왔다. 완전히 어두워진 거리가 사람과 차로 복잡했다. 한동안 사람 없는 곳에서 지냈던 우리는 번잡한 도시가 낯설게 느껴졌다. 시드니에서 지낼 호텔은 중앙역에서 1km 떨어진 월드스퀘어 건물 맞은편에 있다. 택시를 타려니 여행 가방 5개가 자동차 트렁크에 들어가지 않았다. 지하철은 계단을 오르내리는 일이 만만치 않았다. 걷기로 했다. 아내와 아이들에게 가방 하나씩을 맡기고 나는 큰가방 위에 작은 가방을 끈으로 묶어 같이 끌었다. 후덥지근한 날씨에 평평하지 않은 인도를 따라 가방을 덜컹거리며 끌고 가느라 온몸이 땀에 흠뻑 젖었다.

　여행을 처음 계획할 때는 장기간 뉴질랜드 캠퍼 밴 여행 피로를 풀기 위해 시드니에서는 말과 정서가 통하는 편안한 한인 민박을 이용하려고 했다. 그러나 우리가 찾은 곳은 시내에서 먼 거리에 위치하였고 아침밥을 제공하지 않았다. 화장실과 샤워실을 다른 여행객들과 공용하는 시설이어서 아내와 연재는 매우 불편한 곳이었다. 호텔예약사이트에서 도심에 있는 적당한 가격의 호텔을 찾았다. 지난 유럽여행 중에 몇 번 만족스럽게 이용한 경험이 있는 호텔 브랜드였다. 같은 호텔에 머물면 짐을 챙겨서 옮기고 다시 풀고 할 수고가 필요없고 관광을 마치고 돌아오면 매일 깨끗하게 방이 정리되어 있을 것이다. 한가지 문제가 있었다. 비지니스호텔인 이곳에는 4인용 방이 없었다. 방 두 개를 예약해도 아이들을 따라 재우지 못할 것이고 비용도 더 든다. 싱글침대가 2개 있는 방 한 개를 예약했다. 싱글이라 하더라도 대체로 우리나라보다 침대가 커서 한 침대에 한 아이씩 데리고 자면 문제없으리라 판단했다. 네 명이 같이 호텔에 들어서면 추가 요금을 요구하거나 방을 하나 더 얻어야 할 수도 있다. 우리 가족 여행에서 항상 그랬듯이 나와 연재가 먼저 들어가 체크인을 했다. 방을 배정받고 연재를 먼저 데려다 놓은 후 호텔 밖에서 기다리는 아내와 윤재를 데리고 들어가면 된다. 눈치 빠른 호텔 직원이라면 금방 들통날 일이다. 독일에서 한 번 들켜서 방 한 개를 더 얻어 비워두었던 일을 제외하면 매번 성공한 수법이다. 작고 낡은 엘리베이터를 내리자 호텔복도에서 쾌쾌한 곰팡냄새가 풍겼다. 내가 상상했던 깔끔하고 편안한 숙소가 아닐 수 있다는 걱정이 생겼다. 11층 복도 끝 방문을 열고 열쇠고리에 키를 꽂아 실내조명을 켜고 방으로 들어갔다. 침대가 화장실 벽에 가려 잘 보이지 않았다. 큰 가방을 밀고 들어가기 위해 문을 활짝 밀어젖히자 조그만 침대 2개가 방안을 꽉 채우고 있는 상태가 보였다. 예상과 달리 침대가 덩치 큰 성인이 혼자 눕기에도 부족해 보이는 정말 저스트 싱글 크기였다. 작은 탁자를 가운데 두고 나란히 놓여있는 침대를 제외한 공간은 여행 가방을 다 들여놓지 못할 만큼 좁았다. 어이가 없어 침대에 걸터앉아 멍하니 있다가 호텔 밖에서 기다리는 아내와 윤재 생각이 났다. 잠시 후 방으로 들어온 두 사람도 방의 구조와 크기를 보고 헛웃음을 지었다. 짐을 풀어놓을 공간이 없었다. 당장 입을 옷만 몇 가지 꺼내고 가방은 풀지 않고 그대로 두었다.

새로운 도시에 도착하는 날은 대체로 출발지에서 아침 일찍 출발하고 온종일 비행기나 자동차에 앉아 이동하는 일이 대부분이다. 관광하는 날에 비해 몸이 덜 피곤하고 저녁 시간에 여유가 생기기 마련이다. 그래서 대개는 아이들을 일찍 재우고 아내와 낯선 도시의 밤거리를 여유롭게 산책하도록 계획한다. 하지만 오늘은 크라이스트처치공항에서 있었던 소란 때문인지 아내가 옷을 갈아입는 동안 침대 옆 의자에 앉아 나도 모르게 고개를 떨구며 졸 정도로 몸이 피곤했다. 아이들을 챙겨 저녁을 먹으러 나가야 하는데 그냥 드러눕고 싶은 마음이 간절했다. 아이들은 호텔에 남겨 두고 아내와 둘이서 저녁거리를 사와 호텔 방에서 먹고 일찍 쉬기로 했다.

호텔 주변 곳곳에 한인 식품점이 있고 한국 음식점이 우리나라 어느 골목만큼 다양했다. 거리에서 마주치는 사람들도 백인보다 동양인이 훨씬 많은 것 같았다. 계획한 것은 아니었지만 이곳은 차이나타운과 코리아타운의 경계지역이었다. 가장 번화한 사거리에 있는 '서울'이라는 이름의 식당에 들어갔다. 한국말로 반갑게 인사하는 여종업원에게 밥을 포장해줄 수 있는지 물었다. 모든 메뉴가 포장 가능하다고 대답했다. 맛있어 보이는 비빔밥을 포장해서 호텔로 돌아왔다. 반숙된 달걀후라이와 온기가 남은 밥을 기분 좋게 비볐다. 아이들은 테이블도 없는 작은 방의 침대 위에 걸터앉아 비빔밥을 맛있게 먹었다. 돌이켜보니 오늘 하루 먼 거리 이동 중에 아이들이 제대로 된 식사를 하지 못했다. 서로 많이 먹겠다는 아이들에게 내 그릇의 밥을 덜어내 주고 나는 빈 숟가락만 입에 물고 입맛을 다시다가 식사를 마쳤다.

Circular Quay

출렁거리는 캠퍼 밴을 벗어났으니, 바닥에 고정된 침대의 푹신한 매트리스에서 안락한 잠을 기대했었다. 두 사람이 눕기에는 침대가 너무 작았다. 몸부림 심한 윤재가 굴러떨어지지 않도록 침대를 벽으로 밀어붙여 아이를 벽 쪽에 뉘었다. 나는 바깥쪽 가장자리에서 몸을 옆으로 돌려 몸통만 매트리스 위에 걸쳐놓고 다리와 팔은 대부분 매트리스 밖으로 내놓은 상태로 잠을 청했다. 자정이 넘은 시간에도 거리에는 오토바이들이 굉음을 내며 달리고, 구급차 사이렌의 요란한 소리가 집요하게 잠을 방해했다. 조금 조용해졌다 싶었는데 낡은 냉장고 모터의 진동음이 귀에 거슬렸다. 짜증을 내며 일어나 냉장고 전원을 신경질적으로 뽑아버렸다. 문 아래 틈새로 복도의 불빛이 환하게 스며들었고 오가는 사람들의 대화 소리가 고스란히 들렸다. 몸부림하는 윤재의 무의식적인 발길질이 내 옆구리를 가격했다. 자다 깨기를 반복하면서 지친 몸이 피로를 못 이겨 겨우 잠이 들려던 새벽에 갑자기 화재경보 사이렌이 울렸다. 벌떡 잠에서 깨어났다. 방문을 열고 복도를 관찰했다, 속옷 차림 사람들 몇몇이 우리 방 앞에 있는 비상 탈출용 출입구 앞에 모여 우왕좌왕이었다. 복도에서 혹시 연기 냄새가 나는지 코를 킁킁해보았다. 진짜 화재는 아니었다. 술에 취해 새벽에 숙소로 돌아온 투숙객 중의 한 명이 저지른 일일 것이다. 요란한 소방차 소리가 점점 가까워지더니 호텔 앞에 멈추고 사이렌 소리를 줄였다. 소방관들이 건물을 확인하고 돌아가는 모습이 창밖으로 보였다. 이불보를 신경질적으로 잡아당겨 눈을 감고 다시 잠을 청했다. 미간이 찌그러지고 입에서 욕지거리가 나도 모르게 불쑥불쑥 나왔다. 창밖에 새벽이 뿌옇게 밝아오고 있었다.

내 평생 겪어본 최악의 잠자리였다. '이런 밤을 5일 동안 견뎌야 한다니!' 잠이 깬 나는 침대에 걸터앉아 머리를 감싸 안고 손바닥으로 두 눈을 비비며 괴로워하고 있었다. 아내가 일어나 내 모습을 보더니 지난밤 일들이 코미디 영화의 한 장면 같다며 웃었다.

여행계획에서 잠자는 곳을 결정하는 기준은 여행의 목적과 예산 그리고 개인 취향에 따라 달라진다. 예산이 넉넉하고 휴식을 위한 여행이라면, 사치스러운 안락함을 제공하는 고급 리조트에서 이동하지 않고 머무는 것이 좋다. 비즈니스 여행이면 사람 만나서 일하기 편하고 잠을 편하게 잘 수 있는 곳이면 된다. 청년 한두 명이 배낭을 메고 여행하는 경우에는 무조건 저렴해야 하고 세계 여러 나라의 여행객들이 이용하는 숙소여야 다양한 만남과 경험을 할 수 있다. 가족이 장기간 여행하는 우리 같은 경우에는 안전이 제일 중요하다. 식사를 만들어 먹을 수 있어야 하고 저렴해야 한다. 야영장이 조건에 맞지만 대부분 도심에서 떨어져 있다. 중심가의 아파트를 빌릴 수 있지만 저렴하고 안전한 곳을 찾기 쉽지 않다. 나는 민감한 잠자리가 여행에서 제일 고통스러운 문제다. 그렇다고 특급호텔을 가족 인원대로 예약할 만큼 예산이 없다. 운 좋게 저렴하고 조용하고 안락한 숙소이기를 기대해보지만 언제나 돈은 거짓말을 하지 않는다. 내가 낸 돈 만큼 고통을 각오하고 형편없는 숙소에서 견뎌내는 수밖에 없다.

들어올 때와 마찬가지로 나와 윤재, 아내와 연재가 두 쌍으로 나누어 호텔을 빠져나왔다. 한낮의 시드니 거리는 인파와 차량이 넘쳐났다. 주변 건물들 규모와 비교하면 도로가 좁아 차들은 한 방향으로 운행하였지만, 인도는 사람들의 통행이 불편하지 않을 만큼 넓었다. 호텔 좌우로 한 건물 건너 한 곳에 한국식품을 파는 가게와 식당이 보였다. 한 블록 떨어진 교차로에 한국어 간판을 내건 편의점들이 사거리 코너마다 건물의 1층을 차지하고 영업 중이었다. 우리는 아침 먹을 곳을 찾고 있었다. 연재가 떡볶이 사진을 내걸어 놓은 분식 가게를 발견했다. 아침부터 떡볶이가 내키지 않았지만 매운 음식이 그리운 아이는 막무가내다. 입구에 아무렇게나 쌓여있는 식자재들을 밟지 않기 위해 발을 조심하며 식당 안으로 들어갔다. 굵은 형광펜 손글씨 메뉴가 유리창에 어지럽게 붙어있었다. 모서리가 말려 올라간 비닐 코팅 종이에 먼지가 새까맣다. 주방 쪽 벽면에는 수십 가지 분식 메뉴가 깨알 같은 글씨로 가득 적혀있다. 메뉴와 가격을 고쳐 적은 종이테이프가 덕지덕지 덧대어 붙어있다. 떡볶이와 몇 개의 특별메뉴는 빼곡한 벽면 메뉴판 아래 하얀 종이에 커다란 세로글씨로 눈에 띄게 써 놓았다. 정체 모를 누런 이물질이 묻어 가격을 가렸다. 나는 식욕이 달아났다. 우리가 들어서자 앳된 여종업원이 주방에서 일회용 비닐장갑을 손에서 벗으며 나왔다. 김밥과 떡볶이를 주문했다. 떡볶이는 가능하고 김밥은 준비 중이라고 했다. 김밥 대신 비빔밥을 주문했다. 오랜만에 먹는 한국 음식은 불결한 식당의 찜찜함을 잊게 했다.

　시드니는 20km 이상 동서 방향으로 좁고 길게 내륙으로 들어와 있는 만의 남북을 따라 도시가 형성되어 있다. 도시를 가로지르는 긴 강처럼 보이는 물길은 사실 바다다. 만 입구 남북 해안을 연결하는 하버 브리지의 아름다운 모습과 조개껍질을 닮은 오페라하우스가 시드니의 상징이다. 거대한 하버 브리지 남단 교대 아래에 있는 럭스 지역은 시드니 항구의 최초 정착지이다. 만의 북쪽은 주택단지, 남쪽은 업무와 상업지역으로 분리되어 있다. 페리 선착장이 있는 서큘러키에서 남북으로 나란히 이어지는 죠지스트리트와 피트스트리트를 중심으로 도시의 번화가를 형성하고 있다. 우리가 투숙한 호텔은 피트스트리트의 북쪽 끝과 차이나타운이 만나는 곳이다. 새로 발견한 대륙에 유럽인들이 정착을 시작할 무렵, 저렴한 인력 공급을 위해 이민 온 중국인들은 특유의 부지런함과 장사수완으로 부를 이루었고 지금은 이곳의 상권을 장악하고 있다. 같은 도시이지만 동양인과 백인의 주거와 사회 활동 지역 이 분리된 느낌이었다. 차이나타운이라 불리는 동양인 밀집 지역을 지나면 한글과 중국어가 갑자기 사라진다. 1980년대까지 악명 높았던 호주의 백인우월주의의 흔적이 지금도 철저한 지역 분리로 남아있는 것인지도 모르겠다.

　죠지스트리트를 따라 서큘리키까지 걸었다. 화려한 빅토리아양식의 시티홀을 마주하고 퀸빅토리아빌딩이 사치스러움을 뽐내고 있었다. 남반구에서 가장 화려한 쇼핑몰로 널리 알려진 건물은 수리 중

이어서 아름다운 외관이 실물 크기 실사 사진으로 가려져 있었다.
시티홀 주변에는 빅토리아양식 건물들이 특유의 멋스러움과 품격을
뽐내고 있었는데 그중에 한 건물의 화려한 외관이 유독 내 시선을
사로잡았다. 건물 가운데 긴 중앙홀이 건물의 꼭대기까지 뚫려있고

4층 위 유리 지붕을 통해 자연광이 환하게 실내를 비추었다. 중앙홀을 향한 테라스를 따라 층마다 가게들이 줄지어 있었다. 1층 통로 중앙의 가로등과 테라스 난간의 섬세한 철물 디자인에 감탄했다. 가로등 아래 노천카페에서 식사 중인 말쑥한 정장 차림 노신사가 건물의 화려함과 잘 어울렸다. 손으로 철망 셔터를 여닫아 움직이는 오래된 엘리베이터와 지하로 내려가는 계단 난간의 품격 있는 디자인에서 건축가의 섬세한 정성이 느껴졌다. 예쁘고 먹음직스러운 초콜릿이 진열된 가게가 아이들을 유혹했다. 나는 모자 가게가 눈에 들어왔다. 마음에 드는 모자는 가격이 내 상상을 초월했다. 중앙홀을 따라 건물을 가로지르면 죠지스트리트와 만난다. 시내 상업중심지를 남북으로 연결하는 넓은 보행자 전용 도로가 북쪽 끝으로 로열 보타닉 가든까지 이어진다. 18세기 군대 막사를 개조한 군사박물관을 지나면 아름드리 고목과 푸른 잔디가 잘 가꾸어진 공원에 들어선다. 공원과 경계를 이루는 철재 담장을 돌아 옛 총독관저에 들어갔다. 시드니만이 한눈에 보이는 전망 좋은 곳이다. 거대한 고목이 진입로 양쪽에 줄지어 있었다. 우리나라 일제강점기에 총독으로 불리는 자들의 부정적 위엄에 대한 선입견이 있는 나는 관저를 구성하는 건물과 진입로의 권위적 분위기에 약간의 적대감을 느꼈다. 관저 앞 정원이 아름다웠다. 사람이 다니는 산책로와 나무와 꽃이 자라는 가든 부분이 일정하게 가공된 석재로 명확하게 구분된 모습이 정갈했다. 꽃나무 아래 나뭇잎 한 조각 떨어져 있지 않았다. 언덕 아래로 바다가 한눈에 보이는 경치에 가슴이 탁 트였다. 인부들이 바닥에 박힌 작은 돌을 하나하나 꺼내 조각을 맞추며 수리하고 있었다. 몸을 바닥에 바짝 기대고 정성을 다하여 작업하는 그들은 예술품을 복원하는 장인의 모습이었다. 긴 가위를 손에 든 인부가 꽃나무 주변을 살피며 주의 깊게 가지치기를 했다. 정원 끝 해변 가까운 언덕에 작은 테라스가 있었다. 석재 원형 의자 위에 쇠창살로 벽과 지붕을 만든 모습이 큰 새장처럼 보이는 미시즈 매쿼리 테라스였다. 남편인 총독을 따라 영국에서 지구 반대편 오스트레일리아까지 와야 했던 미시즈 매쿼리가 고국에서 오는 배들을 바라보며 향수를 달래던 곳이었다. 테라스 안쪽 의자에 앉아 바다를 보면서 모네의 그림 한 장면이 떠올랐다. 분홍색 양귀비꽃이 만발한 언덕 위에 양산을 든 여인의 하얀 드레스와 모자를 턱 아래로 묶은 리본이 바람에 흩날린다. 그리운 이가 오기로 약속한 날은 아닌 듯 보인다. 언덕에 올라 그가 저 멀리 나타나는 모습을 상상하면서 기약 없는 그리움을 달래는 쓸쓸한 여인의 인상.

총독관저 정원과 연결되는 해안 산책로는 오페라하우스를 보며 걸을 수 있다. 관광객들이 멋진 건물 모습에 탄성을 지르며 사진을 찍는다. 사람들이 사진 찍는 앵글을 피해 조깅하는 현지인들의 짧은 반바지와 운동화 차림이 시원해 보였다. 오페라하우스의 독특한 모습은 조개껍질을 닮았다는 사람도 있고 오렌지 껍질이 반쯤 벗겨진 모습을 형상화했다는 의견도 있다. 나는 건축물 자체의 아름다움보다 주변 경관과 어울리는 랜드마크로 디자인한 건축가의 안목에 감탄했다. 내륙으로 크게 원호를 그리며 휘어 들어오는 해안의 형상과 겹겹이 쌓은 곡선 지붕이 어울리고, 만 건너 같은 곡선 이미지의 하버 브리지와 중첩된 전경이 절묘한 조화를 이룬다. 반쯤 물에 잠긴 듯 보이는 하얀 건물과 만 건너편 검붉은 색 아치교가 마주하는 푸른 바다에는 유람선들이 유유히 오가고 있다. 오페라하우스를 파도로부터 보호하는 방파제 안쪽, 수면보다 낮은 광장의 카페에서 음료를 주문하면 방파제 위에 패브릭 쿠션을 깔아 만든 벤치에 앉아 바다 경치를 감상할 수 있다. 해안을 따라 가로등에 불이 켜지는 밤이 되면 낭만적인 분위기가 연출될 것 같다.

서큘러키에서 항구 건너 섬의 타우롱가 동물원으로 가는 페리를 탔다. 하버 브리지와 오페라하우스 사이의 잔잔한 바다에 하얀 물보라를 그리며 배가 항구를 벗어났다. 하버 브리지의 검붉은 아치 위를 나뭇잎을 나르는 개미 행렬처럼 사람들이 일렬로 오르는 실루엣이 보였다. 오르던 걸음을 멈추고 양손을 뻗어 올려 다리 아래로 함성을 지르기도 했다. 철재 아치 위의 교량 점검용 계단을 안내원을 따라 오르는 액티비티였다. 까마득하게 보이는 높이가 아찔해 보였지만 한번 도전하고 싶었다.

호주에는 사람을 공격하는 육식성 맹수가 없다. 동물원에서는 캥거루, 코알라, 타조 같은 고립된 대륙 특유의 온순한 동물들을 울타리 안에 풀어서 키운다. 울타리 안으로 자유롭게 관람객들이 들어가 동물을 만지고 먹이를 주고 같이 사진을 찍을 수 있다. 아내와 연재는 동물들이 가까이 오면 무서워서 고함을 지르며 도망쳤지만, 윤재는 아기 캥거루의 목을 껴안고 볼을 비비거나 발 빠른 타조를 쫓아 뛰어다니며 즐거워했다. 잠자는 코알라를 아무렇지도 않게 어깨에 올려놓고 사진을 찍기도 했다. 경사진 언덕에 있는 동물원 어디서나 볼 수 있는 시드니 항의 멋진 원경은 또 다른 매력이었다. 석양이 물들기 시작할 무렵, 항구로 돌아오는 페리 위에서 점점 가까워지는 시드니의 아름다운 모습을 보면서, 이곳이 왜 세계 3대 아름다운 항구로 불리는지 실감했다.

Darling Harbour

　길고 긴 밤이었다. 몸은 수면 상태였다. 졸리는 눈을 뜰 수 없었고 팔다리에 힘이 빠져 축 늘어졌으며 잠깐씩 꿈을 꾸기도 했다. 하지만 감각을 깨우는 외부의 자극이 무수하게 잠을 깨웠다. 창밖 도시 소음과 복도에 사람들이 오가며 지껄이는 소리와 아내와 아이가 뒤척이며 숨 쉬는 소리를 의식했다. 다른 방에서 흘러들어오는 정체 모를 음식 냄새와 습기 찬 방 안의 역한 곰팡내가 끊임없이 후각을 자극했다. 윤재의 발길질이 어렵게 잠들려는 내 의식을 주기적으로 깨웠다. 침대에서 떨어지지 않도록 허리와 골반에 힘을 주고 다리와 팔로 몸의 균형을 유지했다. 더딘 시간의 흐름이 흐릿한 의식과 감각을 통해 밤새도록 느껴지는 고통은 감정에 상처를 남기고 신체에 피로를 누적시켰다. 하지만 나는 조용하고 냄새 없는 방에 넓은 침대가 있는 비싼 호텔에 묵을 돈이 없었다. 창밖이 밝아오기를 기다려 차라리 몽롱한 의식의 고통에서 깨기 위해 침대에서 일어났다. 다른

할 일을 찾아 서성대는 소리에 아내가 인기척을 했다. 아이들을 깨우지 않도록 목소리를 낮춰 밤의 고통을 하소연했다.

"이번 여행은 너무 힘들어, 잠을 잘 수 없으니 집에 가고 싶은 마음이 간절해"

"당신이 그런 생각을 하면 내가 더 불안해져, 그러지 마. 여행 내내 당신만 믿고 따라다니는데 당신이 약해지면 어떻게 해"

아내가 내 어깨를 끌어당겨 안으며 위로했다.

시드니 체류예정 6일 중 이틀을 보냈다. 아침이 오면 오늘은 무슨 일을 하고 어디 가서 즐겁게 보낼까? 하는 설렘에 행복하지만 해가 저물고 밤이 찾아오면 두렵다. 오늘 아침은 정말 내 집 조용한 침실의 편안한 침대가 간절히 그립다.

"이번 여행이 끝나고 집에 돌아가면 아무도 없이 3일만 혼자 자게 해줘."

나는 아내의 팔을 풀고 몸을 세우며 어리광 섞인 투정을 했다.

"마음껏 그렇게 해."

아침에 눈을 뜨자마자 이런 대화를 나누는 모습이 돌연 웃겼다. 아내와 눈이 마주친 나는 입을 틀어막고 한참 웃었다.

아이들이 일어나고 외출 준비를 했다. 오늘은 사막 투어가 계획되어 있었다. 4시간을 이동해야 하는 일정에 아이들은 그렇게 길게는 차를 타지 않겠다고 단호하게 거부했다. 15일간 3천 킬로미터를 이동하는 캠핑카를 탔으니 그럴만했다. 사막 투어는 취소했다. 시드니에서 자유시간이 이틀이나 늘어났다. 달링하버로 갔다. 오늘도 아이들은 일어나자마자 배가 고프다고 난리다. 도심의 카페 테라스마다 브런치를 즐기는 현지인들이 가득했다. 시드니의 도심은 뉴욕과 풍경이 비슷하다. 고층 건물 사이 일방통행만 허용하는 편도 2차선 도로 가장자리에 주차마저 허용하고 있어서 실제 사용할 수 있는 도로는 한 개 차선 정도로 좁다. 하지만 자동차들이 교차로에서 길게 꼬리를 물고 정체되어있는 모습은 보이지 않았다. 도심 도로에 가로수가 없는 모습이 생소했다. 인도가 상대적으로 넓어진 장점은 있지만, 도로의 차들과 가까워진 사람들이 위험해 보였다. 차량의 매연에 숨이 막혔고 소음이 불쾌했다.

많은 시드니 시민들이 담배를 피운다. 노천카페마다 연기가 피어오르는 담배를 한 손에 쥐고 식사와 차를 즐기는 사람들이 가득하다. 거리를 걷는 사람들도 남녀 할 것 없이 담배를 손에 쥐고 있다. 카페 옆 골목길 건물 기둥에 어깨를 비스듬히 기대고 한쪽 다리를 불량스럽게 꼬고 있는 아시아계 소녀 2명이 주변을 두리번거리면서 담배 연기를 뿜는다. 매연과 소음과 담배 연기가 가득한 카페에서 식사는 불가능했다. 배가 고파 쓰러지겠다는 아이들을 달래어 달링하버까지 걸어갔다. 큰 가림막을 설치하고 공사가 한창인 공원과 이어지는 호안을 따라 깨끗하고 멋있는 카페들이 여럿 있었다. 차가 다니지 않고 시야가 확 트인 바닷가는 사람들이 한적했다. 손님이 가장 많은 곳을 선택했다. 블랙퍼스트 사진이 맛있어 보였고 값도 저렴했다. 허기를 참고 한참 걸어온 후라 욕심을 냈더니 주문한 음식을 다 먹지 못하고 남겼다.

 이틀 동안의 고단한 잠자리 탓인지 몸이 무겁다. 아침부터 나른하고 졸렸다. 부두의 나무 부교 위에 신발과 양말을 벗고 걸터앉아 부어오르기 시작하는 발을 식혔다. 오래된 항구는 작은 요트를 위한 정박 시설로 쓰였다. 항구를 바라보는 뷰티크한 카페와 컨벤션센터의 풍경이 고풍스러운 도심과 달리 현대적이고 세련되었다. 부두 한쪽에 정박한 낡은 전함과 수면 위로 반쯤만 보이는 잠수함이 윤재의 호기심을 끌었다. 시커먼 강철 뚜껑이 열려있는 잠수함 갑판 아래로 좁은 통로와 계단이 보였다. 내부의 차가운 공기와 기분 나쁜 기름 냄새가 밀폐된 공간에 대한 두려움을 일으켰다. 1960년대에 제작되어 1990년 초반까지 사용한 낡은 잠수함은 배관과 전선들이 어지럽게 벽면에 뒤엉켜있었다. 격벽마다 연결된 둥근 방수문을 몸을 웅크리고 넘어가면 어뢰실, 통신실, 병사들의 숙소, 식당, 화장실, 엔진실을 차례로 지난다. 거칠고 차가운 검은 철판에 갇혔다고 자각하면서 으스스한 공포감이 일어났다. 시설과 설비들이 최소의 공간에 맞게 끼어 있어서 통로는 두 사람이 비켜 가기도 비좁았다. 답답한 잠수함에 승선하여 대양에서 몇 개월을 보내야 하는 병사들의 노고가 안타까웠다. 바다 깊이 잠겨있는 쇳덩어리 내부의 밀폐감과 끊임없이 들리는 기계소음, 역한 기름 냄새 그리고 갑작스러운 적의 공격으로 침몰하면 누구의 도움도 받지 못하고 죽을지도 모른다는 공포는 인간 인내의 한계를 넘었을 것이다. 인간은 공포의 구체적인 대상과 마주하지 않더라도 때로는 내가 상상하는 공포의 상황이 닥칠지도 모른다는 두려움만으로도 극한의 공포에 빠진다. 두려움에 사로잡힌 사람은 이성의 냉정한 판단력을 유지하기 어렵다. 잠수함 승조원들은 위급상황에서 공포를 이기고 정해진 절차를 지켜 이성적인 행동을 유지하도록 반복해서 훈련받는다. 나도 인생을 살아가면서 느끼는 다양한 공포로부터 올바른 이성을 잃지 않는 방법을 찾아 끊임없이 노력한다. 삶의 여정에서 구체적인 대상과 상황에 직면하는 공포보다 모호하고 실현 가능성이 희박한 공포 상황이 닥칠지도 모른다는 두려움으로 고통받을 때가 더 많다. 일상에서 나는 자주 이런 막연한 두려움에 빠진다. 그럴 때마다 평상심을 유지하고 이성을 잃지 않으려고 노력하지만, 마음속의 두려움을 털어내지 못하고 괴로워한다.

달링하버를 가로지르는 페어몬트 브리지는 자동차용 교량이었지만 지금은 보행자 전용도로로 사용한다. 다리 위의 경치를 즐기며 산책하는 사람들 머리 위로 모노레일이 항구를 가로질러 운행한다. 다리 아래로 큰 배가 드나들 수 있도록 중앙의 교각을 중심으로 다리 상판이 좌우로 90도 회전한다. 회전축 역할을 하는 교각 위에 목재 조종실이 원형 그대로 남아있고 다리가 회전할 때 자동차 이동을 막는 바리케이드가 보존되어 있다. 장미 넝쿨 문양의 아름다운 주물 난간이 오래된 다리와 잘 어울렸다. 다리 건너편 도심 쪽 부두에는 하얀 요트들이 줄지어 정박해있다. 나무 부교 옆 해안을 따라 세련된 카페들을 지나면 수족관과 우리나라 기업 LG 로고가 선명한 아이맥스 영화관 앞에 사람들이 북적인다.

페디스마켓이라 불리는 전통시장이 차이나타운 가는 길에 있다. 조잡한 중국제 잡화와 액세서리들만 가득한 시장은 신기한 물건을 구경하고 맛있는 음식을 먹을 수 있을 것이라는 우리의 기대와 달랐다. 과일들은 다양한 종류를 저렴하게 판매했다. 모처럼 과일을 넉넉하게 샀다. 시장을 나와 차이나타운 입구를 알리는 붉은색 문을 지나 음식점들이 길 양쪽으로 빼곡하게 늘어선 번화가로 들어갔다. 중국 음식 특유의 기름기 많은 역한 냄새가 배어있는 거리의 가게마다 손님을 끌기 위한 경쟁이 치열했다. 우리 가족을 일본인으로 판단한 호객꾼은 "이라샤이마세, 이라샤이마세" 하며 유혹했다. 골목의 마지막 식당에 들어가 딤섬 몇 종류를 주문했다. 종업원의 떠들썩한 주문 후에 음식이 나왔다. 딤섬 속에 정체 모를 고기가 기분 나쁜 식감으로 씹혔고 좋지 않은 냄새가 풍겼다. 음식은 거의 먹지 못하고 야외 식탁에 앉아 오가는 사람을 구경하는 재미에 만족했다. 중국 식당 거리 끝의 가게 한 곳에 사람들이 길게 줄을 섰다. 대만 스타일 빙수를 파는 가게는 여행 책자에도 소개된 곳이었다. 앉을 자리가 없었다. 아내는 빙수를 거의 다 먹어가는 사람 옆에 서서 노골적으로 독촉의 눈빛을 보냈다. 그들은 아내의 눈치를 오래 이기지 못했고 붐비는 가게의 전망 좋은 테라스 자리는 곧 우리 차지가 되었다. 부드럽게 갈지 않고 거칠고 굵게 부순 얼음알갱이 위에 황설탕

시럽을 붓고, 젤리인지 떡인지 구별되지 않는 하얗고 노란 덩어리와 붉은 팥이 고명으로 더해졌다. 얼음과 고명들의 맛이 어울리지 않았지만, 거리를 한참 걸은 후의 더위와 피로를 식히는 데는 충분했다.

오전부터 꽤 많이 걸어서 지쳐있는 아이들이 쉴 수 있도록 호텔로 돌아갔다. 아이들이 과일을 먹으며 만화영화를 보고 있는 사이 아내와 나는 내일 블루마운틴 투어 예약을 위해 현지 한국인 여행사를 찾아갔다. 처음 여행을 계획할 때는 현지 한국인 여행사를 통해 시드니 씨티 투어, 블루마운틴 투어, 포트스테판 투어를 신청하고 나머지 이틀은 자유여행을 즐길 계획이었지만 시내 중심가에 묵으면서 굳이 씨티투어는 필요 없었다. 블루마운틴과 포트스테판은 예상보다 버스 이동 거리가 멀었다. 작년 미국 동부 버스 투어 이후 아이들과 우리 부부는 장거리 버스탑승에 대한 두려움이 생겼다. 하지만 6일 동안의 시드니 일정 동안 시내에만 있기에는 너무 여유가 많았다. 버스를 덜 타도 되는 블루마운틴 투어를 신청했다.

호텔 앞 월드스퀘어 지하에는 커다란 푸드코트와 슈퍼마켓이 있었다. 근처 한인 상점에서 비싸게 파는 생수가 바로 길 건너 이곳에서는 반값에 팔리고 있고 상품들이 훨씬 다양했다. 이런 슈퍼마켓이 있는데 어떻게 그 많은 한인 상점들이 영업 가능한지 이해하기 힘들었다. 깨끗하고 잘 정돈되어있는 이곳 상품과 달리 한인 가게들의 상품은 포장 윗부분을 칼로 아무렇게나 뜯어내고 박스 그대로 바닥에 널려 있었다. 도무지 이곳 슈퍼와 경쟁이 되지 않을 것 같은데 호텔 주변 도로에만 줄잡아 십여 개의 한인 식품점들이 영업하고 있다.

호텔에서 쉬고 있던 아이들을 데리고 나와 저녁을 선택하라 했다. 의견일치를 보지 못하고 큰 아이는 우동, 작은 아이는 초밥, 서로 양보가 없다. 두 가지를 다 먹을 수 있는 회전 쓰시 식당으로 갔다. 아내는 음식값이 비싸다며 다른 곳으로 가자고 했지만, 군침을 삼키는 아이들을 위해 자리에 앉았다. 아내와 나는 겨우 한 접시를 먹고 젓가락만 만지작거리다 나오면서 60불을 계산했다. 배부른 아이들은 월드스퀘어 중앙 광장에서 쫓는다 잡는다 뛰어다니며 즐거운 시간을 보냈다.

Blue Mountain

자다깨다를 반복하는 힘겨운 밤보다 잠자리에 있는 시간을 줄이는 것이 오히려 마음이 편했다. 해뜨기 전부터 일어나 오늘 하루 블루마운틴 투어에 필요한 물건을 챙기고 아이들이 먹을 아침을 준비했다. 가이드를 만날 장소에 갔다. 하얀색 일제 승합차가 우리를 태우기 위해 기다리고 있었다. 가이드를 동반할 때는 인상부터 살핀다. 우리 가족의 하루 동안 즐거움이 그에게 달려있기 때문에 가이드의 친절과 성의는 무엇보다 중요하고 그것은 대부분 그의 인상과 일치했다. 오늘 가이드는 인상이 온화해 보였고 말투가 부드러웠다. 다운타운에서 우리 가족과 함께 6명이 타고 30분쯤 달려 스트라스필드에서 4명을 더 태워 승객은 모두 10명이 되었다. 전라도 사투리를 진하게 사용하는 중년 부부는 항상 손을 잡고 다니며 다정하게 부부애를 뽐내고 있었고, 시드니로 유학을 왔다가 현지에서 만나 결혼하고 이제 한국으로 돌아가는 길에 관광을 다닌다는 젊은 부부는 누가 묻지도 않았는데 자신들의 이야기를 해주었다. 마지막 일행은 한국 여자와 일본 남자 커플이었다. 여자는 한국말과 영어를 조금씩 알아듣는 남자에게 가이드의 말을 열심히 통역해주었다. 호주대륙에서 도시는 날씨가 좋은 동부해안에 몰려있다. 해안을 벗어나 척박한 평원이 펼쳐지는 내륙의 넓은 지역을 아웃백이라 부른다. 블루마운틴은 아웃백과 도시 경계지역의 높지 않은 산으로 둘러싸인 분지의 유칼립투스 숲이 유명한 곳이다. 유칼립투스는 광합성을 하면서 알코올성분의 기체를 발산한다. 거대한 유칼립투스 군락에서 뿜어내는 기체가 분지에 갇히고 햇빛을 산란하면 숲 전체가 푸르스름한 안개에 덮혀 있는 신비로운 광경이 연출된다. 시드니 광역 도시권은 생각보다 거대했다. 도심에서 출발하여 블루마운틴에 도착할 때까지 100km가 넘는 고속도로변을 따라 끊임없이 마을이 이어졌다. 블루마운틴은 1800년대부터 양질의 석탄이 생산되는 탄광 지역이었다. 광업과 관련한 산업이 발달하여 큰 도시를 형성하고 있고 지금도 일부에서는 채탄작업이 진행되고 있다. 관광객을 협곡 아래쪽으로 실어 나르는 로프웨이는 한때는 석탄을 운반하는 레일이었다. 가파른 내리막 철로 위에서 지붕 없는 작은 열차가 덜컹거릴 때마다 관광객들이 비명을 질렀다. 하늘을 가린 빽빽한 유칼립투스 숲속 산책로에서 채탄이 중단된 갱도와 광산용 도구들을 볼 수 있다. 검은 석탄이 숲 바닥 노천에 드러나 있는 모습이 신기했다. 박하향과 비슷한 나무 향기를 진하게 품은 습기가 숲 전체를 덮었다. 내려올 때와는 달리 지붕이 있고 사람들 여럿이 서서 탈 수 있는 케이블카를 이용해 숲에서 나왔다. 키 큰 유칼립투스 위로 케이블카가 불쑥 솟아오르자 연푸른 안개에 쌓인 넓은 숲이 신비로운 풍경을 이루었다. 작은 폭포에서 숲 빛깔을 닮은 푸른 물보라가 피어올랐다.

숲 가장자리 마을의 식당에 차가 섰다. 점심으로 소고기 스테이크가 준비되어 있었다. 굽지 않고 증기에 찐 것 같은 고기 식감이 퍽퍽했다. 맛없는 스테이크를 포크로 집적거리며 먹지 않던 윤재는 우리나라 컵라면을 먹는 가이드를 부러운 눈으로 쳐다보았다. 아이의 간절한 눈빛에 무안해진 가이드는 라면을 하나 더 구해오더니 아이들에게 내밀었다. 조금만 달라는 엄마도 모른 체하고 저희끼리 깨끗이 나눠 먹었다. 따뜻한 우유에 다크초콜릿을 녹여 먹는 재미있는 디저트가 만족스럽지 못했던 식사를 조금은 보상했다. 초콜릿 드링크를 경품으로 걸고 이 지역의 이름과 같은 커피의 원산지를 묻는 가이드의 퀴즈를 아내가 맞혔다. 블루마운틴 커피는 호주가 아니라 콜롬비아가 원산지다. 우리 가족 디저트 비용을 그가 대신 지불했다.

산 능선을 따라 오르는 도로의 제일 위쪽 시야가 확 트인 산 가장자리에 목조건물 카페가 있었다. 카페 야외 테이블에 앉으면 잔잔한 남태평양의 코발트빛 바다 같은 푸른 안개에 잠겨있는 블루마운틴이 한눈에 보였다. 산은 산호섬이요 안개는 바다였다. 눈부신 파란 하늘에 손에 잡힐 듯 낮게 떠 있는 새하얀 뭉게구름을 한 입 푹 베어 물면 솜사탕처럼 달콤한 맛이 날 것 같았다. 구름을 뽑는 기계를 가진 어느 예술가가 하늘과 숲에 어울리는 모양으로 조각한 것처럼 보는 이의 상상에 따라 갖가지 사물의 형상으로 변신하며 하늘을 떠다녔다. 박하향을 닮아 코가 시원하게 느껴지는 유칼립투스 향기가 숲을 뒤덮고 있었다. 선글라스를 벗고 몸을 뒤로 젖혀 팔을 살짝 벌렸다. 눈을 감고 고개를 들었다. 하늘의 진한 푸른빛이 눈꺼풀을 뚫고 들어왔다. 공기는 건조했고 햇살은 부드러웠다. 구름처럼 하얀 거품이 잔 위로 넘칠 듯이 가득 담긴 카푸치노가 달콤했다.

블루마운틴 분지의 바깥쪽 아래로 내려와 탄광 마을에 들렀다. 길지 않은 중심 도로 양쪽으로 목조건물이 옛날 모습 그대로 보존되어 있다. 독특한 디자인의 문구, 가죽제품, 가구, 낡은 책을 판매하는 가게들과 고풍스러운 인테리어가 눈길을 끄는 카페들이 마을의 중심가를 이루었다.

시드니로 돌아오는 길, 도시 외곽에 있는 페더레일 동물원은 호주대륙에서 고립되어 진화한 동물들만 모아 방목하는 곳이다. 관람객들이 캥거루와 코알라를 직접 만져볼 수 있다. 동물이 가까이 오면 아내와 연재는 기겁하면서 도망 다녔지만 윤재는 아무렇지도 않게 캥거루를 쓰다듬고 목을 안았다. 코알라를 어깨를 올려놓고 사진을 찍었다. 나뭇가지를 껴안고 잠에 빠진 코알라는 사람들의 소란에도 아랑곳하지 않고 움직임이 없었다. 살아 숨 쉬는 코알라인지 나무 사이에 앉혀놓은 코알라 인형인지 구분이 어려웠다. 하루 스무 시간을 잔다는 설명을 듣고 있는데 갑자기 윤재가 내가 말릴 틈도 없이 코알라 여러 마리가 자는 나무에 바닥의 모래를 한 움큼 집어 던졌다. 코알라들이 깜짝 놀라 눈을 뜨더니 금방 졸리는 눈꺼풀을 몇 번 끔뻑끔뻑하며 다시 잠에 빠졌다. 동물을 괴롭히는 아이를 나무랐지만, 별일 아닌 듯 무심한 코알라에게 큰 소동은 일어나지 않았다.

시드니로 돌아오는 시간이 시민들의 퇴근과 겹쳐 교통체증이 심했다. 도시를 조금만 벗어나면 사람 구경조차 힘든 대평원이 펼쳐지는데 굳이 대도시에 모여 살며 이런 불편을 겪는 이 사람들의 심리는 무엇일까 생각했다. 본능적으로 인간은 편안하지만 홀로 되는 두려움보다 불편하지만 함께하는 안도감을 선택한다. 우리는 산속이나 외딴곳에서 홀로 지내는 사람을 특이한 인물로 여기고 자유롭고 평화롭게 보는 경우는 드물다. 자연에 혼자 살기보다 사람들과 부대끼더라도 함께 살며 자연을 그리워하는 쪽을 선택한다. 나도 가끔은 가족과 사회에서 떨어져 한동안 홀로 지내길 소망할 때가 있다. 가족에 대한 책임이 무거워지고 사회 속의 경쟁이 힘겨울 때는 더욱 그렇다.

여유롭고 즐거운 하루였다. 저녁을 먹고 호텔에서 쉬었다가 야경 구경을 나가기로 했는데 과일을 먹고 옷을 편하게 입고 잠깐 눕는다는 것이 나도 모르게 잠이 들어버렸다. 아이들의 인기척에 잠을 깼더니 3시간이나 지나 있었다. 시간이 너무 늦어 외출은 포기했다. 아이들을 재우고 일기를 쓰기 위해 호텔 로비로 내려왔다. 자정 넘은 시간에도 로비 밖으로 보이는 거리에 인파가 넘쳐났다. 짧은 치마를 입고 걷기도 힘든 하이힐을 신은 어린 여자들과 비슷한 행색의 남자아이들이 호텔 앞 기둥에 기대서서 이야기를 나누거나 거리를 방황했다. 아이들은 대부분 담배를 입에 물고 있었다. 술에 취해 몸을 가누기 힘든 몇몇이 불쑥 호텔 출입문을 열고 들어오다 나와 프런트 직원과 눈이 마주쳤다. 자기들이 찾던 술집이 아닌 것을 깨닫고는 알아듣지 못할 큰소리를 내며 소란스럽게 돌아나가기도 했다. 내일부터 시작되는 부활절 파티를 즐기는 사람들이었다. 대부분 중국 사람이었고 간간이 한국말도 들렸다. 블루마운틴 투어를 같이 했던 젊은 커플의 충고가 기억났다. 시드니 거리를 배회하는 아시아계 아이들 모습이 호주로 조기 유학 온 아이들의 실상이다. 부모의 통제가 없는 어린아이들이 현지에 적응하지 못하고 탈선하는 경우가 많다. 목적이 불명확하고 아이의 의지가 아니라 부모의 강요에 의한 유학은 '영어라도 배우고 오겠지!'라는 막연한 기대를 충족하기보다 아이의 가치관을 잘못된 방향으로 이끄는 계기가 된다.

Harbor Bridge

늦잠을 자고 럭스에 가기 위해 호텔을 나섰다. 밤새 떠들썩하던 거리가 오전이 다 지나가는 시간에도 조용했다. 호텔 앞 월드스퀘어 지하 식당가에서 아침을 먹으려는데 상점들은 문이 닫혀있고 거리에 사람들이 드물다. 부활절이었다. 문을 연 한국식당 몇 곳에 늦은 아침을 먹으려는 사람들이 가득했다. 도심을 남북으로 잇는 조지스트리트를 따라 남쪽으로 걸었다. 코리아타운을 지나면 빅토리아양식 건물이 아름다운 시청사가 보인다. 시청을 중심으로 시드니의 번화가를 형성한다. 퀸빅토리아빌딩 일명 QVB 부근은 이 도시의 멋스러움과 화려함의 절정을 보여준다. 하지만 세상에서 가장 아름다운 건물 중 하나라는 이곳도 웅장한 철문이 닫혀있다. 우리 가족밖에 없는 것처럼 거리가 한산하고 오가는 차량도 드물었다. 예수를 믿는 사람들은 부활의 전날 밤 광란의 축제를 보내고 난 뒤 다음날에는 경건하게 집에서 그들이 의지하는 신의 부활을 찬미하고 있을까? 아니면 전날 파티의 후유증에 괴로워하며 참회하고 있을까? 어제 호텔 앞을 배회하던 아이들은 신의 부활을 축복하기보다 숙취와 방탕의 피로 때문에 잠자리에서 벗어나지 못하고 있을 것이 분명하다.

한산한 거리와 달리 서큘러키와 럭스는 관광객들이 붐볐다. 무더운 날씨에 지친 아이들은 배가 고팠다. 초콜릿이 예쁘게 진열된 길리안 카페에 들어갔다. 하지만 빈자리가 없었다. 아내가 자기한테 맡겨 보라는 눈치를 보내더니 눈빛이 분주해지고 행동이 민첩해졌다. 아내는 식사가 거의 끝나가는 테이블을 찍는다. 그리고 그 옆에 서서 식사하는 사람들을 내려다보며 당신들 식사가 끝나면 내가 이 자리에 앉을 것이라는 사인을 보낸다. 그러면 앉은 사람들은 갑자기 불안해지기 시작한다. 아내의 눈치를 힐끔힐끔 보며 식사를 서두른다. 무심하게 식사를 계속하면 아내는 다음 단계 압박 작전을 펼친다. 출입문에서 기다리는 아이들을 불러 가까이 오게 한다. 테이블을 가리키며 아이들이 식사하는 사람을 힐끔힐끔 보도록 한다. 이런 압박에도 견딜 사람들은 드물다. 이쯤되면 식사하던 사람은 다 먹지도 않은 샌드위치를 냅킨에 말아 들고 자리에서 일어나 양보한다. 아내는 과장되게 고맙고 죄송한 표정을 지으며 자리를 차지한다. 문밖에서 상황을 외면하던 내가 마지막으로 자리에 앉는다. 우리는 그렇게 편안한 자리에서 맛있는 샌드위치와 초코쉐이크를 먹고 달콤한 초콜릿 디저트까지 즐길 수 있었다.

럭스는 유럽인들이 최초로 정착하여 도시를 건설한 곳이다. 화려하고 고풍스러운 도심과는 다른 분위기다. 흙벽돌 외벽 오래된 건물들이 지역명이 된 바위 언덕에 마을을 이루며 보존되어 있었다. 건물 사이로 좁은 골목길이 복잡하게 이어졌고 바위 언덕을 오르기 위한 가파른 계단이 길을 대신했다. 외형이 잘 보존된 건물은 음식점이나 기념품 가게로 운영한다. 좁은 골목을 걷고 계단을 오르내리며 생소한 제품을 판매하는 가게들을 구경했다. 이곳 역시 부활절 휴일에 문 닫은 가게가 많았다. 시드니에서 가장 유명한 팬케이크 가게를 마을 광장 근처에서 찾았다. 가게 밖에 기다리는 사람이 이십여 명은 넘었다. 이른 점심을 먹어 배가 부르고 기다리는 사람도 금방 줄어들 것 같지 않아 점심시간 후에 다시 오기로 했다. 부두로 내려왔다. 기온이 점점 뜨거워졌다. 거대한 크루즈선이 정박하는 터미널건물의 넓은 그늘에 앉아 더위를 식혔다. 항구 건너편으로 오페라하우스가 한눈에 보였다. 수없이 선착장을 오가는 페리선들, 들뜬 마음이 얼굴에 가득한 관광객들, 멋진 전경 앞에서 끓어오르는 사랑의 감정을 참지 못한 연인이 사람들의 시선을 의식하지 않고 깊은 키스를 나누는 모습이 사랑스러웠다.

하버브리지의 아치를 받치는 거대한 콘크리트 지주가 럭스의 언덕 꼭대기를 벽처럼 막고 있고 검회색 철재 아치가 다리 위를 지나는 차량과 사람들의 무게를 중간에 교각 하나 없이 지탱하고 있다. 쇳덩어리를 조립한 구조물이 어쩌면 저렇게 아름다울 수 있을까? 칙칙하게 느껴져야 할 검회색은 럭스의 오래된 흙벽돌 건물들과 자연스럽게 어울렸다. 거대하지만 부드러운 아치의 곡선은 구조물이 바위에서 저절로 솟아 나온 자연의 일부처럼 보이게 만들었다. 보는 이에게 이질감을 주지 않았다. 웅장하면서 아름다운 모습에 묘한 격조 같은 것이 느껴졌다. 엔지니어로서 나는 80년 전 교량설계자들의 안목에 감탄했다. 다리 아치 위에 브리지클라이밍을 즐기는 사람들이 까마득하게 보였다. 다리 점검로를 따라 안전요원의 안내를 받으며 정상까지 걸어 올라가면서 경치를 구경하는 멋진 경험을 할 수 있지만, 비용이 상당히 많이 필요하고 아이들은 해내기 어려울 것 같아 우리는 시도하지 않았다.

계단 길을 오르고 자연석을 뚫어 만든 터널을 통과하여 천문대를 찾았다. 언덕 위의 조그만 조형물 같은 느낌의 벽돌 건물 위에 회색 돔이 없었다면 천문대로 보이지 않았을 것이다. 언덕 정상 넓은 잔디밭에 가지가 굵고 그늘이 넓은 나무들이 멋스러웠다. 시원한 바람이 부는 나무 그늘 아래 벤치에 앉으면 멋진 하버브리지 전경이 보인다. 오페라하우스에서 다리의 옆모습을 멀리 보거나 럭스에서 위로 보면 거대한 웅장함이 압도하고 높은 언덕에서 다리를 내려다보면 도시와 어우러진 풍경화 속에 내가 들어와 있는 느낌을 받는다. 햇빛 따듯한 잔디밭에 젊은 부부 몇 쌍이 아이를 데리고 휴일 피크닉을 왔다. 각자 준비한 음식을 같이 꺼내놓고 서로 나눠 먹는 것이 아니라 먼저 도착한 가족이나 조금 있다 합류하는 가족이나 자기 먹을 것 한 봉지만 내려놓더니 자기가 가져온 것을 자기 혼자 먹으며 조용

조용 대화를 나누었다. 조금 떨어진 곳에는 진한 애정행각을 벌이는 두 커플이 한 자리씩 차지했다. 짧은 치마가 바람에 날리지 않도록 작은 담요로 다리를 감싸고 누운 금발의 아름다운 아가씨를 애무하는 남자는 주변에 누가 있는지 살필 틈이 없었다. 우리 쪽을 힐끔 한 번 보더니 그들의 행각은 점점 농도가 짙어졌다. 그 옆 다른 연인 한 쌍도 처음에는 쭈뼛쭈뼛 눈치를 살피는가 싶더니 옆 커플의 행각을 보고 용기를 얻었는지 금방 서로 뒤엉켰다. 나는 그 모습들이 아름답게 보였다. 이런 경치가 배경이라면 누구라도 사랑을 나누고 싶은 생각은 자연스럽다. 반면 그 뒤쪽 벤치에 나란히 앉아 경치를 감상하는 노부부는 짙은 선글라스를 쓰고 하늘로 고개를 약간 들어 햇빛을 즐겼다. 서로 말은 하지 않았지만, 행복한 미소가 얼굴에 가득하고 손을 꼭 잡은 모습에서 격렬한 애정표현을 하는 젊은이들보다 훨씬 깊은 사랑의 감정이 느껴졌다. 우리 바로 뒤쪽 동양 아가씨 두 사람은 서로 머리를 맞대고 잔디에 앉아 도시락을 먹었다. 음식을 씹느라 부풀어 오른 볼을 들어 하버브리지를 무표정하게 바라보았다. 아내와 내가 최고의 풍경에 취해 있는 동안 아이들은 금방 지겨워졌다. 느긋하게 경치를 감상할 틈도 없이 다른 곳으로 가자고 졸라댔다. 아이들의 지겨움을 해소하는 최고의 장비인 게임기를 건네주고 나는 아내의 다리를 베고 누웠다. 시야 가득히 그늘을 만들어주는 커다란 나뭇가지들이 바람에 흔들리며 나뭇잎 사이로 비집고 들어온 햇빛이 얼굴을 비췄다가 사라졌다. 눈을 감았다. 아내가 내 뺨을 쓰다듬더니 머리카락을 손가락으로 빗으며 나를 내려다보았다. 아내의 손에서 깊은 사랑이 전해졌다. 나는 엄마 품에 안긴 아이가 된 듯 포근했다. 저절로 입꼬리가 올라가며 미소를 지었다. 스르륵 졸음이 밀려왔다. 항구를 떠나는 크루즈선의 뱃고동 소리가 낮고 긴 메아리를 울렸다. 세계 최고의 피크닉 장소이자 낮잠 장소였다.

팬케이크 가게로 다시 갔다. 여전히 손님들이 많았지만, 밖에서 기다리는 줄은 없었다. 한국의 집 근처 팬케이크 가게에서 먹던 얇은 케이크가 아니라 두께가 두툼하고 식감이 퍽퍽했다. 뜨거운 케이크 위에 얹은 아이스크림이 녹아내리면서 빵을 축축하게 적셨다. 한사람 분량이 두툼한 케이크 3장이다. 혼자 먹기는 너무 많았다. 초콜릿 시럽 토핑을 먹은 아이들 입가에 초콜릿 자국이 팔자 수염처럼 선명하게 남았다.

해가 지려면 시간이 남았다. 시야가 사방으로 트인 높은 하버브리지 위에서 보는 시드니 풍경이 멋질 것 같았다. 뉴욕에서 고열과 몸살에 쓰러진 연재를 등에 업고 브루클린브리지를 걸어서 건너려던 시도는 실패했다. 브루클린에서 맨해튼의 아름다운 야경을 보고 싶었지만 병든 아이는 괴로워했고 나는 축 늘어진 아이가 무거웠다. 아픈 아이를 업고 그렇게까지 해야 했나? 지금 생각하면 아이에게 미안하다. 그만큼 나의 여행은 절박했다. 아름다운 지구의 풍경에 감동하면서 사업의 처절한 실패 때문에 흩어져버린 내 삶의 의지를 되살리기 위해 아이의 고통을 모른 체했었다. 언젠가 다시 뉴욕에 가리라. 건강한 아이의 손을 잡고 브루클린브리지를 건너 부둣가 카페에 앉아 맨해튼 야경을 보며 과거를 회상하면서 아이에게 사과하리라.

럭스의 골목길을 따라 다리 위로 오르는 길을 찾았다. 다리는 밑에서 보는 것보다 훨씬 거대했다. 6차선 자동차 도로와 다리 가운데로 지하철이 지나갔다. 관광객이 붐비는 인도를 따라 조깅하는 사람이 많았다. 자동차 매연에 공기가 탁했지만, 세계 최고 경관의 조깅코스가 아닐까 싶었다. 나도 한국을 떠나며 조깅복을 챙겨왔다. 뉴질랜드의 아름다운 호숫가와 시드니의 멋진 항구 그리고 골드코스트의 아름다운 해변에서 조깅하는 기쁨을 누리고 싶었다. 제대로 자지 못하고 몸과 마음이 무거우니 뛰고 싶은 마음이 사라졌다. 다리 건너편 언덕에 고급빌라들이 보였다. 거실 창문에서 다리의 아름다운 전경이 보이는 위치였다. 그 언덕까지 걸어가고 싶었지만 아내와 아이들이 금방 지쳤다. 강철 덩어리가 중간에 지지구조물도 없이 거대한 형상을 유지하는 원리가 궁금한 아이들에게 아치교의 구조를 설명하면서 갔던 길을 되돌아 왔다. 오페라하우스 지붕 뒤로 붉은 노을이 드리우기 시작했다. 걸음도 힘들어 보이는 할머니가 브리지 클라이밍 안내자와 아치를 오르고 있었다. 위태로운 발걸음을 옮기며 다리 위에서 지켜보는 사람들에게 손을 흔들었다. 아찔하게 보이는 구조물을 오르는 노인의 용기에 온 가족이 감탄했다.

하버브리지와 오페라하우스가 가장 잘 보이는 럭스 광장 아래 부두로 돌아와 해가 저물고 조명이 켜지길 기다렸다. 완전히 어둠이 내리고 조명이 하나둘씩 켜졌다. 화려한 조명의 퍼포먼스는 없었다. 주광색 불빛이 오페라하우스의 벽면을 흐릿하게 비추었다. 긴 디귿자 모양의 항구 주변 광장과 공원에 사람들이 북적였다. 노을도 사라진 어두운 광장에서 거리의 예술가들이 행인들의 시선을 끌기 위해 저마다 재주를 보여주기 위해 열심이다. 전자기타와 트럼펫을 연주하는 젊은 청년들의 음악에 이끌려 우리는 잔디밭에 앉았다. 연주는 일품인데 마르고 키가 큰 이 친구는 노래 솜씨가 부족했다. 호소력 없는 목소리가 밋밋했고 연주의 리듬과 조화롭지 않아 관객들의 흥을 돋우기보다 음정을 놓쳐버리지 않을까 불안했다. 밤의 항구에 울려 퍼지는 트럼펫 연주가 감미로웠다. 길을 멈추고 춤을 추는 사람이 여럿이었다.

피트스트리트를 따라 호텔로 돌아왔다. 늦지 않은 저녁임에도 가게들이 모두 문을 닫았다. 볼거리 없는 거리를 쉬지 않고 걸었더니 불평 없는 윤재조차 힘들어했다. 호텔 근처 한식당에서 한국에서는 잘 먹지 않던 알탕을 주문했다. 얼큰한 음식이 입맛을 당겼다. 아이들이 잠들면 아내와 근처 펍에 가서 와인을 마시자 약속했지만, 밀려드는 피곤을 이기지 못하고 나도 모르게 잠이 들었다.

Road Trip

Opera House

비가 많이 내렸다. 럭스 마켓이 열리는 토요일 아침이었다. 노천
벼룩시장은 비가 내리면 열기 어렵다. 9시가 조금 넘으면 방 청소하

는 직원이 들어온다. 문고리에 방해하지 말라는 피켓을 걸어두고 아이들과 만화영화를 보며 비가 멈추기 기다렸다. 먼 하늘에 구름이 조금 옅어지는 듯했지만 쉽게 멈출 기세가 아니었다. 배가 고팠다. 일단 호텔을 나섰다. 부활절 휴일에 문을 닫았던 호텔 건너 쇼핑센터의 철문이 열려있었다. 지하 음식점에 먼저 갔다. 한국 아가씨들이 운영하는 가게에서 김밥을 먹었다. 비 내리는 주말 거리는 사람들로 활기가 넘쳤다. 조지스트리트를 따라 다시 록스로 갔다.

퀸빅토리아빌딩이 문을 열었다. 1891년에 건설한 지하 2층 지상 3층 건물이 현대의 시각으로도 세련되고 화려하게 보이도록 만든 120년 전 설계자의 디자인 실력이 놀랍다. 19세기 말 영국 스타일 건축양식을 여왕의 이름을 빌려 빅토리아풍이라고 한다. 쇼핑몰로 운영하는 건물은 조지스트리트를 따라 200여미터 이상 길게 뻗어있다. 지하와 지상 3층 위의 유리천장까지 건물 중앙이 뚫려있다. 지붕 유리를 통과한 자연광이 지하까지 환하게 비추었다. 놋쇠와 나무를 조합한 아름다운 문양의 난간으로 꾸민 테라스를 사이에 두고 고급 패션샵들이 영업했다. 중앙 천정에 샹들리에처럼 매달린 금빛 숫자판의 커다란 시계가 건물의 격조를 높였다. 각층 양쪽을 연결하는 넓은 테라스의 노천카페에는 멋을 낸 사람들이 차와 케이크를 즐겼다. 화려한 건물과 섬세한 인테리어의 완벽한 조화에 감탄했다.

럭스 광장 안쪽 골목에 하얀 천막이 가득히 펼쳐져 있었다. 점토로 빚은 인형과 오래된 영화필름, 직접 그린 텍스타일, 시드니의 풍경화 등 다양한 예술품들을 제작한 사람들이 직접 판매했다. 일본식 부침개 오코노미야키와 터키식 피자를 한국 아주머니가 만들어 팔았다. 피자는 감당하기 힘든 향이 나서 버렸고 덜 익어 물컹한 오코노미야키는 겉 부분만 벗겨 먹었다. 좁은 골목과 계단들이 미로처럼 바위 위의 집들을 연결한다. 저마다 특색있는 상점과 카페가 골목길을 매력적인 볼거리로 만들었다. 기상천외한 디자인의 단추에 한동안 눈을 사로잡혔고 바위 절벽 아래를 파고 들어간 멋진 이탈리아 레스토랑에는 점심 요리를 즐기는 사람들로 붐볐다.

항구 광장으로 내려왔다. 몸집이 작은 금발 아가씨가 팔다리를 하나씩 접어 조그만 유리 상자에 구겨 넣고 문을 닫는 아크로바틱 쇼를 했다. 관객들이 환호하면 상자에서 빠져나온 아가씨가 검은 보자기를 내밀며 팁을 요구한다. 아랍계 청년이 불붙은 곤봉과 날카로운 칼날이 움직이는 전동 톱을 들고 외발자전거를 타며 저글링을 했다. 관객을 모으려는 청년의 영어가 서툴고 목소리와 몸짓이 간절했다. 사람들이 모여드나 했는데 다시 비가 내렸고 사람들은 흩어졌다. 불쌍한 청년은 오늘 수입이 제로가 될 것 같다. 아가씨와 청년의 그 간절한 몸짓이 오직 돈을 벌기 위해서라면 광장 주변에 널려 있는 식당이나 가게에서 종업원으로 일하는 것이 거리에서 쇼하며 구걸하는 것보다 훨씬 안정적인 생활이 될듯싶은데! 내가 추측하는 금액보다 거리의 수입이 대단한 걸까? 저마다 자신의 삶에 부여하는 가치와 살아가는 방법이 다르다.

오페라하우스 앞 광장 카페에 앉아 해가 지고 야경이 나타날 때까지 기다렸다. 커피와 핫초코 한 잔으로 그 멋진 장소를 2시간 넘게 독차지하고 있자니 눈치가 보였다. 아름다운 경치를 더 즐기고 싶어서 좋아하지도 않는 카모마일 차를 한 잔 더 주문했다. 여행을 바쁘고 힘겨운 일정에서 여유로운 낭만의 시간으로 바꾸는 가장 좋은 방법은 여행지 카페에서 즐기는 차 한 잔이다. 유럽 도시 마르크트에서 뉴욕 노천카페에서 뉴질랜드 호숫가 카페에서 즐기는 차 한 잔은 어떤 어트랙션보다 즐겁고 어떤 경치보다 여행을 낭만적으로 만든다. 카페에서는 일정을 멈추고 차를 마시면서 몸의 피곤을 덜고 가족과 대화할 여유가 생긴다. 좋은 카페는 대부분 도시의 중심가에 위치한다. 카페 문화가 정착한 도시는 노천카페를 선호한다. 사람과 도시를 여유롭게 관찰하다 보면 여행의 가치에 대한 철학적 사유가 일어나는 기회가 된다. 관찰과 사유는 자칫 눈요기에 머물 여행을 내 삶에 깊은 가치를 부여하는 행위로 승화시킨다. 가족에게 감사하고 나 자신이 뿌듯해진다. 그때부터 여행은 더 행복해진다. 이런 시간의 유무가 관광과 여행을 구분하는 차이다. 관광은 눈요기요 여행은 사유의 시간이다.

공연을 관람하고 나오는 사람들의 멋진 슈트와 드레스 그림자가 빗물에 젖은 오페라하우스 계단에 길게 미끄러진다. 나는 카페에 앉아 비 내리는 항구의 낭만적인 야경을 즐긴다. 가로등 불빛 아래로 키스하는 연인의 실루엣이 비에 젖는다. 아이들이 행복하게 광장을 뛰어다닌다. 아내가 팔로 내 허리를 감싸며 뺨에 살며시 키스한다. 사랑은 비를 타고 내 마음에 스며든다.

Gold Coast

시드니의 마지막 밤, 겨우 스르륵 잠이 들려는 순간 갑자기 백팩 주머니에 넣어 둔 핸드폰 소리가 어렴풋한 의식을 신경질적으로 또렷하게 만들어 버렸다. 아이들을 깨우지 않기 위해 얼른 화장실로 뛰어들며 통화버튼을 눌렀는데 신호가 뚝 끊긴다. 자정이 가까워지고 있었다. 주말에 전화할 사람이 없는데 누구일까? 발신자 번호도 표시되지 않았다. 혹시 집에 무슨 일이 있는 걸까? 동생에게 전화했다. 특별한 일은 없었다. 다시 잠들기는 힘들다. 침대에 웅크리고 누워 한참을 뒤척였지만 한 번 깨버린 의식은 점점 복잡한 상념으로 선명해지고 윤재는 무릎으로 내 허리에 계속 니킥을 날린다. 침대에서 빠져나와 윤재를 똑바로 누이고 젖혀진 고개를 바로 세워 목에 내 베개를 받쳐 편한 자세를 만들어주었다. 조용히 옷을 입고 노트북을 챙겨 1층 로비로 내려왔다. 글을 쓰고 영화를 보며 밤을 꼬박 지새웠다. 여명이 밝아오는 호텔 앞 거리에 새벽일 하러 가는 행인들의 모습이 하나둘씩 늘어갈 즈음 방으로 돌아왔다. 짐을 싸고 체크 아웃 준비를 했다. 조금이라도 빨리 답답한 호텔 방에서 벗어나고 싶었다. 시야가 탁 트인 넓은 공간이 간절하게 그리웠다. 골드코스트로 가는 비행기 출발시각이 한참 남았지만, 일찍 공항에 가기로 했다.

프론트에서 체크아웃을 부탁했다. 한국인이라 짐작되는 무표정한 여직원은 언제나 영어로 대화했다. 숙박비 계산서 아래에 청소비용이라며 100불이 적혀 있었다. 호텔에서 첫날밤을 보내고 다음 날 오후, 시내를 관광하고 들어왔는데 방 청소가 엉망이었다. 누군가 청소하러 들어와 손을 대긴 한 것 같은데, 신발에 묻어 들어온 흙 자국이 바닥 카펫에 남아있었고 침대 밑과 벽 구석에 먼지 덩어리가 굴러다녔다. 욕조와 세면대에 물때가 지저분했고 침구는 새것으로 바꾸지 않고 전날 그대로였다. 프론트에 전화해 화를 내고 싶었지만 참았다.

다음 날 아침 방을 나오면서 적지 않은 팁과 함께 바닥 먼지 청소를 부탁하고 침구를 매일 바꾸어 달라는 메모를 남겼다. 내 메모를 읽은 하우스키퍼는 바닥을 청소하려고 노력하였으나 도저히 일반적인 청소로는 지워지지 않는 오염을 발견하였고 호텔에서 카펫 청소 전문가를 불러 얼룩을 지웠다고 했다. 우리 가족이 사용 중에 카펫을 훼손한 것이므로 당연히 내가 책임지고 비용을 내야 한다며 딱딱하고 당당한 어조로 설명했다.

"이런 빌어먹을! 그것이 내가 만든 오염인지 이전에 숙박한 사람이 만든 것인지 어떻게 증명할 것이며, 행여 우리가 만든 오염이라 하더라도 내게 그것을 확인시키고 비용을 청구하겠다는 통보한 후에, 청소하든지 카펫을 바꾸든지 해야지, 이게 무슨 짓이냐?"

완전한 영어문장으로 표현하지는 못했지만 내 화는 표정과 목소리로 충분히 전달되었을 것이다. 직원은 눈을 크게 뜨고 고개를 으쓱하더니 황당하다는 표정이다. 멱살을 잡고 싸울 수도 없는 일이고, 언쟁을 계속해서 상황을 어렵게 만들기보다 100불을 버리는 것이 오히려 이후에 발생할 스트레스를 줄이는 현명한 선택이었다. 내가 고함을 지르고 소란을 피워도 디포짓한 카드에서 그 금액만큼 결제해

캠핑카 여행

버리면 나는 속수무책이다. 비좁고 불편한 호텔에서 보낸 6일도 화가 나는데 부당한 바가지까지 당하니 기분이 좋지 않았다. 하지만 누구를 탓하겠는가! 싱글룸을 예약하고 4명이 사용하겠다는 꼼수를 부린 내 탓이지!

신경질적으로 계산서에 사인하고 볼펜을 소리 나게 내려놓으면서 내 화를 표시하고 호텔을 나왔다. 이번 여행의 마지막 숙소가 될 골드코스트의 호텔이 어떨지 걱정이었다. 인터넷에서 확인한 호텔은 넓고 시설이 다양했다. 아이들을 위한 수영장과 놀이시설이 잘 갖추어져 있었다. 가격도 저렴했다. 호텔 홈페이지에 실제 촬영한 사진은 한 컷도 없었고 그림 이미지뿐인 것이 의심스러웠다.

비행기 출발보다 일찍 도착해서 공항터미널에서 3시간을 기다렸지만 좁은 호텔 방을 나오니 가슴이 탁 트이고 기분이 상쾌해졌다. 버진블루 항공기는 동체의 강렬한 빨간색이 인상적이다. 활주로를 이륙한 비행기는 호주 서부해안을 따라 비행했다. 비행기 왼쪽 내륙방향에는 도심의 빌딩과 푸른 숲이 번갈아 보이고 오른쪽은 코발트빛 바다와 산호 해안이 끝없이 이어진다. 색다른 경치에 취해 있는 사이 1시간여의 짧은 비행을 마친 비행기는 어느새 착륙을 알린다. 해변을 따라 달리는 버스를 타고 호텔에 도착했다. 수십 층 높이의 리조트가 줄지어 있는 해변에서 두 블록 떨어진 호텔 외관은 기대에 미치지 못했다. 열대 수목 사이의 나지막한 3층 건물의 파란색 지붕이 투박해 보였다. 체크인하고 정해진 방을 찾아 들어갔다. 낡고 소박했지만 아늑하고 깨끗했다. 시드니 호텔의 세배는 넓었다. 퀸사이즈와 싱글침대가 있었고 창가에 벙커 침대 하나가 더 있었다. 우리 가족 네 명이 쓰기에 넉넉했다. 정원 방향 테라스의 넓은 창을 열어젖히니 상쾌한 바람이 기분 좋게 방 안으로 밀려 들어왔다.

아이들과 호텔의 시설들을 탐험했다. 먼저 호텔 중앙의 수영장부터 찾았다. 넓은 인공 모래사장의 키 큰 야자나무 그늘 밑의 하얀색 선탠배드에 편안하게 누워 풀사이드 바에서 주문한 달콤하고 시원한 열대과일 칵테일을 마시면서 느긋하게 책을 읽으며 여행의 마지막을 정리하는 모습을 상상했다. 하지만 홈페이지에서 설명한 것과는 달리 건물로 둘러싸인 좁은 중정 안에 작은 수영장이 있고 그 안에 아이들의 시끄러운 고함만 가득했다. 몇 그루 없는 야자수는 초라했고 편안한 선탠배드의 칵테일은 고사하고 조용히 대화하기도 어려워 보였다. 그나마 다행은 지하의 Z4K라는 시설이었다. 아이들 놀이 프로그램이 매일 바뀌어 진행되는 곳이다. 다음 날 오후와 그다음 날 오전 프로그램을 예약했다. 호텔탐색을 끝내고 바다로 가고 싶었다. 두 블록 떨어진 바다까지 걷기에는 약간 부담스럽고 택시를 타기에는 가까운 애매한 거리였다. 길을 건너고 번잡한 상가를 걸어 골드코스트와 만났다.

비가 그치고 뭉게구름이 수평선 가득히 바다와 맞닿아 피어올랐다. 선명한 청색 하늘과 코발트빛 바다와 또렷하게 대비되는 새하얀 구름을 배경으로 붉은 석양이 강렬한 빛을 발산하며 이글거렸다. 구름은 여러 색이 엷게 겹쳐 빛나는 오팔처럼 석양빛을 산란시켰다. 넓은 산호 해변이 지평선이 보일 만큼 좌우로 끝없이 보였다. 입자가 작고 부드러운 모래가 뽀득뽀득 소리를 내며 발에 밟혔다. 리조트와 호텔들이 비 걷힌 안개 속 해변을 따라 신기루처럼 마천루를 이루었다. 이렇게 많은 호텔이라면 얼마 되지 않는 호주 국민 전체를 수용하고도 남을 것 같은데 여전히 해안가 전망 좋은 곳에는 고층 호텔을 짓기 위해 구름을 뚫고 타워크레인이 긴 팔을 내밀고 분주하게 움직였다. 남부 멜버른에서 시드니와 골드코스트를 거쳐 그레이트 배리어 리프 북쪽까지 수천 킬로미터 길이로 해안이 이어진다. 우리가 사는 지구의 광활함을 새삼 실감했다.

　석양이 지는 골드코스트의 풍경을 바라보는 이 순간, 내 평생, 이 이미지를 회상하며 행복한 기억을 되살릴 것이란 생각에 큰 기쁨이 몰려왔다.

Surfers Paradise

    이루지 못할 꿈에만 그쳤던 세계여행의 상상을 조금씩 현실로 만들어가고 있다. 여행의 감동이 가슴 깊은 곳에서 뭉클한 감정을 끌어올릴 때마다 내가 지금 경험하는 이 순간들이 실제로 일어나고 있는 일인지 상상을 실제로 착각하는지 믿기지 않을 만큼 행복해진다.

    한 달 일정의 오세아니아 여행이 며칠 남지 않았다. 이번 여행은 유럽과 미국을 여행할 때와는 조금 다른 느낌을 준다. 광대하고 아름다운 자연에 감동하였지만, 유럽과 미국에서 느꼈던 격정적인 감정에 비하면 가슴을 후려치는 강도는 약했다. 중세 도시를 걷는 신비로움, 화려한 가톨릭 성당의 경외감, 인류 역사를 집약한 박물관과 미술관의 예술품을 감상하면서 느꼈던 감동은 없었다. 푸른 안개가 신비로운 블루마운틴은 그랜드캐년의 믿기지 않는 웅장함에 비하면 소박했다. 뉴질랜드의 멋진 설산과 밀키블루 호수의 때 묻지 않은 경관에서는 스위스 융프라우의 장엄함을 느끼지 못했다. 골드코스트의 아름다운 해변은 와이키키와 마우이에 비해 단조롭다. 하버브리지의 무채색 야경은 세느강 유람선에서 바라본 낭만적인 에펠탑의 황홀한 조명에 견줄 수 없고 뉴욕 브루클린브리지의 섬세한 아름다움에 미치지 못한다. 시드니의 도심에서 뉴욕의 마천루를 보았을 때의 경이로움은 찾을 수 없었고 항구의 야경은 팝아트의 강렬한 색채가 연상되는 맨해튼의 야경에 비해 소박하다. 서구 문명의 원류인 유럽에서 미국과 뉴질랜드 호주로 이어지는 여행순서가 우리 안목에 선입견을 남겼다.

골드코스트의 첫날 아침 모처럼 편안하게 자고 일어나 수영장에서 한가한 시간을 보냈다. 연재가 수영장 가장자리에서 진행하는 훌라후프대회에 참가하여 가볍게 일등을 하고 초콜릿과 사탕을 선물로 받았다. 오후에는 아이들을 키즈클럽에 보냈다. 비용이 저렴하고 진행자들도 친절했다. 아이들이 없는 동안 부부만의 호젓한 시간을 가질 수 있었다. 아이들과 부모 모두를 만족시키는 훌륭한 프로그램이었다. 아내와 나는 골드코스트에서 가장 번화한 서퍼스파라다이스를 여유롭게 거닐었다.

아이들과 다시 만나 저녁 먹을 곳을 찾았다. 다양하지 않은 해변 식당 중에서 눈에 익숙한 하드락카페에 갔다. 실내를 진동하는 큰 음악 소리가 내 혼을 빼놓아 한국에서는 피하는 곳이지만 오늘은 흥이 솟았다. 아내와 칵테일을 마시며 이번 여행은 익숙한 것들의 반복이었다는 공감을 했다. 여행 자체가 주는 흥미나 행복은 충분했지만, 이곳에서 보고 겪은 일들은 대부분 지난 2년의 여행에서 어디선가 마주친 것의 반복이라는 느낌의 연속이었다. 여행의 신선함을 유지하고 다시 갈망하게 만들기 위해서 내년에는 여행을 한해 건너뛰는 것도 좋을 것 같다는 이야기를 나누었다. 그러나 나는 분명히 그렇게 하지 못할 것이다. 연말이 되면 다시 마음이 허전하고 인생이 무료해지고 있음을 느낄 것이고 무엇인가에 홀린 듯이 내년에 떠날 모험을 진행할 작전을 꾸밀 것이다. 가족들과 함께하는 여행이 내 인생을 풍요롭게 만드는 가장 중요한 동기가 되었다. 나의 내면 깊이 뿌리박힌 이런 욕구를 이제부터 쉽게 자제하지 못할 것이다.

Big Bang

    태초에는 아무것도 존재하지 않았다. 150억 년 전 커다란 폭발 후에 최초로 시간과 공간이 나타났다. 팽창하는 공간 속의 물질들이 지구라는 푸른 행성으로 모양을 갖추기까지 100억 년의 시간이 필요했다. 별과 행성의 파괴와 생성의 혼돈 속에서 태양계가 형성되고 운 좋게 지구와 달이 지금의 위치에 자리를 잡았다. 아무것도 살지 않는 불모의 행성 지구가 생명을 얻기까지 수억 년 동안 태양 주위를 외롭게 맴돌고 나서야 비로소 작은 미생물이 출현했다. 진화를 거듭하며 동식물의 형태를 만들어가던 생명은 우주에서 날아드는 운석의 충돌과 지구 내부의 대분출로 인해 멸종을 반복하면서 대부분 사라졌고, 자연에 적응한 극소수의 생명만이 살아남아 수억 년의 진화를 계속했다. 현생 인류의 조상인 영장류가 700만 년 전에 처음 나타났다. 인류의 기원이 되는 20개 영장류 중에서 유일하게 멸종하지 않고 살아남은 호모사피엔스가 지능을 갖추게 된 것이 불과 150

만 년 전의 일이다. 인류가 동물적 본능에서 벗어나 스스로 역사를 기록하게 된 것이 겨우 5,000년 전이며, 현대문명이 본격적으로 일어난 시기는 산업혁명 이후 250년 동안에 불과하다. 이 억겁의 시간 속에서 우리는 길어야 100년이라는 찰나의 순간을 살다가 태초의 공간으로 다시 돌아가서 다른 별의 재료가 된다. 물질의 소멸과 반복은 영원하지만, 정신과 기억의 윤회를 의식하는 인간은 없다. 내가 우주를 의식하고 기억하는 시간은 현재 내가 생존하는 지금 한순간뿐이다.

'이 행성에서 지금 현재 나와 동시에 의식과 감정과 감각과 기억을 공존하는 70억의 호모사피엔스 중에서 행복을 느끼며 살아가는 사람은 얼마나 될까?'

인간은 자기에게 주어진 인생의 대부분을 육체적 고통과 정신적 번민을 인내하면서 살아간다. 자신의 존재 의미를 고민하며 고통받는 사람과 궁핍과 차별 속에서 육체적 고통을 감당하느라 삶의 의미조차 생각할 겨를 없이 늙고 쇠약해져 생을 마치는 사람이 대부분이다. 아주 가끔 맞이하는 작은 행복의 순간에 짧은 위로를 얻고 남은 삶 동안 혹시 찾아올지 모를 행운을 막연히 기대하며 기나긴 고통의 시간을 견딘다.

이 순간 나는 세상에서 가장 행복한 사람이다. 여행의 모든 과정은 일상의 번민과 고통을 모두 덮고도 남을 만큼 나를 행복하게 한다. 하지만 여전히 알 수 없는 공허함은 늘 내 의식의 한구석을 불안하게 차지하고 있다. 나는 늘 더 많은 것을 원하고 점점 더 행복해지기를 바란다. 어제의 행복을 오늘의 일상으로 여기고 과거보다 더 많은 것을 갈망하고 더 짜릿한 흥분과 감동을 찾아 헤맨다. 끊임없이 채워 넣어야 만족하는 이루지 못할 탐욕을 조절하고 내가 이룬 것과 내가 가진 것에 깊이 감사해야 한다. 찰나의 인생을 행복하게 만드는 핵심 요소는 물질의 풍요나 육체의 쾌락이나 미학적 즐거움이 아니다. 오로지 심리적 만족감이다.

Casino

날씨 좋기로 유명한 골드코스트는 일 년 365일 중 350일은 맑은 햇살을 볼 수 있다는데 우리가 이곳에 머무는 5일 동안 첫날을 제외하고 오늘까지 계속 비가 내린다. 오늘은 빗방울이 더 굵어졌고 바람까지 거세다. 키즈클럽에 아이들을 데려다주고 아내와 나는 어디서 시간을 보낼까? 고민했다. 서퍼스 파라다이스는 거리가 초라하고 우리의 관심을 끌 만한 매력 있는 곳이 없었다. 호텔 로비를 어슬렁거리다가 주피터 카지노의 홍보 팸플릿을 발견했다. 택시를 타면 30분 이내에 도착할 수 있다. 작년 라스베이거스 여행 이후, 아내와 나는 카지노의 묘한 매력에 빠져있다. 화려한 조명 아래에서 독특한 소리를 내며 돌아가는 슬롯머신의 기계음이 야릇한 흥분을 자아내고 딜러들의 손놀림을 지켜보는 게이머들의 긴장된 얼굴과 때때로 터지는 함성이 사이렌의 노랫소리가 뱃사람들을 유혹하듯이 사람들을 헤어나지 못하게 한다. 속수무책으로 도박에 빠져들까 경계 되고 아이들을 홀로 두어야 하는 미안함 때문에 평소에는 카지노에 가는 것을 주저했지만 오늘은 아이들이 나올 시간까지 오후 내내 우리 부부만의 시간이 생겼다. 호텔 직원이 불러준 택시를 타고 카지노로 출발했다. 흑인 택시기사는 우리에게 일본말로 인사를 한다. 나는 한국 사람이라고 대답하고 당신은 동양인을 만나면 한국 사람, 일본 사람, 중국 사람을 어떻게 구별하는지 질문했다. 그의 방법은 간단했다. 일본사람은 어딘가 복장과 행동이 세련되어 보이고 중국 사람은 일본사람과 비슷하게 생겼지만, 행색이 상대적으로 누추하다고 했다.

뉴질랜드 호주 _____

"한국 사람은 어느 쪽에 가까우냐?" 했더니 한국 사람은 다른 두 나라 사람보다 관광객 수가 많지 않아 잘 모르지만, 당신들을 보니 일본사람에 더 가깝다고 한다. 욕인지 칭찬인지 모르겠다.

카지노가 있는 호텔에 도착했다. 우리가 묵는 호텔에 비해 이곳은 라스베이거스 호텔처럼 크고 화려하다. 쇼하는 공연장도 있고 넓은 로비에 관광객들로 활기가 넘친다. 아내는 카지노 입구에서 현금 100불을 손에 쥐여주고 내 지갑을 빼앗아 자기 백에 집어넣었다. 도박에서 자제력을 발휘하도록 우리 부부가 정한 카지노 출입 규칙이다.

작년 라스베이거스에서 처음 시도한 블랙잭에서 우리는 무려 500불을 땄다. 여행에서 겪은 일 중 가장 심장을 뛰게 하는 경험 중 하나였고 그 긴장과 스릴의 짜릿함은 오래 기억에 남았다. 오늘도 종목은 블랙잭이다. 100불을 투자한 3시간의 게임에서 600불까지 판돈이 불어났다. 아내가 만류했지만, 마지막 몇 판에 나는 흥분하고 말았다. 평정심을 잃어 300불 정도를 따오는 것에 만족해야 했다.

내가 경험한 카지노는 도박이라기보다 인간의 본능적 욕망을 파고드는 고도의 심리 게임이다. 거꾸로 말하면 참가자가 끓어오르는 동물적 본능만 조절 가능하다면 이길 수 있는 게임이다. 본능의 억제는 누구에게나 쉽지 않은 일이기 때문에 대부분 게이머는 돈을 잃고 카지노는 수익을 예상하며 사업을 벌인다. 본능을 조절하는 장치를 가진 게이머는 카지노에서 승리할 확률이 높다. 최소한 블랙잭이라는 게임만큼은 이 사실이 분명한 것 같다. 일확천금을 노리는 사람이 아니라 관광으로 갔다가 소액의 게임을 즐기고 소액을 따는 기쁨을 누리고자 하는 사람은 딜러를 이기는 방법이 있다. 자신의 동물적 감정과 욕망을 버리면 된다. 즉 카지노 테이블에 앉아 있는 시간만큼은 기계적으로 행동하는 것이다. 딜러가 승률을 조작할 수 없는 블랙잭에서 기계적으로 배팅하는 사람은 한 사람의 딜러와 다수의 게임자라는 게임 규칙에서 확률적으로 돈을 딸 수 있다. 게임이 끝날 때까지 철저하게 일정 금액의 소액을 기계적으로 베팅하면 된다. 소액의 기준이 자신의 자산과 소비수준을 고려하면 애매하지만 5회 정도 연속해서 잃어도 자신의 감정이 흥분되지 않고 평상심을 유지할 수 있는 금액이 아닐까 한다. 나의 경우 그 금액은 대략 10불 정도이다. 아무리 많은 자산을 가진 사람이라도 자기 돈이 눈앞에서 사라지는 것을 보고 흥분을 잠재울 수 있는 사람은 없다. 매번 거액을 베팅하면 자제력을 잃기 쉽고 자신의 감정을 통제하지 못하면 게임에서 이기는 것은 불가능하다.

블랙잭에서 이기는 우리 부부의 방법은 이렇다. 카지노에 들어가면 어느 곳이나 슬롯머신이 제일 먼저 손님들을 맞이하고 다음은 블랙잭 테이블, 그 뒤로 바카라 등의 게임들이 있다. 카지노에서 이기고자 하는 사람은 슬롯머신에 손을 대면 안 된다. 관광객들은 쉽게 슬롯머신에 코인을 넣고 간단하게 조작하며 행운을 빌어보지만, 슬롯머신은 게임횟수가 많아지면 결국은 승률이 누적되어 카지노에 절대적으로 유리한 게임이다. 게이머는 돈을 딸 수 없는 시스템이다.

그래서 카지노에는 슬롯머신의 수가 가장 많고 모든 카지노 넓은 홀의 제일 앞자리를 차지하고 있다. 우리 같은 관광객들이 도박의 짜릿한 흥분을 재미로 느끼고 약간의 금전적 이득을 얻기 위해서는 앞 게임의 결과가 다음 게임의 승부에 전혀 영향을 미치지 않고 매 게임 독립적인 결과만을 내는 블랙잭이 가장 적당하다. 블랙잭 테이블마다 최소 베팅금액이 모두 다르다. 가장 작은 단위로 배팅하는 테이블을 찾아야 한다. 가끔 5불도 있었지만, 대개는 10불이 최소 베팅금액이다. 10불씩 배팅이 가능한 테이블이 여러 곳 있다면 가장 손이 느린 딜러를 찾아야 한다. 카지노의 전략은 게이머들이 게임을 최대한 많이 반복하도록 유도하는 것이라는 것을 명심해야 한다. 딜러와 게이머의 승률은 공식적으로 매우 작은 차이다. 단 1%의 승률 차이가 게임의 횟수가 누적되면서 결국 게이머를 빈털터리로 만든다. 게이머는 가능한 한 게임횟수를 줄여야 한다. 최저 베팅금액과 딜러의 손놀림을 보고 테이블을 결정했으면 손에 쥐고 있는 100불을 칩으로 바꾼다. 그때부터 내가 결정할 일은 끝났다. 고민하고 생각하면 안 된다. 나는 본능과 감정이 지배하는 사람이 아니고 똑같은 일을 반복하는 기계라고 생각해야 한다. 나는 이제 이 테이블을 떠날 때까지 10불씩만 배팅한다. 딜러가 이기면 10불을 잃고 내가 이기면 10불을 벌고 블랙잭이 나오면 20불을 버는 것이다. 물론 hit 와 stay 의 선택은 딜러의 패를 보고 잘 결정해야 한다. 단순한 방법 같지만, 현금이 오가는 실제 테이블에서 평정심을 유지하기 쉽지 않다. 그러면 무슨 재미가 있냐는 생각도 있겠지만 내 돈 10불이 들어왔다 나 갔다 하며 100불이 500불이 되었다가 다시 몇백 불 잃고 하는 과정에서 적지 않은 스릴과 흥분이 일어난다. 이대로만 하면 단언하건대 분명히 내 앞에 칩이 쌓여가는 모습을 볼 수 있다. 카지노에서 일확천금을 버는 방법을 나는 모른다. 다만, 색다른 여행 추억을 만들고 여행 경비를 떼어내 구매하기 주저했던 기념품을 사거나 여행자가 쉽게 이용하지 못하는 고급 레스토랑에서 부담 없는 식사 한 끼를 바라는 사람을 위한 조언이다.

카지노에 들어갈 때는 내 손에 100불만 있어야 한다. 다른 돈은 숙소에 두고 와야 욕망과 아쉬움이 생기더라도 중단할 수 있다. 100불을 잃으면 그 돈은 어른들의 놀이동산 입장료로 여기면 된다. 게임을 하면서 느끼는 흥분과 스릴 그리고 탄식, 아름다운 아가씨가 가져다주는 공짜 맥주와 칵테일을 마시며 즐긴 것에 비하면 비싸지 않았다고 생각하며 손을 털고 일어나야 한다. 내 방식대로 게임을 진행하면 100불이 쉽게 없어지지 않을 것이다. 그렇다면 얼마를 따면 일어나야 하나? 하룻밤에 500불 정도로 정하자. 그 정도면 멋진 레스토랑에서 아내와 맛있는 식사를 할 수 있는 금액이다. 모든 도박 게임자는 큰 거 한 방을 노린다. 돈을 몇 번 따면 자신을 게임에 특출난 능력이 있는 사람으로 착각한다. 지금까지 모인 돈을 한꺼번에 베팅해서 이기면 돈이 기하급수적으로 늘어나는 상상을 한다. 베팅한 금액의 더블이 되는 상금을 높이기 위해 소액 정액 배팅이라는 규칙을 어기고 베팅금액을 올리려는 욕망에 붙잡힌다. 카지노에서 게임횟수를 늘리면 확률적으로 절대 이길 수 없다. 내가 돈은 딴 것은 단지 그때까지의 행운일 뿐이다. 내 도박 실력과는 아무런 관련이 없다. 그래서 나는 항상 아내를 엄격한 감시자로 동반한다. 아내는 게임이 반복되면서 당연히 솟구치는 내 욕심을 진정시켜준다. 오늘 딴 돈으로 아내에게 예쁜 가방을 선물할 수 있을 것이다. 한국 사람들은 카지노를 나쁜 욕망을 가진 타락한 사람들이 이용하는 수준 낮은 곳이라 여기며 피한다. 하지만 내가 말한 정도라면 즐겁고 특별한 추억을 만들 수 있지 않을까!

Brisbane

한국으로 돌아가기 위해 브리즈번공항에서 저녁 11시에 출발하는 홍콩행 비행기를 타야 한다. 우리 여행의 최고 보물 전기밥솥이 망가지지 않도록 포장 역할을 하던 우체국 택배용 종이상자가 비행기 화물칸에서 이리저리 시달림을 당하다 결국 완전히 너덜너덜하게 망가졌다. 남은 음식을 버리고 짐을 줄여 제일 큰 가방 안에 밥솥이 들어갈 공간을 만들었다. 큰 종이상자가 없어지니 짐이 줄어 운반이 편리해졌다. 택시를 불러 타고 브리즈번으로 가는 기차가 정차하는 헬렌스베일 역에 도착했다. 시드니에서 골드코스트를 지나 브리즈번까지 이동하는 해안 철로가에는 도시와 마을이 끊이지 않고 이어졌다. 2,500만 명 호주사람들 대부분이 서부해안에 모여 산다. 내륙의 넓은 땅은 아웃백이라 부르며 사람이 살지 못하는 위험한 곳으로 여긴다. 햇살 따듯하고 아름다운 해변을 버리고 굳이 척박한 자연에 터전을 잡을 이유가 없었을 것이다. 금과 오팔을 찾아 일확천금을 노리는 사람들이 모인 마을과 모험과 고독을 즐기며 인간 세상에서 떨어져 살기를 원하는 사람들이 사는 내륙 마을이 있다고 들었다. 호주에 올 기회가 다시 생긴다면 서울과 다름없는 도시를 관광하기보다 광활하고 척박한 아웃백의 황무지를 운전하는 모험을 해보고 싶다.

브리즈번 중앙역에 내렸다. 여행 가방들을 맡길 곳을 찾아야 했다. 커다란 가방 4개를 모두 끌면서 시내를 돌아다닐 수는 없는 노릇이었다. 역 구내 락커는 우리 가방이 들어가기엔 너무 작았다. 역 직원에게 큰 락커가 있는지 물었다. 한 정거장 전 역에 큰 락커가 있고 게이트를 빠져나가지 않으면 티켓을 다시 살 필요는 없다는 팁도 친절하게 알려주었다. 짐을 보관하고 찾고 돌아오는 수고와 시간이 번거롭다. 이만한 짐을 맡길 다른 방법이 없는지? 다시 물었다. 역 건물 출구 근처의 구두수선 가게에서 손님들의 짐을 맡아주기도 하니 가서 물어보라고 알려주었다. 게이트 앞에서 구두를 고치고 열쇠를 복사해주는 가게를 쉽게 찾았다. 머리가 하얗게 센 백인 노인이 가죽 앞치마를 두르고 웃으며 우리를 반겼다. 가방을 가게 안으로 들여놓으라고 했다. 별도의 공간이나 잠금장치는 없었다. 구두가 쌓여 있는 선반 아래 공간에 몇 개의 가방이 더 있었다. 노인의 눈이 유일한 도난 방지 장치였다. 큰 가방 4개를 보관하는데 5불이었다. 무거운 짐을 친절하게 맡아줘서 다행이었고 큰 비용을 요구하지 않아서 고마웠다. 다만 오후 5시에 가게 문을 닫으니 그전에 찾으러 와야 한다고 했다. 11시에 출발하는 비행기를 타기 위해 시내에서 저녁을 먹고 9시쯤 공항으로 가는 열차를 탈 계획이었는데 가게가 문을 닫기 전에 가방을 찾으려면 좀 더 일찍 중앙역으로 돌아와야 했다. 저녁이면 쌀쌀해지는 기온에 아이들이 입을 외투만 넣은 백 팩만 등에 메고 몸을 가볍게 하여 기차역 건물을 나왔다. 깨끗한 현대식 건물로 보였던 실내와 달리 브리즈번 중앙역은 고딕 양식의 아름다운 석조건물이었다. 똑같은 외양과 구조의 건물 3동이 가운데 중정을 마주하고 연결되어 있었다. 건물 사이의 정원은 작은 공원으로 이용되었고 길 건너 브리즈번 중심 쇼핑가와 보행자 전용 육교로 연결되었다. 화려한 청동 난간과 고풍스러운 디자인의 육교가 회색 석조건물들과 잘 어울렸다. 육교를 건너면 오피스건물이 즐비한 도시의 메인 로드가 이어지고 지하 푸드코트와 노천카페는 마침 점심시간을 맞은 직장인들이 식사하느라 분주했다. 다인종 사회답게 세계 각국의 다양한 요리들이 먹음직스러웠다. 한국 아주머니가 운영하는 비빔밥집이 반가웠다. 롤과 김밥을 파는 한국 아가씨가 친절하게 주문을 도와준다. 여러 가게가 공동으로 사용하는 테이블은 빈자리가 없다. 이런 경우에는 아내가 나선다. 샌드위치를 거의 다 먹어가는 백인 모녀를 타겟으로 정했다. 테이블 가까이 붙어서서 그들을 힐끔힐끔 쳐다보면서 주문한 음식을 양손에 들고 있는 아이들을 둘러 세운다. 그때부터 모녀는 우리 눈치를 살피면서 식사 속도가 빨라진다. 음식을 다 먹지도 않고 입안에 우물거리면서 자리에서 일어난다. 모녀가 비워준 자리는 우리 차지가 된다. 우리는 약간의 심리적 부담을 주었을 뿐, 물리적으로 강요하지 않았고 그들은 작은 선의를 베풀었다. 진심으로 고맙다는 인사를 하고 자리에 앉아 느긋하게 식사를 했다.

지하 푸드코트를 나오면 메인 쇼핑거리다. 넓은 보행자 전용도로 양쪽으로 연륜 있어 보이는 쇼핑몰들이 이어진다, 줄기가 굵고 가지가 넓게 펼쳐진 커다란 가로수들이 거리 중앙에 늘어선 광경이 인상적이었다. 가로수 사이의 아름다운 분수와 세련된 카페들이 도시의 분위기에 활력을 주었다. 퀸엘리자베스 대로를 따라 끝까지 걸으면 브리즈번강을 만난다. 브리즈번 시내를 S자로 감싸고 도는 브리즈번

강에는 각기 특색있는 다양한 디자인의 다리들이 있어 자칫 단조롭기 쉬운 강변 풍경을 매력적으로 만들었다. 선착장에 유람선들이 한 가로이 손님들을 기다렸다. 강 반대편에서 시내를 멀리 조망해보고 싶어서 인도를 따라 다리 위를 걷기 시작했다. 다리 중간쯤에서 몸을 가누기 힘든 바람이 불었다. 자칫하면 아이들이 바람에 날려 사고라도 당하지 않을까 위험했다. 바다도 아니고 강 위로 부는 바람으로는 믿기지 않았다. 난간을 붙잡지 않으면 몸을 지탱하기 힘들었다. 아이들을 난간 쪽으로 세워 조심조심 시내 쪽으로 되돌아 왔다.

아내와 연재가 옷가게를 구경하는 동안 나와 윤재는 큰 나무 그늘 아래 카페의 길쭉한 테이블에 자리를 잡았다. 사과로 만든 맥주가 있었다. 어떤 맛이 날까? 궁금했다. 탄산가스가 톡 쏘는 달콤한 맛이 좋아 몇 모금 욕심냈더니 앉은 자리에서 얼굴이 벌겋게 달아올랐다. 한참 후에 돌아온 아내가 내 얼굴을 보더니 남들이 보면 낮술 먹고 취한 교양 없는 동양인 관광객으로 알고 손가락질하겠다며 웃었다. 나는 술을 마시지 못해 알코올에 입만 대도 얼굴이 붉어진다.

시드니 카지노에서 딴 돈은 아내에게 주었다. 아내는 그 돈으로 평소에 쉽사리 사지 못하는 가방을 원했다. 나는 그러라 했다. 당연히 그 돈은 카지노에서 내 탐욕을 조절하게 해준 아내의 몫이다. 시드니 호텔 앞 쇼핑센터에서 아내가 원하는 가방을 발견하긴 했다. 기대하지 않은 돈이 있었지만, 아내는 생각보다 비싼 가격에 구입하지 않았다. 호주를 떠나는 오늘, 아내는 가방을 사기로 다시 마음먹었다.

하지만 같은 브랜드를 브리즈번에서 찾지 못했다. 발음이 어려운 가방 브랜드 스펠링을 냅킨에 적어 카페 직원에게 보이면서 근처에 가게가 있는지 물었다. 액세서리에 관심이 많을 것 같은 젊은 여직원을 골랐지만 알지 못했다. 아내는 실망했다. 가방을 맡겨둔 열쇠 가게가 문을 닫는 5시가 가까워졌다. 중앙역으로 되돌아가야 했다. 중앙역을 바라보는 횡단보도를 건너기 위해 신호등 불이 바뀌기를 기다리고 있는데 길 건너 오른쪽에 아내가 찾는 브랜드의 간판이 보였다. 시드니에서 사지 못했던 가방이 있었고 세일까지 했다. 아내는 기뻤다.

여행이 끝났다.

연재가 좁은 좌석에서 불편하게 잠이 들었다. 허리와 고개가 꺾였다. 아이와 내 자리를 가로막는 팔걸이를 들어올려 아이를 길게 눕혔다. 앉을 자리가 없어진 나는 비행기 뒤쪽 승무원 서비스공간의 벽에 기대서 시간을 보내야 했다. 선 채로 책을 읽었더니 멀미가 나고 두통이 생겼다. 홍콩에서 비행기를 갈아탔다. 인천공항으로 향하는 캐세이퍼시픽 항공의 비행기가 막 홍콩 상공으로 날아오르고 있다. 이제 3시간 정도만 비행하면 올해 여행은 끝나게 될 것이다.

힘들었다. 지난 3년 중 가장 고통스러운 여행이었다. 저렴한 숙소의 불편한 잠자리가 가장 괴로웠다. 아이들을 챙기는 일도 만만치 않았다. 캠핑카를 정리하고 운전하는 일은 그나마 견딜만했다. 몸은 고단했지만, 마음에 행복이 충만했다. 길 위에서 한 달 동안 별다른 사고는 없었고 가족들은 건강했다.

집으로 돌아가는 길, 가족들이 자랑스럽다. 밀려오는 행복감에 뿌듯한 자부심을 느낀다.

누구에게나 어떤 것을 잃거나 고통스럽고 힘든 일이 생겨 그 이전과 이후로 삶이 양분되는 시점들이 있다. 사업에 실패한 고통의 탈출구로 여행을 선택하면서 내 삶은 양분되었다. 여행 중에 얻은 행복의 카타르시스는 고통을 추억으로 전환했다. 어쩌면 여행은 인간의 본능과 어울리지 않는 이상한 일이다. 집의 안락함과 안전을 자진해서 버리고 낯선 땅으로 날아가 집을 떠나지 않았더라면 애초에 잃지 않았을 편안함을 되찾기 위해 엄청난 돈과 시간을 쓰면서 덧없이 노력하는 과정이 여행이다. 최고급 관광상품도 있긴 하지만, 최소한 우리 가족 여행은 그렇다. 그리고 어차피 모두 집으로 돌아온다. 그런데도 여행은 인간을 행복하게 만드는 행위 중에 효용이 제일 높다. 새롭고 아름다운 경험을 사랑하는 사람과 같이하면서 일어나는 힘든 행위의 시간은 그 어떤 안락함에서도 느낄 수 없는 행복한 기억을 공유하게 만든다.

행복한 상태에서 어떤 누구와도 이해관계의 시비에 휘말리지 않거나 육체적으로 정신적으로 완벽하게 고통이 없는 생활을 유지하거나 내 가족과 사업의 미래에 대한 불안이 완전하게 제거된 상태를 지속하는 것은 불가능하다. 주기적으로 고통은 반복되었고 앞으로도 그러할 것이다. 예측하지 못했던 불행과 마주치면 실패할 것이라는 두려움에 사로잡히지 말고 지금까지 잘 이겨냈다는 자신감을 근거로 이성적이고 합리적인 해결방법을 찾아야 한다. 갈등과 불안의 시간을 길게 끌어서 내 삶을 소진하는 것보다 순간적으로 내가 손해를 보더라도 짧게 끝내는 것이 결과적으로 내 삶에 상처를 작게 남긴다. 견고한 이성과 합리적 지성을 유지하기 위해 늘 노력해야 한다. 선각자들의 생각을 읽고 내 생각을 다듬고 쓰면서 항상 예측하지 못한 불행에 현명하게 대처할 능력을 길러야 한다. 인격적으로 존경하고 철학적으로 의지할 수 있는 선각자를 만나 나의 공허한 부분을 채우고 싶다. 말초적 즐거움은 이보다 더 행복하기 어렵고 더 짜릿한 희열을 구하면 분명히 불행한 사고로 이어질 가능성이 크다. 내 인격과 지성이 미숙해지는 상황에 빠졌을 때, 선각자들의 경험에서 위안을 얻고 내 삶이 철학적 막연함에 빠졌을 때, 그 해법을 구할 수 있어야 한다. 내가 행복감을 느끼는 일을 찾아 즐기고 고통을 현명하게 이겨내면서 자신을 꾸준히 성장시켜 내 가치관과 언행이 타인에게 긍정적 영향을 미치는 삶을 살아야 한다.

· · ·

욕망하는 사랑
희생하는 사랑

사랑은 욕망과 배려와 희생의 단계로 발전하면서 숭고한 의미가 부여된다.

욕망은 쾌락과 소유에 대한 동물적 본능이다. 배려는 타인의 감정과 신체에 불편을 끼치지 않도록 관습과 교육에 의해 규정되는 행동 양식이다, 희생은 사랑하는 사람의 안락함을 위해 자신의 육체적 노고와 위험을 감수하거나 감정적 고통을 자처하는 행동과 말의 판단 기준이다.

본능이 욕망하는 사랑은 흔한 일이다. 양심과 이성을 교육받은 사람은 배려하면서 사랑한다. 자신을 기꺼이 희생하는 사랑은 드물다. 욕망은 끌리는 이성이 나타나면 언제나 일어나는 동물적 본능이지만 배려와 희생은 철학과 도덕의 가치가 내재된 인간에게만 드러나는 숭고한 행위이다.

인간의 도덕과 철학과 종교는 본능적 욕망에 의한 사랑을 죄악시하고 배려하는 사랑을 권유하고 자신을 희생함으로써 사랑을 완성하라고 가르친다. 이를 야생의 동물과 구분하는 인격이라 규정하고 인간의 격을 나타내는 척도로 삼는다. '짐승 같은 놈'이라는 표현은 동물적 본능에 따라 말과 행동을 결정하는 사람을 가리키는 심한 모욕이다.

사랑은 생명체라면 어떤 존재에게나 자연 발생하는 유전적 본능이다. 생명체는 유전자를 보존하고 운반하는 이기적 개체이다. 이동이 거의 불가능한 식물은 물리적 접촉 없이도 가능하지만, 동물은 신체의 직접 접촉을 통해 유전자 운반을 시도한다. 이러한 직간접적 접촉 행위를 우리는 사랑이라 말한다. 방법과 몰입의 정도는 생명체마다 다르지만 사랑하지 않으면 접촉할 수 없어서 유전자 이동이 불가능하다. 생명체는 사랑을 통해 후손을 탄생시키고 유전자를 보존한다. 이는 오로지 생물학적 본능에 의한 욕망에 불과하다. 오직 인간만이 욕망의 사랑보다 배려하는 사랑과 희생하는 사랑을 고귀하게 여긴다.

사랑이란 내가 사랑하는 사람이 원하는 것을 내가 원하는 것보다 우선순위에 놓는 의식적 행동이다. 사랑을 오래 유지하는 부부는 상대가 원하는 것을 해주기보다 상대가 싫어하는 일을 하지 않는 것을 더 중요하게 판단한다. 사랑은 아끼고 보호하는 행위를 넘어 사랑하는 사람을 위해 내 욕구와 편의와 감정을 기꺼이 희생할 수 있는 상태를 의미한다. 한 가지 위대한 일을 성공하면 다른 부족한 것은 용서될 것이라 착각하는 사람들이 많다. 인간의 능력은 한계가 있고 우리가 인생에서 해결해 나가야 할 일은 많다. 그중에서 특별한 한 가지를 해결한다고 행복해지지 않는다. 사회적 성공을 위해 가족과의 시간을 희생하거나 반대로 가족만 생각하느라 사회생활을 포기하면 안 된다. 돈을 위해서 인격을 희생하거나 인격을 위해서 경제적 이익을 무조건 포기하는 것도 합리적인 선택이라 할 수 없다. 우리가 살아가면서 해결해야 할 일에 내 능력과 시간을 고르게 안배해야 한다. 개인마다 발휘할 수 있는 능력의 양과 질을 자기 삶에 배분하여야 한다. 가장이라면 가족의 화목과 사회적 성취와 개인의 개발에 능력을 나누어 집중해야 한다. 우리 아버지 세대 대부분과 우리 세대 일부 남자는 대문 밖의 일에 열중하고 아내는 가정의 일을 책임진다는 생각이 각인되어 있다. 남자의 사회적 성취를 위해 가정을 등한시하는 것은 어쩔 수 없다고 여긴다. 학창시절 좋은 학교에 가서 좋은 직장을 얻기 위한 공부가 끝나면 직업에서 은퇴할 때까지 개인의 능력 개발을 위한 노력은 이례적이며 특별한 사람이 하는 일탈로 취급한다. 모든 것을 완벽하게 성취할 능력을 갖춘 사람은 이 세상에 없다. 인생은 그런 기회를 주지 않는다. 사회적 성공을 일부 포기하더라도 가족의 화목을 고려해야 하고 허무한 노년을 막기 위해 시간과 노력을 쪼개어 자신을 개발하는데도 투자해야 한다.

결혼은 한 편의 긴 연극이다.

결혼 생활을 행복하게 유지하려면 해피엔딩으로 쓰인 각본에 맞추어 수십 년 동안 변함없이 내 욕망을 숨기고 행복한 연기를 멈추지 말아야 한다. 화성에서 온 남자와 금성에서 온 여자가 우연히 만나 사랑의 화학반응이 폭발한다. 예상 수명이 늘어난 현재는 그 우연의 남녀가 아이를 낳고 키우고 서로 사랑하면서 일백 년 가까이 서로를 미워하지 않고 함께 살아가야 한다. 긴 여정 동안 두 사람은 오직 상대에게만 애정과 배려와 희생을 교환하는 생물학적으로 심리적으로 불가능한 상태를 유지해야 한다. 생물학적 번식만을 위한다면 부부 관계는 짧으면 짧을수록 유리하다. 남녀가 나의 유전자와 상대의 유전자를 합쳐서 후손을 생산하기 위한 사랑의 감정은 생각보다 길지 않다는 사실을 우리는 경험을 통해 잘 알고 있다. 동물적 본능과 상반되는 이러한 감정을 유지하기 위해 인간은 도덕과 철학의 힘을 빌려 본능 억제를 강요당하고 그것이 인간다운 삶이라고 세뇌당하면서 행복하지만은 않은 결혼 생활을 유지한다.

누군가는 인생에서 가장 행복한 순간은 내가 목표한 물질적 욕망을 채운 때라고 여기겠지만, 누군가에게 사랑받고 있다는 감정적 안정감이 지속되는 때만큼 우리 인생에서 행복한 순간은 없을 것이다. 나를 사랑해주는 사람이 인격적으로 물질적으로 그리고 외모로도 나를 사랑할 만한 자격을 갖춘 사람이면 더할 나위 없다. 그와 내가 서로 사랑하고 있다는 심리적 반응이 같은 시간과 공간에서 동시에 교감하는 상태가 되면 최상의 행복감을 느낀다.

하지만 운 좋게도 그런 사람과 사랑에 빠졌다 하더라도 감정이란 쉽게 익숙해지는 화학적 반응이다. 사랑에 빠졌을 때 우리가 기대하는 감정의 지속시간은 생각보다 짧다. 사랑의 감정 발현은 한 사람의 이성에게 국한되지 않는다. 에로틱한 사랑의 감정은 상대의 조건과 반응에 영향받지 않는 일방적인 감정 표출이다. 결혼은 생물학적으로 효율 높은 후손 번식 수단이 아니다. 에로틱한 감정의 유지 기간이 그리 길지 않다는 사실을 같이 생활하면서 금방 깨닫게 된다. 아내와 남편은 어느 순간부터 더는 무조건 상대를 사랑하지 않는 자신을 발견하면서 당혹스러워한다. 같이 있어서 편리하고 안락한 점보다 혼자가 아니어서 불편한 상황이 더 많이 발생하고 그런 상황을 참기 위해 노력해야 결혼이 유지된다는 사실을 깨닫는다. 같이 살 때 효용과 홀로 사는 자유로움의 가치를 비교한다. 때로는 구속받지 않는 자유가 간절해지기도 한다.

가족에 대한 자신의 책임을 회피하고 이기적 자유를 원하는 배우자와 자신의 원초적 욕망을 억제하면서 책임과 배려와 희생이 당연하다고 받아들이는 배우자가 있다. 행복한 결혼 생활을 유지하려면 후자에 해당하는 사람을 결혼 상대로 골라야 한다는 사실을 격정적 사랑의 감정 상태에 빠져있을 때도 알아채야 하지만 쉽지 않다. 사랑의 감정이 지배하면 이성은 제 역할을 하지 못한다. 내가 지금 사랑에 빠진 상대가 어떤 사람인지 유심히 살펴야 한다. 때로는 기획된 상황을 연출하여 의도적으로 시험하는 것도 필요하다. 청춘의 사랑은 짧고 현실의 결혼 생활은 길다. 사람은 비인격적 행위가 발현되는 상황에 부닥치게 되면 그의 숨은 본성이 드러나게 된다. 행복하고 여유로운 상태, 더구나 사랑의 감정이 충만한 상태에서는 본성이 드러나지 않는다. 감정이 무너졌을 때 어떤 반응을 하는지 살펴볼 필요가 있다. 분노한 상태에서 그의 반응, 내가 그의 요구에 충족되지 못했을 때 그의 반응, 신체적 위협이 가해졌을 때 그의 반응들을 살펴볼 필요가 있다. 자신보다 신분과 능력이 못한 사람을 어떻게 대하는가? 권력과 권위를 가진 사람 앞에서 지나치게 굴종하거나 그가 권력을 가졌을 때 상대적으로 그렇지 않을 사람을 무시하는 언행을 하지 않는지 살펴야 한다. 그의 감정 상태를 어떻게 표정과 말과 행동에 드러내는가? 부정적 상황에서 감정을 폭발하거나 폭력적 표현은 하지 않는가? 아니면 기쁨의 감정을 지나치게 표출하여 다른 사람을 불편하게 만들지는 않는가 관찰해야 한다. 긴 연극의 두 주인공으로서 그의 사랑이 욕망에 그칠 것인지? 희생으로 승화할 것인지 알아채야 한다. 욕망은 짧게 불타오르다 사그라들 것이요 희생하는 마음은 우리 인생의 연극을 해피엔딩으로 끝나게 도와줄 것이다.

내 욕망을 채우기 위해 가족의 행복을 희생시키지 않으리라.

가족의 행복을 위해 내 욕망을 기꺼이 희생하면서 살리라.

그리고
또
여행하리라.